DANA MALLORY
und das Haus der lebenden Schatten

Claudia Romes wurde 1984 in Bonn geboren. Die gelernte Krankenschwester lebt heute mit ihrer Familie auf dem Land. Von klein auf begeisterten sie Märchen und Legenden. Im Alter von neun Jahren begann sie, ihre eigenen Geschichten zu erzählen. Seit 2012 veröffentlicht sie Kurzgeschichten, Lyrik und Romane.

CLAUDIA ROMES

Für meinen Vater, für den Fantasie ein Werkzeug war.
Für Emily, die die Sprache der Tiere versteht, und für Fabian, der Farben lebendig werden lässt.

Sinnestäuschungen

»Ist es nicht beeindruckend?«, schwärmte Dad, nachdem er das Auto vor dem schmiedeeisernen Tor geparkt hatte.

»Absolut«, murrte ich. »Ich hab selten einen so verrosteten Zaun gesehen.«

»Das ist Kunst, Dana. Kunst!«

»Klar.« Widerwillig nahm ich die Kopfhörer ab, aus denen noch laut Musik tönte, und befreite mich vom Anschnallgurt. »Was sollte es auch sonst sein?«

Dad stieg aus dem Wagen, stellte sich vor das Tor und sah auf das ehrwürdig wirkende Gebäude, das dahinter auf einem Hügel thronte. Seine Augen funkelten fasziniert. »Da sind wir also!« Er drehte sich halb zu mir um. »Du glaubst gar nicht, wie viel es mir bedeutet, mit dir hier zu sein.« Seufzend wischte er sich eine Freudenträne aus dem Augenwinkel. »Nach all den Jahren stehen wir endlich gemeinsam davor.«

»Ja, ich kann's kaum glauben.«

Dad achtete nicht auf meine miese Stimmung. Was auch besser war, denn eigentlich hatte ich ja vorgehabt, den Aufenthalt hier durchzuziehen – ohne zu jammern. Aber aus irgendeinem Grund musste ich mich ständig an meinen Plan erinnern. Dabei war doch alles genau wie in einer dieser Reisebroschüren, die immer die Vorzüge des englischen Nordens hervorheben: ein einsam gelegenes, altes Haus auf einem Hügel, umgeben vom Hochlandmoor. Krähen, die krächzend darüber ihre Kreise ziehen, und ein undurchdringlicher Nebel, der über die Zufahrt wabert.

Mir lief es eiskalt den Rücken hinunter. Nein, ich wusste beim besten Willen nicht, warum mir die Lust auf Urlaub bereits vergangen war, bevor ich überhaupt einen Fuß ins Schloss gesetzt hatte. Wahrscheinlich hatte mich das Mallory-Gen einfach nicht erwischt. Das Gen, das für die ultimative Familienzugehörigkeit verantwortlich war.

Schnaufend sank ich in den Sitz und sah zu Dad. Ich wollte ihn nicht enttäuschen.

Er grinste zufrieden. So unbekümmert hatte ich ihn lange nicht erlebt. »Der Geruch der alten Zeiten liegt noch immer in der Luft«, sagte er freudestrahlend.

Stirnrunzelnd hielt ich meine Nase aus dem offenen Autofenster.

»Ich spreche von der Geschichte unserer Familie, die dieses Haus umgibt«, klärte er mich auf.

Jetzt verstand ich, was er meinte. Ich lächelte schief und nickte.

»Bestimmt hältst du die Vorfreude darüber auch kaum aus, endlich hineinzugehen.« Dad ahnte ja nicht, wie weit er von der Wahrheit entfernt war.

Ich schluckte gequält, dann setzte ich ein breites Grinsen auf, bei dem meine Augen jedoch nicht mitspielten. »Äh ja. Bin ganz aus dem Häuschen deswegen.«

»Kein Wunder! Hier habe ich als kleiner Junge jeden Sommer verbracht.«

»Ach wirklich? Ist mir völlig neu.« Selbstverständlich war es das nicht. Mein Vater erzählte ständig davon, wie das alte

Familienanwesen seine Kindheit geprägt hatte und dass er sich auch heute noch keinen schöneren Ort vorstellen konnte, um Ferien zu machen.

»Willst du nicht endlich aussteigen?« Dad hatte die Hand bereits auf der Klingel. Ich schaltete die Musik aus und robbte vom Sitz. Erst jetzt konnte ich das Tor mit dem dahinterliegenden Anwesen richtig erkennen. Für mich sah es eher aus wie eine Festung aus grauem Stein, die unter einem ebenso grauen Himmel lag. Vergeblich suchte ich die positive Atmosphäre, die es, laut Dad, haben sollte. Auf mich wirkte das Schloss dunkel und Furcht einflößend. Zwischen den Eisenstäben des auffällig verzierten Tores waren überall Spinnweben und deren Bewohner waren so groß wie Tischtennisbälle.

»Sie wünschen?«, tönte eine dunkle Stimme aus der Sprechanlage.

»Oh-mein-Gott!« Ich stieß einen spitzen Schrei aus und verkroch mich auf den Beifahrersitz.

»Wer ist denn da?«, fragte die Stimme mit osteuropäischem Akzent nach.

»Ich bin es, James«, stotterte Dad und warf mir einen verständnislosen Blick zu. »Ich bringe meine Tochter Dana. Tante Meg erwartet uns bereits.« Eine Weile geschah nichts. Dad verharrte gespannt vor der Sprechanlage, bis ich ihn ins Auto winkte.

Ich merkte, dass er nervös war. Vermutlich war er aufgeregter als ich. Schließlich war er vor zwanzig Jahren das letzte Mal hier gewesen. Auch Tante Meg hatte er seitdem nicht gesehen. Zusammen mit Mum und mir hatte er sie früher des Öfteren besuchen wollen, aber sie hatte nie für uns Zeit gehabt. Also hatte er eines Tages aufgehört, sie danach zu fragen. Umso überraschter war er, als sie vor zwei Wochen in einem Brief schrieb, dass sie mich unbedingt kennenlernen wolle und mich in den Sommerferien zu sich einlud. Seitdem war Dad völlig überdreht, grinste die meiste Zeit oder flötete beschwingt vor sich hin. Er hatte oft von Tante Meg gesprochen. Wie herzensgut und witzig sie doch sei und dass sie voller Überraschungen stecke – was auch immer das heißen sollte. So wie es aussah, würde ich es wohl bald herausfinden.

»Du wirst begeistert sein«, sagte Dad und zog voller Vorfreude seine Augenbrauen hoch.

Ich tat es ihm weniger entzückt nach. »Meinst du, ja?«

Er legte den Arm um mich und drückte mich an sich. »Es wird dir hier gefallen, und ich komme nach, sobald ich kann. Dann werden wir hier sicher noch ein oder zwei Wochen zusammen Spaß haben.«

»Ich verstehe nur nicht, warum ich nicht mit dir nach Paris fahren kann. Ich wäre auch ganz brav. Du würdest gar nicht merken, dass ich da bin.«

Er seufzte tief. »Ach, Dana. Das hatten wir doch schon. Diese Kunstausstellung ist sehr wichtig für mich. Ich werde keine Zeit für dich haben. Dir wäre nur langweilig, allein im Hotel. Hier gibt es so vieles für dich zu entdecken. Glaub mir, am Ende wirst du gar nicht mehr wegwollen.« Er strich mir über die Haare, als wäre ich ein verängstigtes kleines Mädchen.

Aber darum ging es mir nicht. Angst hatte ich keine, außer vielleicht vor den Spinnen. Ich fühlte mich abgeschoben. Seit

Mums Tod ging es mir manchmal so, wenn Dad viel arbeiten musste. Vielleicht lag es daran, dass ich jetzt nur noch ihn hatte. Ich musste ihn mit seiner Arbeit als Kunsthistoriker in den bedeutendsten Museen der Welt teilen. Das war nicht immer einfach.

Plötzlich öffnete sich quietschend das Tor. Dad schlug hastig die Autotür zu und drückte aufs Gaspedal. In dem Moment, in dem wir das Tor durchfuhren, hatte ich nur Augen für die Monsterspinnen und mich überkam eine Gänsehaut. Wir rollten die gepflasterte Auffahrt hinauf. Vorbei an hölzernen Tierskulpturen und Säulen, die scheinbar ziellos in den Himmel strebten. Vor dem Hauptgebäude aus grauem Backstein hielten wir an. Über der pompösen Eingangstür befand sich ein völlig ausgeblichenes Wappen. Etwas weiter oben, auf dem Dach, saßen mehrere Gargoyles mit unheimlichen Fratzen. Sie schienen auf uns hinabzustarren. Ging's noch gruseliger?

Schnell stopfte ich Kopfhörer und Handy in meinen Rucksack und stieg mit einem mulmigen Gefühl in der Magengrube aus. Während ich mir beklommen den Rucksack über die Schultern streifte, fiel mein Blick auf den ungepflegten Garten. Ein ausgetrockneter Teich lag unter einer dicken Unkrautschicht begraben. Nichts sah so strahlend schön und einladend aus, wie Dad immer erzählt hatte. Die knorrigen Äste kahler Bäume warfen ihre Schatten auf die Eingangstreppe, auf der uns ein viel zu blasser Mann mit gekrümmtem Rücken in Empfang nahm.

»Igor!« Mein Vater stürmte die Stufen hinauf und schloss den Mann in die Arme.

»Igor?«, stieß ich leise aus. »Das ist doch wohl ein Witz!« Auf dem Gesicht des Mannes zeichnete sich eine Zornesfalte ab. Gleich darauf entspannte sich seine Miene und er lächelte verschlagen. »So lange ist es her«, sagte er wieder mit diesem Akzent, der nur allzu gut zu seinem gruseligen Aussehen passte. »Ich bin höchst erfreut, Euch wiederzusehen, Master James.«

»Master James?« Ich hielt mir die Hand vor den Mund, um meinen Lachanfall unter Kontrolle zu bringen.

»Und das muss wohl Eure Erstgeborene sein.« Igor strafte mich mit einem kritischen Blick.

Flink hüpfte Dad die Stufen hinunter und zog mich zu sich. »Ja, das ist Dana.«

Igor musterte mich mit ausdrucksloser Miene, dann drehte er sich um und stolzierte ins Haus. »Nun ... wenn Sie mir bitte folgen wollen. Madame erwartet Sie im Salon.« Die schwere Eichentür schwang vor Igor auf, als stünde jemand dahinter.

Ehrfürchtig betrat ich zusammen mit Dad das alte Gemäuer. Drinnen stieg mir ein modriger Geruch in die Nase. Ich sah Dad an, der sich weder daran noch am völlig verstaubten Inventar des Flurs zu stören schien.

»Wann wurde hier das letzte Mal gelüftet? Oder geputzt?«

Dad versetzte mir einen Knuff in die Seite. »Tante Meg ist eben alt. Sie kann das große Haus nicht mehr alleine sauber machen.«

»Wenn ich das richtig mitgekriegt hab, dann ist sie nicht alleine. Oder dient der da nur dazu, die Leute zu erschrecken?« Ich deutete auf Igor, der einige Schritte vor uns ging,

und bekam direkt einen weiteren Knuff in die Seite verpasst.
»Aua!«

»Sei höflich, Dana«, ermahnte mich Dad und ich beschloss, mir bis auf Weiteres solche Bemerkungen zu verkneifen.

Wir liefen durch einen langen Flur mit hohen Decken. An den Wänden hingen Porträts prunkvoll gekleideter Leute, dazwischen Landschaftsbilder und zweiarmige Kerzenleuchter. Ich machte große Augen, als wir das Ende des Flurs erreicht hatten. Er ging nahtlos in den Salon über, dessen Wände mit rotem Damast verkleidet waren. Ich hatte so etwas schon einmal im Fernsehen gesehen und es sehr bewundert. Auch der Rest des Salons war eindrucksvoll. So zierten feine Schnitzereien den großen Kamin, in dem ein prasselndes Feuer loderte. Darüber standen kostbare Porzellanfiguren und in Gold und Silber gerahmte Fotos. Kunstvolle Deckenmalereien schauten auf uns herab. Tief beeindruckt ließ ich meinen Blick durch den restlichen Raum schweifen.

In der Mitte des Salons angekommen, schreckte ich kurz und unmerklich zusammen. Denn dort, vor einer barocken Sitzgruppe, saß eine ältere Frau, die missbilligend zu uns aufschaute. Langsam erhob sie sich aus ihrem tiefen Sessel. »Willkommen auf Mallory Manor«, sagte sie. Es klang, als hätte sie diese Begrüßung vorher stundenlang einstudiert. Ihre schmalen Lippen verzogen sich zu einem unheimlichen Lächeln.

Ohne es zu wollen, musterte ich sie eingehend. Ihr strenger weißer Dutt wirkte, als wäre er mit ihrem Hinterkopf verwachsen. Das blaue Kleid mit Blumenmuster sah aus, als wäre es früher einmal eine Tischdecke gewesen.

Ich schluckte nervös, denn ihr starrer Blick war nicht auf ihren Neffen gerichtet, den sie zwanzig Jahre nicht gesehen hatte, sondern nur auf mich.

»Tante Meg!« Dad ging auf sie zu, um sie zu umarmen, aber sie wehrte ihn mit einer Hand ab. In seinen Augen blitzten kurz Enttäuschung und Unverständnis auf, dann holte er das kleine Päckchen mit der roten Schleife aus seiner Tasche. »Hier. Das haben wir dir mitgebracht.« Lächelnd hielt er es ihr hin.

Tante Meg sah auf das Geschenk herab und fragte: »Was soll das sein?«

Dad und ich schauten einander verwirrt an. »Nur ein Geschenk. Als Dank für deinen Brief und deine Einladung.« Dad räusperte sich. Plötzlich schien er nicht mehr sicher zu sein, ob die belgischen Pralinen das richtige Mitbringsel gewesen waren.

Tante Meg faltete die Hände vor ihrem Bauch und schritt durch den Raum.

»Ich war überrascht, als du geschrieben hast«, wieder räusperte sich Dad, »aber ich habe mich sehr über deinen Brief gefreut. Und über die Einladung natürlich.«

Schwungvoll fuhr Tante Meg herum. »Nun, James. Die Einladung galt deiner Tochter. Warum also bist du hier?«

»Aber Tante Meg, wir haben uns seit einer Ewigkeit nicht mehr gesehen.« Er hob verstört die Augenbrauen und blinzelte mehrmals. Offensichtlich war er an ihre Unhöflichkeit ihm gegenüber nicht gewöhnt. »Freust du dich denn gar nicht, mich wiederzusehen?«

Einen Moment lang stand sie einfach nur da und betrachtete ihn. Kurz darauf veränderte sich ihr Gesichtsausdruck. Sie sah aus, als hätte sie soeben in eine Zitrone gebissen. »Aber natürlich freue ich mich, dich zu sehen, lieber Neffe. Es ist nur … ich hatte ja keine Ahnung, dass du auch kommen würdest.«

Schlagartig entspannte sich mein Vater. »Oh, ich habe auch nicht vor, zu bleiben.«

»Ach nein?« Tante Meg setzte sich in einen der barocken Sessel und schlug ein Bein über das andere. »Wie bedauerlich.«

»Ja, leider. Geschäfte zwingen mich dazu, einige Zeit in Paris zu verbringen. Sobald ich dort fertig bin, komme ich zurück und hole Dana ab. Vielleicht werden wir ja dann noch etwas Zeit zum Plaudern haben, Tantchen?«

»Ganz bestimmt«, sagte sie überschwänglich. »Sag mir, Kind«, ihr Blick fiel erneut auf mich und ich zuckte innerlich zusammen, »wie alt bist du jetzt?«

Ich stand wie versteinert da. Diese Frau war mir nicht geheuer. Ihr Auftreten, ihre grauen starrenden Augen. Von der freundlichen, herzensguten Tante Meg, von der mir Dad immer vorgeschwärmt hatte, konnte ich nichts erkennen. Und mit ihr sollte ich meine Ferien verbringen? Diese Vorstellung jagte mir eine Heidenangst ein, sodass ich keinen Ton herausbrachte.

Dad stieß mich mit dem Ellenbogen in die Seite. »Antworte deiner Tante, Dana!«

»Zwölf«, stammelte ich. »Genau genommen fast dreizehn.«

Nachdem ich das gesagt hatte, blitzten ihre Augen merkwürdig auf. »Fast dreizehn also?«

Ich schluckte schwerfällig.

»Sie wird ihren Geburtstag hier verbringen«, warf Dad ein und ich schaute ihn genervt an. Warum musste er das vor ihr erwähnen?

»Ich gehe aber davon aus, dass ich bis dahin wieder zurück sein werde und wir ihren Geburtstag zusammen feiern können.« Dad lächelte flüchtig in meine Richtung, dann sah er wieder zu Tante Meg, deren Blick zwischen uns hin und her wanderte. »Dann wäre das ja geklärt.« Dad griff in seine Hosentasche und kramte etwas aus seinem Portemonnaie. »Hier werde ich in Paris zu erreichen sein. Das ist die Nummer vom Louvre. Hinten drauf steht auch die vom Handy. Aber während meiner Arbeitszeit im Museum ist es immer auf lautlos gestellt, also ...« Er hielt Tante Meg eine Visitenkarte hin. Wortlos nahm sie das Papierstück an und verstaute es in ihrem Ärmel. »Sollte irgendetwas mit Dana sein, kannst du mich jederzeit anrufen.«

Sie nickte knapp und ihr Blick streifte mich erneut. Für den Bruchteil einer Sekunde glaubte ich, ein seltsames Funkeln in ihren Augen zu sehen. Hatte ich es mir nur eingebildet? Verwirrt blinzelte ich. Mir lief ein kalter Schauer über den Rücken. Rasch wandte ich mich ab.

»Ich werde dann mal die Koffer reinholen.« Dad drehte sich um und ich folgte ihm über den Flur.

»Du kannst mich doch nicht bei diesen Irren lassen«, murmelte ich im Gehen.

»Dana, jetzt benimm dich bitte nicht albern. Tante Meg mag ein wenig exzentrisch wirken, aber sie ist eben alt. Alte Menschen sind manchmal seltsam.«

»Und was ist mit Igor? Ich meine... welcher Butler heißt schon Igor? Macht es da bei dir nicht gleich Klick?«
»Ich habe keine Ahnung, wovon zu redest.«
Allmählich verlor ich die Geduld mit ihm. Er konnte doch unmöglich so starrsinnig sein. Ich half ihm auf die Sprünge. »Na, so heißen die doch nur in Schauergeschichten. Und... na, sieh ihn dir an. Du kannst nicht bestreiten, dass er aussieht, als wäre er aus einem dieser Schwarz-Weiß-Horrorstreifen entlaufen.«

Dad riss die Haustür auf, blieb am Treppenabsatz stehen und schaute mich mitleidlos an. »Ich kenne Igor bereits mein ganzes Leben lang. Er ist der Sohn rumänischer Einwanderer und sein ungewöhnlicher Rücken rührt von einer Verletzung, die er sich beim Cricket spielen zugezogen hat. Urteile nicht immer gleich nach dem ersten Eindruck, Dana. Du tust den Menschen damit oft unrecht.«

Ich nickte mürrisch. Sollten meine Sorgen tatsächlich unbegründet sein, tat es mir leid, sie überhaupt erwähnt zu haben. Ich wusste, dass sich Dad, seitdem Mum nicht mehr da war, ohnehin schneller sorgte als früher.

»Dana, wenn du absolut nicht hierbleiben willst, dann werden wir eine andere Lösung finden. Du könntest auch zu Cousin Flitwick auf den Bauernhof gehen und ihm bei der Schweinezucht helfen.«

Meine Augen weiteten sich. Cousin Flitwick? War das etwa die Alternative? Hastig schüttelte ich den Kopf. »Nein, nein. Ist schon okay. Ich schaff das. Ist toll hier. Und an die beiden werd ich mich schon gewöhnen.«

Dad lächelte erleichtert und drückte mich an sich. »Das

ist mein Mädchen!« Er ging zum Auto und holte das Gepäck aus dem Kofferraum. »Du wirst sehen«, sagte er, während er meinen mit bunten Aufklebern geschmückten Trolley die Stufen hinauftrug, »es wird dir auf Mallory Manor gefallen.«

»Ja«, hauchte ich wenig überzeugt. Dad zuliebe wollte ich diesem uralten Gruselschloss mitsamt seinen schrägen Bewohnern eine Chance geben.

Im Flur zog Igor meinen Trolley an sich. »Ich übernehme jetzt, Master James.«

Dad sah ihm nach, wie er die breite Treppe in den ersten Stock hinaufhumpelte.

»Kein besonders geeigneter Job für jemanden mit einem Rückenleiden«, kommentierte ich leise den Anblick.

»Ich könnte mir nichts anderes vorstellen, Miss Dana.« Verwundert blickte ich zu ihm auf. Ich konnte nicht glauben, dass er mich gehört hatte. Aber dann fiel mir wieder ein, wie groß und verhältnismäßig leer es in diesem Flur war. Vermutlich hatte ich den Schall meiner Worte nicht richtig eingeschätzt. Schnell versuchte ich es mit einer Entschuldigung. »Oh, ich wollte Sie nicht beleidigen, Igor.«

»Machen Sie sich keine Gedanken. Ich stehe über den meisten Dingen.«

Endlich war er oben angekommen. Keuchend verschwand er im Obergeschoss, meinen Trolley zog er hinter sich her. Es war ein bizarrer Anblick.

»Er ist schon seit vielen Jahren in diesem Haus.« Dad legte den Arm um meine Schulter. »Und eins musst du dir merken: Er hört einfach alles!«

Oje, dachte ich. Für einen vorwitzigen Aufpasser fühlte ich mich definitiv zu alt.

»Ist alles zu deiner Zufriedenheit?« Dad und ich schreckten zusammen. Tante Meg war urplötzlich hinter uns aufgetaucht. Ich fuhr herum und nickte verdattert. »Ja. Ja, es ist alles umwerfend.«

»Schön«, entgegnete sie kühl und fixierte mich mit ihrem starren Blick.

»Ich werde mich dann verabschieden.« Dad ging wieder auf Tante Meg zu, um sie zu umarmen. Doch wie schon beim ersten Versuch wehrte sie ihn mit einer flotten Handbewegung ab. Kurz hielt er inne. »Ach, Macht der Gewohnheit.« Er lachte, dann nickte er ihr lediglich zum Abschied zu. »Bis in einigen Wochen also.«

»Ja, bis dahin.« Sie wirkte ungeduldig.

Dad wandte sich mir zu und umarmte mich. »Bis bald. Ich komme, so schnell ich kann, wieder.«

Mein Kopf lag an seiner Schulter. Ich drückte ihn fest an mich, während sich meine Augen mit Tränen füllten. Abschiede hatte ich schon immer gehasst. Ich wollte nicht, dass Dad mich weinen sah, also presste ich meine Lider so fest aufeinander, dass sie die Tränen zurückdrängten – dorthin, wo sie hergekommen waren. Er merkte mir nichts an, als wir uns voneinander lösten, und ich war froh darüber.

»Und sei ein braves Mädchen.« Er grinste breit.

»Wie immer«, antwortete ich, während er die Eingangsstufen hinunterstieg.

Vom Treppenabsatz sah ich ein bisschen wehmütig zu, wie er ins Auto stieg und davonbrauste. Ich wollte ihm nachschauen, solange es ging, wollte warten, bis sich das eiserne Tor hinter ihm vollständig geschlossen hatte. Doch ich hatte keine Zeit für meinen Abschied.

Ein wahrer Katzenjammer

»Komm, Kind.« Tante Meg packte mich unsanft am Arm und führte mich ins Haus. Sie ließ die Tür hinter uns ins Schloss fallen und verriegelte sie anschließend. »Ich zeige dir jetzt dein Zimmer.« Sie ging die breite Treppe hinauf und ich folgte ihr.

Ich fühlte mich nicht gut. Jede Stufe, die mich tiefer in das Haus hineinführte, beschleunigte meinen Herzschlag. Ich spürte, wie mein Körper zu zittern begann. Nun, da Dad weg war, fühlte ich mich ausgeliefert.

Jetzt nur nicht aufregen, versuchte ich mich innerlich zu beruhigen. Ich sah auf meine Hände, die vor Angst bebten. Sofort versenkte ich sie in den Taschen meines pinkfarbenen Sweatshirts. War das etwa eine Panikattacke? Die letzte hatte ich nach Mums Tod gehabt. Und ich war wirklich nicht scharf darauf, so etwas wieder zu erleben.

»Bleib cool«, ermahnte ich mich leise und atmete tief ein und aus. Es ist nur ein altes Haus. Es ist nur Dads schrullige Tante.

Ich ließ meinen Blick über das steinerne Geländer schweifen, auf dem ebenfalls zwei frech dreinschauende Gargoyles saßen. Fast sah es so aus, als würden sie mich mit heraushängender Zunge angaffen. Ein dunkelroter Teppich war im oberen Flur ausgelegt. Der Gang war so lang, dass ich das Ende vom Treppenabsatz aus nicht sehen konnte.

Ich nahm einen weiteren tiefen Atemzug. Zum Glück war es mir gelungen, mich einigermaßen zu beruhigen, als wir vor meinem Zimmer ankamen. Die Tür war fast genauso rot wie der Teppich, auf dem ich stand.

Tante Meg trat vor mir ein. »Es ist einer der schönsten Räume des Hauses.«

Mein Trolley stand bereits neben einem Himmelbett mit dunkelblauen Samtvorhängen. Der Raum war nicht besonders groß, hatte aber ein eigenes Badezimmer. Die Einrichtung war altmodisch, was mich nicht wunderte. Schließlich schien das gesamte Haus in diesem Stil eingerichtet zu sein. Wahrscheinlich hatte sich seit einigen Jahrhunderten hier nichts verändert. Aber wer hätte dieses urige Schloss auch schon umstylen sollen? Tante Meg sicherlich nicht.

Ich sah sie an und versuchte mich an einem dankbaren Lächeln.

Sie kniff die Augen zusammen. »Aber dass du mir ja nichts kaputt machst.«

»Bestimmt nicht, Tante.«

»Gut, gut. Dann lass ich dich mal alleine. Das Dinner wird um sechs serviert. Ich lege Wert auf absolute Pünktlichkeit.«

»Ja, Ma'am.«

Sie schloss die Tür hinter sich und ich sank auf die Bettkante. Mein Blick glitt durch das Zimmer, das für die nächsten Wochen mir gehörte. Mir gegenüber war ein Kamin, zwar etwas kleiner als der im Salon, dafür aber genauso aufwendig verziert. Ein Blumenmuster, geschmiedet aus Eisen, umrahmte die Öffnung. Darüber hing ein Ölgemälde, das ein niedliches Bauernhaus mit rauchendem Schornstein an einem heiteren

Frühlingstag zeigte. Ich stand vom Bett auf, um es näher zu betrachten. Es wirkte unglaublich echt. Beinahe wie ein Foto. Das einzige Fenster in diesem Raum lag gegenüber der Badezimmertür. Es war in Blei gefasst und sehr schmal. Das Buntglas zeigte ein farbenfrohes und fantastisches Motiv: ein Einhorn. Umringt von roten Rosen stand es auf seinen Hinterbeinen. Über ihm strahlte ein Vollmond aus gelb-milchigem Glas. Ich wollte das Fenster öffnen, um meine Aussicht zu bewundern, aber es klemmte. Mit beiden Händen umklammerte ich fest den Griff. »Nun geh schon auf!«

»Gib dir keine Mühe«, ertönte plötzlich eine Stimme hinter mir.

Erschrocken drehte ich mich um. »Wer bist du denn?«

Vor mir stand ein Junge mit zerzaustem dunkelblondem Haar. »Die Fenster in den oberen Stockwerken lassen sich nicht öffnen.«

»Du hast mich fast zu Tode erschreckt!«

»Könnte schwören, dass das schon mal jemand zu mir gesagt hat.«

»Na, kein Wunder! Hast du noch nie etwas von Anklopfen gehört?« Ich musterte ihn abschätzig von Kopf bis Fuß, er musste ungefähr in meinem Alter sein. »Ich hab gar nicht bemerkt, wie jemand reingekommen ist. Wo bist du überhaupt so plötzlich hergekommen?«

Er verdrehte die Augen. »Woher wohl?«

Ich warf genervt den Kopf zurück. »Ja, was weiß ich denn? Deshalb frage ich dich ja.«

Er machte keine Anstalten, mir eine vernünftige Antwort auf meine Frage zu geben. Deshalb beließ ich es dabei. Im

Grunde war ich sogar erleichtert, dass es außer meiner schrulligen Tante und ihrem unheimlichen Butler noch jemanden in diesem Schloss gab. Ich atmete durch und wechselte das Thema. »Wie war das? Die Fenster hier gehen nicht auf?«

»Sehr richtig.«

»Also schön.« Ich riss mich am Riemen. Anscheinend war ich es, die die nötige Höflichkeit in diese Begegnung bringen musste. Entschlossen reichte ich ihm meine Hand. »Ich bin Dana. Dana Mallory. Und du bist …?«

»Wirklich sehr erfreut, dich kennenzulernen!« Er grinste breit. Dann betrachtete er mit einem überaus fragenden Blick meine hingehaltene Hand. Zögernd legte er seine hinein. »William Derule. Genannt Will.«

»Na gut, William Derule. Und was verschafft mir die Ehre?« Mein Ton war jetzt nicht mehr so scharf.

Er schaute verdattert drein. »Oh, du willst wissen, was ich hier mache?«

Ich nickte knapp.

»Meine Familie und ich … wir … arbeiten auf Mallory Manor.«

»Tatsächlich?« Ich war verwundert. Dad hatte mir nicht gesagt, dass Tante Meg mehr als einen Butler und eine Köchin beschäftigte.

»Wir arbeiten seit Generationen für die Mallorys«, fügte Will hinzu.

Ich legte die Stirn in Falten. Merkwürdig, dass Dad nichts von der Familie erwähnt hatte, wenn sie doch schon so lange auf Mallory Manor waren. Wie konnte er das nicht gewusst haben? »Und was macht ihr hier genau?«

Will schob das Kinn vor, antwortete jedoch nicht.

Eilig grübelte ich über die Möglichkeiten nach, womit man wohl eine ganze Familie beschäftigen konnte.

»Seid ihr vielleicht so etwas wie Hausverwalter?«, mutmaßte ich.

Will zog einen Mundwinkel hoch. »Genau.«

Auf mich wirkte seine Antwort nicht unbedingt überzeugend. »Sollte das Haus dann nicht etwas sauberer sein oder der Garten zumindest ein wenig mehr nach Garten aussehen?«

»Wieso?« Er verschränkte die Arme vor der Brust. »Was gefällt dir denn nicht daran, wie es aussieht?«

Ich zuckte mit den Schultern. »Keine Ahnung. Ich finde es einfach ein bisschen ungepflegt. Sonst nichts.«

»Aha.« Er nickte abschätzig. »Zum Glück bist du endlich da. Dann kann es ja nur besser werden.«

Ich bedachte ihn mit einem bösen Blick. »Ich denke nicht, dass das meine Aufgabe ist.« Grummelnd warf ich meinen Trolley aufs Bett und packte ihn aus. Eigentlich ging es gar nicht um Will. Ich fühlte mich verletzt, weil Dad mich hier abgestellt hatte wie einen alten Koffer. Weil er von mir erwartete, dass mir seine alten Geschichten über Mallory Manor ausreichten, um mich wohlzufühlen. Wann begriff er endlich, dass ich nicht er war? Womöglich würde Will der einzige Grund sein, warum ich diesen Sommer nicht vor Langeweile einging.

»Jetzt reg dich doch mal ab.« Will lehnte sich gegen das Fensterbrett.

Ich atmete erst mal tief durch. Er hatte recht. Ich verhielt mich wirklich nicht sehr freundlich ihm gegenüber. »Entschuldige«, seufzte ich. »Es hat nichts mit dir zu tun. Es ist einfach die Gesamtsituation.«

»Die Gesamtsituation?«, spottete er. »Und wie genau sieht die aus?«

Sorgfältig legte ich meine T-Shirts auf dem Bett zurecht. »Mein Dad arbeitet und währenddessen hat er mich hierher verfrachtet. Und das, obwohl ich Tante Meg überhaupt nicht kenne. Ich habe keine Ahnung, wer diese Frau da unten ist. Mir kommt sie jedenfalls nicht besonders liebenswert vor. Und deshalb habe ich ernsthafte Zweifel, ob ein Sommer reicht, um mit ihr warm zu werden.«

»Da reicht ein Sommer sicherlich nicht aus«, stimmte Will mir zu.

»Wenigstens sind wir uns da schon mal einig.« Einen Stapel Shirts auf den Händen ging ich zum Kleiderschrank. »Ich hoffe nur, der riecht nicht nach Mottenkugeln.« Ich öffnete erst eine, dann die zweite Tür und warf einen prüfenden Blick hinein. »Ganz schön geräumig«, sagte ich und versuchte die Innenwand zu ertasten, als mir plötzlich etwas aus der Dunkelheit entgegensprang. Vor Schreck warf ich die Shirts in die Luft. »Was zur Hölle...?« Mir drohte das Herz in der Brust zu explodieren, als ein lautes Miauen ertönte.

»Das ist doch nur Sissybell!«

Ich ließ mich rücklings auf den Boden sinken und schaute mich um. Meine Klamotten lagen im ganzen Zimmer verstreut. Noch immer zitterte ich wie Espenlaub.

Will saß nun auf dem Bett und streichelte eine Katze mit mehrfarbigem Fell und buschigem Schwanz. Ihre unnatürlich blauen Augen hafteten an mir, als wäre ich unerlaubterweise in ihr Reich eingedrungen.

»Was hat eine Katze in meinem Schrank verloren?«, fragte ich, als ich wieder zu Atem gekommen war.

»Genau genommen ist es nicht dein Schrank.«

»Ach nein?«

Will schüttelte den Kopf. »Nein.«

Das alles konnte doch nicht wahr sein. »Wessen Schrank ist es dann?«, scherzte ich. »Ach, ich verstehe schon. Es ist der der Katze.«

»Du hast es erfasst«, antwortete Will, als wäre das die einzig logische Schlussfolgerung.

Ich sah ihn perplex an und legte nach: »Und vermutlich ist das auch eigentlich das Zimmer dieser Katze, hab ich recht?«

»Jetzt hast du es verstanden.«

Hielt er mich etwa für total bescheuert? Meine Laune schlug schlagartig um, doch ich riss mich zusammen. »Wie dem auch sei. Ich wäre dir sehr dankbar, wenn du mich jetzt alleine lassen würdest«, sagte ich mit aller Höflichkeit, die ich aufbringen konnte. »Es war eine anstrengende Fahrt!«

»Na gut.«

»Ach, und würdest du deine Katze mit rausnehmen? Danke!«

Er lächelte freundlich, schnappte sich Sissybell und ging zur Tür. »Also eigentlich ist sie nicht meine Katze. Sie gehört niemandem. Sie ist einfach nur ein Bewohner von Mallory Manor.«

Der Junge begriff wohl überhaupt nichts. Meine Nerven lagen blank. Ich atmete erneut tief durch und stimmte meinen

Ton möglichst ruhig. »Okay«, erwiderte ich kurz angebunden. »Dann bring diese Bewohnerin doch bitte hinaus. Ich brauche vor dem Abendessen ein bisschen Ruhe.«

»Ist gut«, sagte er und verließ das Zimmer.

Ich schlug die Tür hinter ihm zu und lehnte mich dagegen. »Ein unmöglicher Typ!«, murrte ich. Noch nie hatte ich ein so respektloses Verhalten erlebt. Wahrscheinlich waren die Menschen an diesem Ort einfach allesamt merkwürdig. Dad hatte mich bereits darauf vorbereitet, dass die Leute auf dem Land allgemein eigensinnig seien. Nach der Begegnung mit Will fragte ich mich nur eins: Hätte er sich dabei nicht etwas deutlicher ausdrücken können?

Nachdem auch der Katzenschreck überwunden war, sammelte ich meine Kleider vom Boden auf und verstaute sie im Schrank. Ich nahm mir vor, darauf zu achten, mein Zimmer immer gründlich zu verschließen, damit Sissybell sich nicht mehr hineinschleichen konnte.

Missmutig zog ich mich für das Dinner um. Ich wusste nicht, ob Tante Meg Wert darauf legte, dass ich meine Kleidung zu den Mahlzeiten wechselte, aber es schadete sicherlich nicht, bei ihr mit meinem neuen roten Kleid Eindruck zu schinden. Für Dad war ich bereit, vieles zu tun, um das Eis zwischen Tante Meg und mir zu brechen.

Zehn vor sechs. Ich öffnete meinen Zopf und zupfte mir das lange braune Haar zurecht. Im Spiegel, der über der Kommode hing, begutachtete ich mein Äußeres. Gleich darauf ließ ich deprimiert die Schultern hängen. Ich hätte alles dafür gegeben, um so schön zu sein wie die jungen Frauen in den Star-Magazinen. Ich kam mir zu pummelig, zu blass, zu unscheinbar vor. Dad war mir da keine Hilfe. In solchen Augenblicken fehlte mir meine Mutter. Ich sehnte mich nach ihrem Rat, ihrer lieben Stimme und ihrer Nähe. Als fast Dreizehnjährige war es der absolute Horror, ohne eine weibliche Bezugsperson auskommen zu müssen. Bedrückt drehte ich mein Haar wieder zum Zopf. »Ach, Mum«, seufzte ich, während ich mein trauriges Spiegelbild betrachtete. »Wo bin ich hier nur gelandet?« Die Haarspange klickte zu und der lange Zopf fiel zwischen meine Schulterblätter. Ein letztes Mal sah ich mich im Spiegel an. Bei dem wenigen Tageslicht, das durch das Buntglasfenster in das Zimmer drang, wirkten meine Augen beinahe schwarz. Ich bewegte meinen Kopf hin und her, um den Sitz meiner Frisur zu prüfen, als etwas, das sich hinter mir spiegelte, meine Aufmerksamkeit erregte. Es war das Bild über dem Kamin. Ich ging darauf zu und merkte, dass das Gemälde, das eben noch ein Haus am helllichten Tag gezeigt hatte, nun dunkler geworden war. Jetzt war darauf eine anbrechende Nacht zu sehen, mit funkelnden Sternen und einem sichelförmigen Mond. Auch aus dem Schornstein stieg kein Rauch mehr auf. Merkwürdig! Hatte ich etwa zuvor nicht aufmerksam genug hingeschaut? Vermutlich war ich müde von der anstrengenden Reise. Dennoch kam es mir seltsam vor. Unwillkürlich erschauderte ich. Ich hatte mich noch nie zuvor so vertan. Mit dem Zeigefinger strich ich über die Leinwand. Es fühlte sich wie ein gewöhnliches Ölgemälde an. Die typischen Vertiefungen, die kleinen Hügel, die dort entstanden, wo die Farbe dicker aufgetragen worden war als an anderen Stellen – alles wirkte auf mich ganz normal. Ich ließ meine Finger über den teuren Rahmen gleiten.

Er war außergewöhnlich breit, golden und mit Ornamenten geschmückt. Am rechten unteren Rand des Bildes war die Signatur des Künstlers zu sehen. Neugierig stellte ich mich auf die Zehenspitzen, um die verblasste Schrift zu entziffern. »W.J. Derule.«

Derule, dachte ich. Diesen Namen habe ich doch heute schon einmal gehört. Womöglich handelte es sich bei dem Maler um einen Verwandten von Will. Ich musste zugeben, dass ich schon weit schlechtere Bilder gesehen hatte. Selbst in den berühmten Museen, in die mich Dad immer schleppte, war mir so ein Kunstwerk noch nicht untergekommen. Vor dem Haus war ein Meer blauer Blumen. Der silbrige Mond über dem Dach ließ sie an einigen Stellen lilafarben schimmern. Es sah aus, als würde der Wind sanft die Blüten neigen. Und mir war, als hörte ich sogar die Grillen zirpen. Nichts davon hatte ich vorher wahrgenommen. Was es auch war, das dieses Bild derart außergewöhnlich machte, es hatte bestimmt mit der Kunst dieses Malers zu tun. Trotz dieser Erklärung blieb eine gewisse Unsicherheit bei mir zurück. Hätte ich nicht gewusst, dass sich Bilder nicht einfach so veränderten, hätte ich glatt geglaubt, dass dieses Gemälde ein Eigenleben besaß.

Ein Gang zu viel

Ich war erst seit wenigen Stunden auf Mallory Manor, trotzdem gab es zwei Dinge, die ich schon jetzt mit Gewissheit sagen konnte. Das erste war: Dieses Schloss hatte einige Renovierungsarbeiten bitter nötig. Denn auf dem Weg ins Esszimmer wäre ich fast von einem Kristallkronleuchter erschlagen worden, der zuvor schief von der Decke gebaumelt hatte. Hätte ich nicht auf mein Bauchgefühl gehört und wäre Sissybell nachgegangen, die vor meiner Tür entlanggeschlendert war, hätte er mich voll erwischt. Während ich mit heftig klopfendem Herzen gegen eine Wand lehnte, blieb die Katze bei mir. Irgendwann tippelte sie davon und ich lief ihr dankbar hinterher. Welch ein Glück. Sie führte mich direkt in den Speisesaal, wo mich Tante Meg bereits ungeduldig erwartete. Ich erzählte Igor von meinem Beinahe-Unfall, als er mir den Stuhl zurechtrückte. Er hatte nicht sonderlich überrascht gewirkt, versprach aber, sich um den zerschmetterten Leuchter im oberen Flur zu kümmern.

Tante Meg war alles andere als eine liebenswerte alte Dame – der zweite Punkt, in dem ich mir absolut sicher war. Zugegeben, ich kannte nicht sonderlich viele Menschen in ihrem Alter. Meine Großeltern hatte ich nie kennengelernt und andere Onkel oder Tanten gab es nicht mehr in unserer Familie.

Nachdenklich schaute ich sie über den Rand meines hohen

Glases hinweg an und zog die Nase kraus. Sie schlang ihren Gurkensalat hinunter wie ein ausgehungerter Berglöwe eine Ziege. Etwas weißes Dressing hing ihr im Gesicht und verteilte sich sogar bis in die Nasenlöcher. Ich hatte das starke Bedürfnis, ihr eine Serviette zu reichen oder einen Waschlappen oder ein Babylätzchen. Unmerklich schüttelte ich meinen Kopf. Ich hätte den Blick abwenden sollen, aber stattdessen schaute ich sie weiterhin an. Ich konnte nicht anders. Ihr Essverhalten hatte etwas von einem grässlichen Unfall, bei dem man einfach nicht wegsehen konnte.

»Haben Sie denn gar keinen Appetit, Miss Dana?« Igor stand nun neben mir und griff nach meinem Gedeck.

Langsam blickte ich zu ihm auf. »Oh, nicht sonderlich viel«, sagte ich schnell. Das war eine Lüge. Ich hatte entsetzlichen Hunger. Seit dem Frühstück hatte ich nichts mehr gegessen.

»Sie sollten dennoch etwas zu sich nehmen.« Igor zog seine Hand zurück und führte sie hinter den Rücken. »Bis zum Morgen kann es mitunter ein wenig dauern. Die Nächte auf Mallory Manor sind lang.«

»Ach ja?« Ich sah ihn verdutzt an.

»Ja.« Er verbeugte sich leicht und entfernte sich dann rückwärtsgehend vom Tisch. Wie hatte er das gemeint? Die Nächte auf Mallory Manor sind lang. Diesen Satz ließ ich mir nochmals durch den Kopf gehen. Während ich darüber nachdachte, starrte ich geistesabwesend in das Licht der Kerzen, die zwischen Tante Meg und mir auf dem langen Tisch standen. Ich kam erst wieder zu mir, als ich bemerkte, dass Tante Meg mich anstierte. Ruckartig fuhr ich zusammen.

»Stimmt etwas nicht, meine Liebe?« Blitzschnell wandte ich mich von ihr ab. Ich fixierte die lieblose Tischdekoration, die erstaunlich sauber aussehende Spitzendecke und schließlich meinen vollen Teller. Kopfschüttelnd tastete ich nach der Gabel und stocherte anschließend ziellos in meinem Salat.
»Alles prima.« Mehr brachte ich nicht hervor.
»Ich bin untröstlich, Dana. Aber ... hilf mir doch noch mal schnell«, Tante Megs Lippen spitzten sich, »wann war noch gleich dein Geburtstag?«
»Samstag in zwei Wochen«, antwortete ich verdrossen. Aus irgendeinem Grund kam mir sogleich der Gedanke, dass ich es ihr besser nicht verraten hätte.
»Samstag also.« Sie verzog das Gesicht zu einem breiten Grinsen. »Soso.«
Wieder dachte ich, das seltsame Funkeln in ihren Augen zu sehen. Es war unheimlich. In ihrer Nähe fühlte ich mich unbehaglich. Das Gefühl war so stark, dass ich schlagartig keinen Hunger mehr verspürte. Trotzdem spießte ich eine Gurkenscheibe auf und schob sie mir in den Mund. Ich hoffte, dass Tante Meg endlich aufhören würde mich anzusehen, sobald sie dachte, dass alles in Ordnung war. Ich spürte noch eine Weile ihren Blick auf mir, während ich meinen Salat bearbeitete, der für meinen Geschmack etwas zu fad gewürzt war. Und, was in aller Welt waren diese kleinen schwarzen Punkte darin? Waren das ... Fliegen?
»Kann ich Ihr Gedeck jetzt abräumen?« Igor hatte sich über meine Schulter gebeugt, ehe ich den Salat genauer untersuchen konnte. Sein Schatten, der im fahlen Licht noch krummer aussah als er selbst, fiel auf meinen nicht einmal

halb geleerten Teller. Eilig würgte ich das teilweise zerkaute Gemüse hinunter und nickte.

»Dann ist es nun Zeit für die Hauptspeise.« Igor klatschte einmal in die Hände und eine dickliche Frau betrat den Raum. Sie trug eine weiße Haube auf dem Kopf. Eine fest sitzende Schürze umschnürte ihren Bauch. Vor sich schob sie einen Servierwagen, auf dem eine dampfende Porzellanschüssel stand.

»Vorzüglich«, zischelte Tante Meg und rieb sich die Hände. »Meine Leibspeise.«

Ein leckerer Duft stieg mir in die Nase und mein hungriger Magen tanzte vor Freude. Ich nahm mir vor, mich ausschließlich auf dieses Essen zu konzentrieren. Und ich war wild entschlossen, dabei nicht ein einziges Mal zum anderen Ende des Tisches zu sehen.

Die dickliche Frau lächelte mir freundlich zu. Sie rollte den Wagen neben mich und hob den Deckel der Schüssel an. Flink schwenkte sie eine Kelle hinein, füllte sie und leerte diese danach auf einem Teller, den mir Igor daraufhin vorsetzte. Dankend nickte ich der Frau zu, dann Igor. Mein Anfall an guter Laune verpuffte schlagartig, als ich sah, was mir aufgetischt wurde. Zögerlich tauchte ich den Löffel in die schleimig grüne Flüssigkeit und ließ ihn augenblicklich wieder sinken. Unsicher grinsend wandte ich mich an Igor, der mit einer Pfeffermühle bewaffnet neben mir stand – willig, sie einzusetzen. Die Frau hatte unterdessen auch Tante Meg bewirtet und anschließend, mitsamt dem Servierwagen und der Suppe, das Zimmer wieder verlassen. Gemächlich kam Igor näher und betrachtete mich abwartend. »Ein wenig Pfeffer?«

Ich lächelte verlegen. »Nein, danke. Ähm, was genau ist das Leckeres?«

Er warf einen unschlüssigen Blick über den Tisch. Tante Meg beachtete uns nicht. Sie war zu vertieft in ihre Mahlzeit. »Das ist Maunk, Miss Dana. Was bitte sollte es sonst sein?«

Ich zog die Augenbrauen hoch. »Maunk?«

Igor machte ein Gesicht, als könnte er nicht verstehen, dass ich noch nie etwas von Maunk gehört hatte. Wieder fuhr ich mit dem Löffel durch meinen Teller. Ich beschloss, dieser Suppe eine Chance zu geben. Schließlich sollte man nichts vorschnell verurteilen. Vorsichtig testete ich zunächst nur einen halben Löffel. Der Geschmack erinnerte mich an Brokkoli. War Maunk vielleicht nichts anderes als eine einfache Brokkolisuppe? Ich kostete weiter. Es schmeckte zudem leicht nach Kartoffeln mit Hühnchen und nach einem Hauch von Petersilie, aber auch diese Speise war zu schwach gewürzt. Ich griff nach dem Salzstreuer vor mir, als ich plötzlich etwas Merkwürdiges auf meinem Teller entdeckte. Rasch nahm ich mein Besteck zu Hilfe, um das grobe Stückchen, das dort in meiner Suppe dümpelte, genauer unter die Lupe zu nehmen. Nachdem ich es freigelegt hatte, musste ich schlucken. Der Löffel glitt mir aus den Fingern, streifte die Tischdecke und fiel klirrend auf den Fußboden. Langsam legte ich die Hände neben den Teller und sah mich Hilfe suchend nach Igor um.

»Was ist denn, Liebes? Schmeckt dir die Suppe etwa nicht?« Tante Meg schaute mir entgegen und mir wurde eiskalt.

Nervös starrte ich auf den glasigen Augapfel auf meinem Teller. Es kam mir vor, als würde er mich vorwurfsvoll anglotzen. »Da, da ist ein Auge in meiner Suppe«, stotterte ich.

Ungerührt von meinem Hinweis schlürfte Tante Meg ihre Glibberbrühe weiter. Sie räusperte sich, während sie kurz innehielt, um sich mit der Serviette das Kinn abzutupfen. Wenigstens hatte sie jetzt kapiert, wofür diese gut war. Mit den Fingern fischte sie einen Augapfel aus ihrem Teller. Im ersten Moment tat sie, als wäre sie überrascht. Kurz besah sie sich die ungewöhnliche Einlage, dann blickte sie zu mir und im nächsten Augenblick steckte sie sich das Auge in den Mund.

Mir war, als würden mir sämtliche Mahlzeiten der vergangenen Wochen auf einmal hochkommen. Ich konnte hören, wie sie auf dem Auge herumkaute. Es knackte laut, als sie es zwischen ihren Zähnen zermalmte. Ich verzog das Gesicht, hielt mir eine Hand vor den Mund und schluckte mehrmals hintereinander, um meinen Würgereiz zu unterdrücken.

Nachdem Tante Meg eine Weile gekaut hatte, leckte sie genüsslich ihre Finger ab und spülte die Kehle mit einem großen Schluck aus ihrem undurchsichtigen Trinkbecher nach.

»Ausgesprochen köstlich«, lobte sie und musste aufstoßen.

Mir war furchtbar schlecht. Ich versuchte mir einzureden, dass Tante Meg einfach ein wenig daneben war. Dass für die Leute auf dem Land Augäpfel in eine gute Suppe hineingehörten, wie für andere Käse auf eine Pizza. Tante Meg schmatzte, dann puhlte sie mit einem Zahnstocher in ihrem Mund herum und förderte etwas zutage, das aussah wie eine Sehne. Mir schoss das wenige hoch, was ich von der Suppe probiert hatte.

»Was hast du denn, Kind?« Tante Megs ausdrucksloser Blick war nun auf mich gerichtet. »Hast du etwa noch nie etwas von Fettaugen gehört?« Sie grinste hämisch.

Ich konnte ihr nichts entgegnen. Einen tiefen Atemzug später kam Igor an den Tisch getrabt.

»War alles zu Ihrer Zufriedenheit, Madame?«

»Oh, es war äußerst bekömmlich. Meine Empfehlung an Marianne. Scheinbar hat sie die neuen Rezepte, die ich ihr gegeben habe, problemlos umsetzen können.«

Igor deutete eine Verbeugung an. »Ich werde es der Köchin ausrichten. Noch eine Schaumcreme zum Nachtisch?«

Tante Meg schüttelte den Kopf. »Für mich nicht, Igor. Ich bin mehr als satt. Aber vielleicht möchte unser Ehrengast noch ein Dessert?« Ihre Augen wanderten zu mir.

»Oh, nein danke. Ich bin für heute bedient.«

Wieder verbeugte sich Igor knapp, dann machte er sich daran, den Tisch abzuräumen.

»Nun«, Tante Meg schob geräuschvoll ihren Stuhl zurück und stand auf, »es ist reichlich spät geworden. Ich werde mich zurückziehen. Solltest du noch etwas brauchen, zögere nicht, Igor danach zu fragen. Und dann tätest du gut daran, wenn auch du schlafen gingest.« Sie schlich um den Tisch herum und verharrte hinter mir. »Ich wünsche dir eine geruhsame Nacht.« Ich drehte mich nach ihr um. Sie war bereits an der Tür, als sie hinzufügte: »Ach ja … es ist wohl besser, wenn du des Nachts nicht im Schloss herumwandelst. Diese Mauern sind schon sehr alt und man kann sich leicht verlaufen.« Sie ging einen Schritt, sah mich an und kniff ihre Augen zusammen. »Und dass du mir ja nichts anrührst! Hast du verstanden?«

Ich nickte eingeschüchtert. Was dachte sie eigentlich von mir? Ich war doch kein Kleinkind mehr!

»Gute Nacht also«, verabschiedete sie sich mit lieblicher Stimme, sodass es fast wie eine Melodie klang.
»Nacht.« Mehr brachte ich nicht heraus, aber sie hörte schon nicht mehr hin. »War das eine Drohung oder eine Warnung?«, murmelte ich, nachdem sie das Esszimmer verlassen hatte.
Igor grunzte. »Ich weiß nicht, was Sie meinen.«
Noch immer saß ich stocksteif auf meinem Platz und nahm nur am Rande wahr, wie Igor das restliche Geschirr und Besteck aufstapelte und wegtrug. Grübelnd schaute ich erneut ins Licht der Kerzen. Sie waren schon fast abgebrannt. Heißes Wachs rann an den silbernen Leuchtern hinunter und tropfte auf die Tischdecke. Wie lange hatte dieses verquere Dinner eigentlich gedauert? Mir ging so viel durch den Kopf. Was für ein verrücktes Schloss! Ich dachte an Dad. Ob ihm je genauso zumute gewesen war wie mir in diesem Moment? Was er jetzt wohl gerade machte? Ich fühlte mich einsamer denn je. Warum hatte er mich nicht mitgenommen? Dieses Schloss kam mir wie ein Gefängnis vor und Tante Meg war die züchtigende Wärterin. Sollte sie früher wirklich freundlich gewesen sein, so hatte sie sich in den letzten Jahren sehr verändert. Aber warum? Irgendetwas musste der Auslöser für ihre Verbitterung sein. Wenn sie solche Sorgen hatte, dass ich etwas kaputt machen könnte, weshalb hatte sie mich dann überhaupt eingeladen? Frustriert stützte ich den Kopf auf meinen Unterarm. Das alles ergab für mich keinen Sinn.
Plötzlich hörte ich ein schleifendes Geräusch und schaute zum anderen Ende des Tisches, an den Tante Megs Stuhl nun ordentlich herangeschoben war. War da jemand? Hinter der

Lehne glaubte ich einen Schatten zu sehen, der sich rasch zur Seite bewegte. »Igor?«, stotterte ich mit polterndem Herzen. »Bist du das?«

Der Schatten verharrte kurz neben der Wand, dann schwebte er einfach durch sie hindurch. Mir wurde eiskalt. Was genau hatte ich da gesehen? Bevor ich weiter darüber nachdenken konnte, ließ mich ein lautes »Miau« zusammenfahren. Mein Blick schweifte über die Stühle neben mir. Auf einem davon saß Sissybell und leckte sich die Pfoten. Als sie merkte, dass ich sie entdeckt hatte, schaute sie mich an. In ihren großen Augen spiegelte sich der Kerzenschein.

»Wo kommst du denn her?« Ich hatte weder gehört noch gesehen, dass sie sich angeschlichen hatte. »Na ja«, seufzte ich. »Ich hab mich noch gar nicht bei dir bedankt.«

Die Katze sah mich an, als würde sie jedes einzelne Wort verstehen.

»Wenn du nicht gewesen wärst, hätte mich der Kronleuchter plattgemacht. Und ich hätte es auch nicht pünktlich zum Dinner geschafft. Wäre eine Schande gewesen, das zu verpassen.« Ich lachte ein wenig über meinen letzten Satz. Sissybell tippelte ein paar Mal mit den Vorderpfoten auf der gepolsterten Sitzfläche auf und ab, dabei blickte sie mich unentwegt an.

»Weißt du«, begann ich, als würde ich meiner besten Freundin bei einer eisgekühlten Cola mein Leid klagen, »eigentlich wollte ich überhaupt nicht herkommen. Ich hatte deshalb einen riesigen Streit mit meinem Dad – der ja ach so begeistert ist von Mallory Manor. Hat mir ständig weisgemacht, dass es hier wunderschön ist und dass man lauter tolle Abenteuer erleben kann. Ich hab keinen blassen Schimmer, was er damit meinte. Das einzige Abenteuer, das ich bisher hatte, war dieses eigenartige Abendessen. Wahrscheinlich wollte er auf so etwas hinaus. Dabei hätte ich darauf gut verzichten können. Jetzt sitze ich hier und spreche mit einer Katze.« Ich trank einen Schluck aus meinem Glas, das mir Igor stehen gelassen hatte. Fast hätte ich alles über den ganzen Tisch gespuckt. Das Wasser schmeckte so süß wie purer Honig. Mein Mund war total verklebt. »Was ist das nun wieder?«

Unwillkürlich schaute ich zu Sissybell, die daraufhin auf den Tisch hopste. Mit ihrer Pfote stieß sie den Salzstreuer um. Die weißen Körnchen glitzerten im schwachen Licht.

»Hey«, ermahnte ich sie. »Salz zu verschütten bringt Unglück – sagt man zumindest.« Sofort richtete ich den Streuer auf und schabte die Körner mit meiner Hand zusammen. Dabei fiel mir auf, dass sie gröber waren als gewöhnlich. Das leuchtende Weiß funkelte wie Diamanten. Ich befeuchtete den Zeigefinger mit meinem Speichel, tunkte ihn in die Körnchen und probierte sie. »Das ist ja gar kein Salz.«

Mit einem Satz sprang Sissybell zurück auf den Stuhl.

»Das ist Zucker!«, sagte ich. »Warum füllt jemand Zucker anstatt Salz in den Streuer?«

Ich zuckte die Schultern. »Ein komisches Haus ist das.« Sissybell gab ein Schnurren von sich, dann hüpfte sie vom Stuhl und stolzierte zur Tür. Auf der Schwelle blieb sie stehen und drehte den Kopf in meine Richtung. »Miau«, machte sie wieder.

»Was willst du von mir?« Ihre saphirblauen Augen schauten mich gezielt an. »Möchtest du, dass ich mit dir gehe?«

Sissybell antwortete mit einem lang gezogenen Maunzen.
»Das deute ich mal als ein Ja«, sagte ich und erhob mich. Ich folgte ihr über den Flur, die große Freitreppe hinauf bis in mein Schlafzimmer. In regelmäßigen Abständen blickte sie sich nach mir um, als wollte sie sichergehen, dass ich noch da war.
»Eine ausgesprochen schlaue Miezekatze«, murmelte ich.

Eine lange Nacht

Leise schloss ich die Schlafzimmertür hinter uns und ließ mich rücklings auf das Bett fallen. Sissybell tänzelte geschmeidig neben mich und machte es sich auf dem Kopfkissen bequem.

»Eigentlich wollte ich dich ja aus meinem Zimmer aussperren«, sagte ich beiläufig. Sissybell legte die Ohren an und fauchte.

»Ist ja gut. Es ist dein Zimmer. Ich hab's begriffen.«

Ihre Augen wurden kleiner und sie schien einzuschlafen.

»Könnte ich denn wenigstens mein Kopfkissen wiederhaben?« Ich griff nach einem Zipfel und zog daran, aber es bewegte sich kein Stück. Sissybell blinzelte mit einem Auge, dann gab sie ein warnendes Knurren von sich.

»Okay, okay, dann bleib doch, wo du bist.« Ich hatte die Befürchtung, sie würde jeden Moment die Krallen ausfahren. Nachdem ich mich erfolglos nach einem Ersatzkissen umgesehen hatte, schlüpfte ich in meinen lilafarbenen Flanellschlafanzug und knipste das Nachtlicht aus. Dann legte ich mich zu der Katze. »Hättest wenigstens ein bisschen rutschen können«, nörgelte ich auf meinen gefühlten fünf Zentimetern. Den Kopf auf dem zusammengeknüllten Sweatshirt rollte ich mich in die Decke wie eine Raupe in ihren Kokon. Gähnend schloss ich meine Augen. Ich war müde und hoffte, dass ich vergessen würde, wo ich war. Wenigstens für ein paar Stunden. Doch mein Magen fühlte sich furchtbar leer an. Er gluckerte so laut, dass ich immer wieder aufschreckte. Wenn es mir nur gelingen würde einzuschlafen, dann wäre der Hunger besiegt, dachte ich. Ich presste meine Lider aufeinander und wartete darauf, dass mich der Schlaf überkam. Als ich endlich im Begriff war, in die Traumwelt hinüberzugleiten, störte mich plötzlich ein Geräusch, das nicht aus meinem Bauch kam. Es war ein leises Klappern, das zunehmend lauter wurde. Benommen schlug ich die Augen auf und blinzelte in die Dunkelheit. Ich dachte, es wäre Sissybell, die an der Tür scharrte, also drehte ich mich auf die andere Seite. Die Federn der Matratze quietschten unter mir. Genervt brachte ich das Sweatshirt wieder in die richtige Form. Doch zwei leuchtende Augen sahen mir dabei zu. »Sissybell?« Ich horchte in die Nacht hinein. Da war es wieder: ein schabendes, hohl klingendes Klappern. »Wenn du das nicht bist, dann ...« Mit pochendem Herzen warf ich mir die Bettdecke über den Kopf. Das Geräusch kam näher, und mit ihm etwas, das klang wie ein lautes, rasselndes Atmen. Ich hatte das Gefühl, als würde jemand an meinem Bett stehen und auf mich hinunterblicken. Ich fasste all meinen Mut zusammen, suchte mit der Hand nach dem Schalter und knipste das Licht an. Das Geräusch war verschwunden. Ich zog die Decke vom Kopf und schaute mich ängstlich im Zimmer um. Zögernd warf ich auch einen Blick unter das Bett – nur um sicherzugehen. Nichts. Ich saß aufrecht neben Sissybell und zweifelte an mir. Aber nein, ich war mir sicher, etwas gehört zu haben! Nur langsam erholte sich mein Herzschlag. Erschöpft ließ ich mich auf den Rücken plumpsen und landete dabei halb auf der Katze.

»Miau!«, schimpfte sie energisch.

Ich rollte mit den Augen. »Oh ja. Entschuldigen Sie bitte vielmals, Eure Hoheit.« Sissybell hob mauzend ihren Kopf und funkelte mich an. Es war, als wären wir ein altes Ehepaar.

Im nächsten Augenblick schlug ich die Decke zurück und stieg schnaubend aus dem Bett. »Also gut. Ich werde in diesem Gruselschloss sowieso keinen Schlaf finden. Außerdem bin ich halb verhungert.« Ich warf mir den Morgenmantel über und schlüpfte in meine warmen Häschen-Pantoffeln.

Sissybell ließ ein leises Murren hören und streckte sich gähnend. Dann sprang sie vom Bett und rieb sich an meinem Bein.

»Wie jetzt? Ich wollte eigentlich gehen, damit du deine Ruhe hast.« Scheinbar hatte ich ihre Bedürfnisse falsch eingeschätzt. »Na, dann komm mit. Du könntest mir den Weg in die Küche zeigen. Vielleicht finden wir ja noch etwas zu essen, bei dessen Anblick mir nicht gleich kotzübel wird.« Ich wollte gerade die Klinke hinunterdrücken, da hörte ich ein leises Lied auf dem Flur. Überrascht presste ich mein Ohr an die Tür und horchte aufmerksam.

Der Tag vorbei. Der Mond erwacht.
Schlaft recht schön, lang ist die Nacht.

Es war die Stimme eines Kindes. Vorsichtig öffnete ich die Tür einen Spaltbreit und lugte zu beiden Seiten auf den Flur. Er war stockdunkel. Ich konnte nichts erkennen. Schwer vorstellbar, dass hier gerade noch ein Kind gesungen haben sollte. An der äußeren Wand tastete ich ungeduldig nach einem

Lichtschalter. »Hier muss doch irgendwo etwas sein«, murmelte ich, als mich ein Kichern, das aus meiner unmittelbaren Nähe zu kommen schien, zu einem Eisklumpen erstarren ließ. Schnell knallte ich die Tür wieder zu und kramte in meinem Rucksack nach der Taschenlampe, die mir Mum geschenkt hatte, als ich noch klein war. Ich näherte mich erneut der Tür und hörte wieder dieses Lied. Jetzt war ich mir sicher, dass es ein Mädchen war, das sang:

Im Traumgewand, die Schatten ziehn.
Gebannt, gebannt, ihr könnt nicht fliehn.

Nun wartete ich nicht länger. Ich riss die Tür auf, machte einen Schritt auf den Flur und fragte laut: »Wer ist da?«

Ich bekam keine Antwort. Suchend richtete ich meine Taschenlampe in die Finsternis. Im schmalen Lichtstreifen zeigten sich nichts weiter als staubige Möbel und, an der Decke, ein fest verschraubter Kronleuchter. Wie hatte ihn Igor so schnell wieder anbringen können?

»Hallo?« Meine Stimme hallte durch den endlos erscheinenden Flur. Nichts trat mir entgegen außer einer unheimlichen Stille. Sissybell strich mir um die Beine. Ich schaute bibbernd zu ihr hinunter. »Du hast das doch auch gehört, oder nicht?«

Allmählich kam ich mir bescheuert vor. Vielleicht war irgendetwas im Essen gewesen, das ich nicht vertragen hatte. Ich drehte mich um, doch sobald ich mit dem Rücken zum Flur stand, hörte ich es erneut. Auch dieses Mal war es ein anderer Text, ich verstand ihn aber klar und deutlich:

Allein, allein, der Kampf ist schwer.
Böse Monster gibt's nicht mehr.

Jetzt wandte ich mich nicht mehr um, sondern schlug die Tür hinter mir zu, rannte zum Bett und versteckte mich unter der Decke. »Was um alles in der Welt geht hier vor?«, flüsterte ich mit zittriger Stimme. Noch nie in meinem Leben hatte ich mich dermaßen nach meinem vertrauten Zimmer gesehnt.

Dad, dachte ich, hol mich ab. Bitte, bitte hol mich hier sofort wieder ab!

Was für ein Retter in der Not

Ein Klopfen ließ mein Herz noch einmal schneller schlagen.
»Wer ist da?«, fragte ich so leise, dass ich mich selbst kaum wahrnahm. Ich erhielt keine Antwort.
Im nächsten Moment hörte ich, wie jemand die Klinke hinunterdrückte. Starr vor Angst tastete ich nach Sissybell. Sie miaute lautstark, als ich sie packte und zu mir unter die Decke zog. Schimpfend vergrub sie die Krallen im Laken.
»Ruhig, Sissybell«, flüsterte ich mit flattriger Stimme.
Schritte näherten sich uns. Sie klangen anders als zuvor. Irgendwie dumpfer. Verängstigt klammerte ich mich an die Katze, die das überhaupt nicht lustig fand. Sie versuchte zu entkommen, aber ich ließ sie nicht gehen. Zum einen, weil sie sich außerhalb der Decke sicherlich in Gefahr brachte, zum andern, weil sie mich nicht alleine lassen sollte. Wie in Trance strich ich über ihr Fell, während ich die Bettdecke anstarrte und hoffte, dass dieser Spuk bald ein Ende hatte. Sissybell fauchte erbost, doch erst, als sie drohend ihre Pfote hob, lockerte ich meinen Griff. Sofort huschte sie aus unserem Versteck. Noch bevor ich wusste, wie mir geschah, hob jemand die Bettdecke an. Zunächst hielt ich dagegen, aber ich hatte keine Chance. Meine Hände waren vor lauter Angst ganz kraftlos. Rasch hielt ich sie vor mein Gesicht. Frei nach dem Motto: Seh ich dich nicht, siehst du mich nicht.

Zusammengerollt wie ein Igel war ich dem Eindringling vollkommen ausgeliefert.

»Bitte tu mir nichts«, flehte ich.

Ich merkte, wie die Matratze seitlich nachgab. Jemand setzte sich auf die Bettkante und kicherte amüsiert.

»Also, ich weiß wirklich nicht, was du willst. Jetzt klopf ich extra an, so wie du es wolltest, und du bist nur noch verschreckter.«

Vorsichtig lugte ich durch meine gespreizten Finger. Als ich mir sicher war, wer auf meinem Bett saß, richtete ich mich erleichtert auf.

»Ist alles in Ordnung?«, fragte Will mit hochgezogenen Augenbrauen.

Verlegen zupfte ich meinen Pyjama zurecht und schnaubte. »Meinst du mich?«

»Nein, die Katze.« Er schüttelte den Kopf. »Natürlich meine ich dich. Du siehst aus, als hättest du einen Geist gesehen.«

Ich legte mir die Hand auf die Brust. Mein Herz klopfte immer noch so schnell, als wäre ich gerade auf der Ziellinie eines Marathons angekommen. Nur langsam beruhigte es sich. »Was machst du überhaupt hier um diese Uhrzeit?« Ich blickte auf meinen Wecker, der auf dem Nachttisch umgekippt war und nun auf dem Ziffernblatt lag.

Mein Versuch, die peinliche Situation zu entschärfen, entging Will nicht. Um ehrlich zu sein, war ich heilfroh, dass er da war.

Unschuldig sah er mich an. »Tja, ich wollte nur mal nach dir sehen und dich fragen, wie dein Dinner so war.«

»Nun, es war ausgesprochen aufschlussreich.«

Er grunzte. »Aufschlussreich also?«

»Ja.«

Er legte den Kopf schief, als müsse er erst überlegen, was das Wort in Verbindung mit dem Essen bedeuten sollte, dann nickte er. »Wahrscheinlich ist *aufschlussreich* eine recht treffende Beschreibung dafür.«

»Tatsächlich?« Gespannt spitzte ich die Lippen. Er hatte mich misstrauisch gemacht.

»Ich habe von den Leibspeisen der Alten gehört.«

»Aha. Sprichst wohl eher aus Erfahrung, was?«

Will schüttelte sich. »Oh nein, solche Erfahrungen blieben mir glücklicherweise erspart.« Er stand auf, drehte sich um und machte Anstalten, das Zimmer zu verlassen.

»Was hast du vor?« Diese Frage war einfach aus mir herausgerutscht.

»Na, ich werde dich jetzt schlafen lassen. Du hattest doch sicher einen harten Tag.«

Einen Moment lang grübelte ich darüber nach, was er wohl dachte, wenn ich ihn zurückhielt, aber dann war es mir egal. »Hey, Will.« Er wandte sich zu mir um und betrachtete mich erwartungsvoll. »Eigentlich bin ich noch nicht wirklich müde. Es ist ja alles so furchtbar aufregend hier und da dachte ich, ob du nicht Lust hättest, mir noch ein bisschen Gesellschaft zu leisten?« Mein Grinsen war zwar breit, aber entspannt war ich nicht, und das sah man mir gewiss auch an.

Will zögerte. Er musterte mich, als hätte ich einen riesigen Pickel auf der Stirn. Dann zuckte er mit den Achseln.

»In Ordnung.« Er kam zum Bett zurück. »Was hast du denn noch vor?«

Eilig dachte ich nach, als mein Magenknurren mir die durchschlagende Idee lieferte. »Ich hatte daran gedacht, der Küche noch einen Besuch abzustatten.«

Will sah mitleidig an mir hinunter. »Gab wohl wieder mal Maunk, was?«

Ich nickte bedächtig. Es überraschte mich nicht, dass auch er von der Augapfel-Suppe wusste – sie blieb einem im Gedächtnis. Bei mir hatte sich der Anblick der schleimigen, grünen Brühe förmlich eingebrannt. Wahrscheinlich würde ich nie wieder arglos eine Suppe genießen können.

»Na, dann los. Die Nacht ist noch jung!« Er machte eine einladende Geste und ging zur Tür.

In Windeseile griff ich mir die Taschenlampe und lief hinter ihm her, zur Tür hinaus. Auf dem Flur blieb ich so dicht hinter ihm, dass ich ihm ständig mit meinen Häschen-Pantoffeln in die Quere kam.

»Könntest du das bitte lassen?« Will blieb ruckartig stehen und ich rannte versehentlich in ihn hinein.

»Was denn?«

Er drehte sich um und bedachte mich mit einem genervten Blick. »Würdest du aufhören, mich als Windfang zu benutzen?«

»Okay«, sagte ich entschuldigend. In leicht geduckter Haltung ging ich neben ihm den Flur entlang. Unermüdlich leuchtete ich die Wände nach irgendwelchen Schaltern ab.

Will beobachtete mich dabei mit einem Stirnrunzeln. »Verrätst du mir, was du da machst?«

»Wonach sieht's denn aus? Ich suche diesen verdammten Lichtschalter.«

»Es hat dir noch niemand gesagt, was?«

»Was hat mir noch niemand gesagt?«

»Na, dass es nachts kein Licht auf den Fluren gibt. Die Kristallleuchter schalten sich von allein ab, sobald alle Bewohner in ihren Zimmern sind.«

Ich schüttelte verwirrt den Kopf. »Ist das so etwas wie eine intelligente Lichtsteuerung?« Das war die einzige Erklärung, die ich dafür hatte, auch wenn sie nicht zu meinem bisherigen Eindruck vom Schloss passte. Modernste Technik hätte ich hier nicht vermutet.

»Intelligent?«, wiederholte mich Will mit einem Schmunzeln. »Ähm, ja. Ich denke, das trifft es ganz gut.«

»Finde ich hier irgendwie unpassend, oder? Ich meine, was ist, wenn man nachts mal schnell irgendwohin muss?«

Will tat meine Frage mit einem Schulterzucken ab und eilte mir voran. »Hey, ich mach die Regeln nicht. Wir setzen hier auf altmodische Leuchtmittel. In den wichtigsten Teilen des Schlosses zündet Igor die Fackeln und Kerzen an. Mehr gibt es dazu nicht zu sagen.«

»Aha.« Ich kratzte mich grübelnd am Hinterkopf und lief Will dabei in die Fersen. »Verzeihung.«

Er wandte sich zu mir um und musterte mich mitleidig. »Du bist ja völlig von der Rolle.«

»'tschuldigung.« Ich senkte betreten den Kopf. Er hatte recht. Entspannt war anders.

»Na komm schon«, sagte er und winkte mich neben sich.

Seufzend trottete ich an seine Seite. Was dachte er nur

von mir? Ein verzogenes Mädchen, das ohne seine Fürsorge in einem alten Schloss völlig verloren war. Zugegeben, ich fühlte mich ein wenig hilflos in diesen Gängen. Mein Taschenlampenstrahl streifte noch einmal die Decke, an der der Kronleuchter am gleichen seidenen Faden zu baumeln schien wie vor meinem Beinahe-Unfall. Eindeutig eine Wahrnehmungsstörung. Irritiert verharrte ich darunter, bevor ich mich kopfschüttelnd wieder in Bewegung setzte und Will hinterherging. »Warte!«

Gespannt folgte ich ihm über die Flure, deren Wände voller Porträts ernst dreinschauender Leute hingen. Ich fragte mich, wer diese Menschen gewesen waren und was sie mit dem Schloss verband. War das Mädchen, das ich singen gehört hatte, eine von ihnen? Dad hatte fast ein Vierteljahrhundert keinen Kontakt mit Tante Meg gehabt. Vermutlich wusste er deshalb nicht, wer nun alles auf Mallory Manor wohnte. Das Mädchen hatte ich gehört. Ich hatte es mir nicht eingebildet. War sie etwa auch der Schatten gewesen, den ich im Speisesaal gesehen hatte? Für mich war sie echt gewesen, und es gab jemanden, der mir in Bezug auf sie sicherlich weiterhelfen konnte.

»Sag mal«, begann ich und schloss eilig zu Will auf, »hast du eigentlich eine kleine Schwester?«

»Nein, ich bin Einzelkind. Aber ich hätte immer gerne eine gehabt. Warum fragst du?«

»Och, nur so«, stammelte ich, während wir die Treppe hinuntergingen.

»Hier entlang.« Er zeigte in einen Trakt des Schlosses, der so unheimlich war, dass ich niemals von selbst auf die Idee gekommen wäre, hineinzugehen. Das Mauerwerk wirkte schwarz und hatte ein Dutzend Durchgänge. Davor wehten zerlumpte Vorhänge, die sich wie geisterhafte Klauen auf den Gang drängten. Ich versuchte, meinen Blick geradeaus zu richten, aber auch dort reichten dicke Spinnweben von der runden Decke aus grobem Stein bis knapp über unsere Köpfe. Sie flatterten gespenstisch umher. Unwillkürlich duckte ich mich vor ihnen und blickte nach vorn, wo meine Taschenlampe einen Torbogen aus grauen Ziegeln einfing, der im Licht glänzte. Kurz darauf leuchtete ich auf ein feines Rinnsal, das bis zum pechschwarzen Marmorboden hinuntersickerte. Neben dem Zugang in den nächsten Flurbereich sammelte sich das Wasser auf einer unebenen Fläche. Wie bei einem defekten Wasserhahn tropfte es von oben in die kleine Pfütze hinein.

»Ihr habt hier wohl ein kleines Problem mit Feuchtigkeit.«

»Was hast du denn erwartet?« Will warf mir einen fragenden Blick zu und seufzte. »Du bist echt 'ne Prinzessin auf der Erbse.«

Ich schnaubte missbilligend und leuchtete ihm mit der Taschenlampe direkt ins Gesicht. »Was willst du damit sagen?«

»Na ja.« Er presste die Lippen aufeinander und hielt sich eine Hand vor die Augen. »Zunächst einmal wäre ich dir sehr verbunden, wenn du damit aufhören würdest, mich anzuleuchten. Das blendet!«

Zögernd ließ ich die Taschenlampe sinken und schaltete sie aus. »Sorry!«

»Schon okay.«

Für einen Moment hatte ich ganz vergessen, dass er mich mit dem Prinzessin-auf-der-Erbse-Vergleich beleidigt hatte.

Noch hatte er es nicht für nötig befunden, seine Äußerung zu entkräften. Grummelnd schaute ich ihn von der Seite an. Im Normalfall hätte ich beharrlich auf eine Entschuldigung gewartet. Aber ich ließ es dabei bewenden.

Ein Quietschen riss mich aus meinen Gedanken. Auch Will horchte aufmerksam. Wir sahen einander an.

»Ähm, was genau ist das für ein Geräusch?« Mit angehaltenem Atem wartete ich, dass das Quietschen aufhörte. »Wo kommt das her?« Ich knipste die Lampe wieder an und ging durch den Torbogen. Dahinter stand in einer ansonsten leeren Zimmerecke ein alter Schaukelstuhl, der wie von selbst hin und her schwang. Nervös leuchtete ich in jede Ecke. »Irgendjemand ist hier gewesen«, schlussfolgerte ich.

»Die Katze?« Will betrachtete mich mit hochgezogenen Augenbrauen.

»Die Katze?« Irgendwie hatte ich das Gefühl, als würde er etwas vor mir verheimlichen. »Warum sollte die Katze im Schaukelstuhl gewesen sein? Sie war doch gerade eben noch in meinem Zimmer… äh, oder in ihrem. Ach, ist ja auch egal.« Ich versuchte, nicht weiter über das mysteriöse Quietschen nachzudenken. Dieser Teil des Schlosses hatte etwas sehr Geheimnisvolles an sich. Alles war noch älter, noch heruntergekommener – um nicht zu sagen: Er wirkte vollkommen verlassen. Ich konnte mir beim besten Willen nicht vorstellen, dass sich die Küche ausgerechnet hier befinden sollte. »Bist du sicher, dass das auch der richtige Weg ist?«

Will grinste schelmisch. »Na klar. Ich kenne Mallory Manor wie meine Westentasche. Du wirst kaum jemanden finden, der sich besser auskennt.«

»Miau!«, tönte es wie aus dem Nichts.

Verschreckt sprang ich hoch, dann versteckte ich mich hinter Will.

»Siehst du?« Er lachte entwarnend. »Hab doch gesagt, dass es die Katze war.«

Schnell sammelte ich mich, kam hinter Will hervor und fuhr mir nervös über das Haar. Zu meiner Verwunderung hatte es Sissybell tatsächlich zu uns verschlagen.

Unschuldig schaute sie zu mir hoch. Ihre leuchtenden Augen sahen aus wie zwei schwebende Lichter.

»Also, wo waren wir?« Will lief vorweg. »Keiner kennt sich besser im Schloss aus als ich. Und Sissybell natürlich. Mit dieser Katze kann dir eigentlich nichts passieren.«

»Was soll mir denn hier passieren?«, fragte ich mit gesenkter Stimme. »Und ... was bitte meinst du mit *eigentlich*?«

Will räusperte sich energisch. »Ähm, also ... das hab ich nur so gesagt.«

»Aha«, erwiderte ich misstrauisch. Für mich roch sein Verhalten verdächtig nach Verschwörung. »Du versuchst, mir Angst einzujagen. Aber nicht mit mir! Da musst du dir schon einen anderen Dummen suchen.« Ich warf das Kinn in die Luft und überholte ihn demonstrativ um eine Schrittlänge.

»Dir Angst einjagen – dem todesmutigen Stadtmädchen? Da würde ich mir ja die Zähne dran ausbeißen.« Er vergrub die Hände in den Hosentaschen und lachte erneut.

Ich warf ihm einen argwöhnischen Blick zu.

»Ich weiß doch, dass du die Bettdecke eben nur deshalb über dem Kopf hattest, weil sie dir zufällig übers Gesicht gerutscht war. Schon klar.«

Seufzend drehte ich mich zu ihm um. Hatte er sich etwa gerade über mich lustig gemacht?

»Weißt du, an deiner Stelle würde ich mich mit irgendwelchen fadenscheinigen Urteilen zurückhalten. Dein Klamottenstil sieht aus, als wärst du irgendwo im Mittelalter stecken geblieben. Das mag ja hier niemanden stören, aber ... um ehrlich zu sein ... es ist megauncool.«

Verunsichert schaute er an sich hinunter.

»Sieht aus wie ein Kostüm für eine Schulaufführung.« Ich neigte den Kopf und grinste.

Jetzt hatte ich ihn gekränkt. Er sah aus, als würde er mir am liebsten eine Ohrfeige verpassen.

Ich lehnte mich räuspernd vor. »Das ist mein Humor«, klärte ich ihn auf. »Haha!« Schwungvoll wandte ich mich um und ging.

»Das war jetzt aber nicht lustig.« Er kam mir nach.

»Tja«, raunte ich, ohne mich zu ihm umzudrehen. »Daran sieht man, dass unsere Vorstellungen von Humor weit auseinandergehen.«

»Scheint so. Im Gegensatz zu dir werde ich aber nicht gleich beleidigend.«

Plötzlich hallte ein ohrenbetäubendes Donnern durch das Schloss.

Ich schrie auf und sprang dichter an Will. »Was war das nun wieder?«

Er reagierte nicht auf meine Frage. »Wir sollten weitergehen.« Ich blickte mich um, als würden wir verfolgt. Ein eiskalter Windzug, der aus dem Nichts zu kommen schien, ließ mich erschaudern. Er wehte mir das Haar ins Gesicht.

Und dann, ein Flüstern. Kaum wahrnehmbar, die Worte unverständlich. Trotzdem ließ es mir das Blut in den Adern gefrieren.

»Hast du das auch gehört?«, erkundigte ich mich mit heiserer Stimme bei Will.

»Was meinst du?«

Wieder blickte ich mich um. Hinter uns glaubte ich einen Schatten zu sehen und mein Puls schoss in die Höhe. Ich meinte sogar, eine deutliche Form zu erkennen. Ein langer Mantel, ein Hut. Starr vor Angst zeigte ich mit dem Finger darauf. »D…d…d… daaa!« Der Schatten schien uns zu beobachten.

Will schaute ihm direkt entgegen, ohne eine Regung zu zeigen. Erschrocken sah ich, wie der Schatten in der Wand verschwand. Genau wie im Speisesaal! Für mich gab es nur eine Erklärung. Und die gefiel mir gar nicht. »Das war ein Geist!«

»Sicher nicht«, spielte Will die Erscheinung runter.

»Hier spukt es. Ganz bestimmt!«

»Wenn du meinst.« Er lachte amüsiert. »Aber das gerade war ganz sicher kein Geist, glaub mir.«

»Was war es dann?«

»Vielleicht ein Schatten. Nichts weiter.«

Wie konnte er das so ruhig hinnehmen? Mir zitterten immer noch die Knie. »Für einen Schatten hat er aber ziemlich lebendig gewirkt.«

»So etwas kommt hier schon mal vor«, befand Will beiläufig. »Es ist eben ein sehr altes Haus.«

Ich zwang mich, tief durchzuatmen und nichts mehr dazu

zu sagen. Für den Fall, dass ich mich doch irrte. Will sollte mich nicht für total irre halten. Oder schreckhaft. Wahrscheinlich hatte er mir einen Streich gespielt. Oder der sich bewegende Schatten war eine weitere Illusion gewesen. Ich hielt mir den grummelnden Bauch. Bestimmt hatten sich Angst, Hunger und Erschöpfung gegen mich verbündet. Und Will war mir da keine große Hilfe.

Wir passierten eine zweiflügelige Tür. Fahles Mondlicht drang aus einem einsamen Rundfenster darüber. Wie ein silberner Wasserfall fiel es auf die aufwendigen Muster, die in die Tür geschnitzt waren. Als wäre ich hypnotisiert, hielt ich davor inne. »Was ist dahinter?«

Will, der bereits weitergegangen war, brummte genervt, dann stellte er sich neben mich und betrachtete mit mir die Tür. »Nichts Besonderes. Ein paar verstaubte Bücher. Lauter alter Kram eben.«

Ohne darüber nachzudenken, legte ich meine Hand auf die eiserne Klinke und drückte sie hinunter.

»Da solltest du jetzt besser nicht hineingehen.«

Ich ignorierte Wills Warnung. Irgendetwas sagte mir, dass ich hinter dieser Tür etwas Bedeutendes finden würde. Sie öffnete sich nur schwerfällig. Beim langsamen Aufschwingen machte sie ein Geräusch, das klang wie das erleichterte Seufzen eines Flaschengeistes, den man aus seiner Wunderlampe befreit hatte. Ich hielt gespannt den Atem an und tatsächlich, was sich vor mir auftat, erstaunte mich zutiefst: Eine Fensterreihe, die oberhalb der weitläufigen Bücherregale die Formen der Mondphasen zeigte, erhellte den riesigen Raum. Will stand nun an meiner Seite.

Verständnislos blickte ich ihn an. »Nur ein paar Bücher?«

»Gut.« Unbeeindruckt zuckte er die Schultern. »Dann eben ein paar viele Bücher.«

Er untertrieb maßlos. Ich schüttelte vehement den Kopf und ging auf eines der prall gefüllten Regale zu. »Das sind nicht ein paar. Das hier ist eine Bibliothek!« Ich riss die Arme in die Luft und lachte entzückt. Lesen war eines meiner größten Hobbys. Die Entdeckung von Mallory Manors Bibliothek kam für mich einer erfolgreichen Schatzsuche gleich. »Dad hat mir nie etwas davon erzählt.« Gedankenverloren strich ich über den Einband eines in Leder gebundenen Buches.

Da hörte ich ein Jammern.

Erschrocken nahm ich die Hand hinunter und ging rückwärts zu Will. »War da was?«

»Ich habe nichts gehört.«

»Aber, da war doch gerade ... Moment mal, ich habe dir nicht gesagt, dass es ein Geräusch war.«

Er winkte ab und ging in Richtung Tür. »Wir sollten jetzt wirklich gehen.«

Ich blieb stur, wo ich war, verschränkte die Arme vor der Brust und wartete.

»Uuuuhaaaa.« Ein schreckliches Heulen erfüllte den Raum. Mir fuhr das Entsetzen so tief in die Glieder, dass ich schnurstracks in Wills Arme rannte. Auffordernd blickte ich ihn an. »Und du willst mir weismachen, du hättest das nicht gehört?« Rasch löste ich mich von ihm, als ich merkte, wie nah ich ihm versehentlich gekommen war.

Seine Augen waren beunruhigt auf die Regale gerichtet. Er schluckte sichtbar. Im nächsten Moment wirkte er aber wieder gefasst. Er sah mich an und grinste. »Gib's zu. Das war doch nur ein Vorwand, um dich an mich klammern zu können.«

Ich gab ihm einen empörten Knuff gegen den Arm. »Wie bitte? Du spinnst wohl!«

»Du magst mich. Wer könnte es dir verdenken? So einen schneidigen Gentleman trifft man nicht alle Tage.« Er lachte und rieb sich über die Stelle, die soeben meine Faust abbekommen hatte.

»Gentleman? Schneidig? Also, ich weiß ja nicht, von wem du da sprichst, aber du bist weder das eine noch das andere.«

»Versteh schon. Laut meinem Vater sagt ihr Mädchen immer das Gegenteil von dem, was ihr denkt.«

»Tut mir leid, dich enttäuschen zu müssen, aber da irrt sich dein Vater.« Ich stemmte stirnrunzelnd die Hände in die Hüfte. »Du hast vielleicht Wahnvorstellungen!«, fügte ich mit düsterer Miene hinzu. Mein entgeisterter Blick fiel an ihm vorbei zum Türrahmen, in dem Sissybell kerzengerade saß. Ihr Schwanz wischte unaufhörlich über den Fußboden.

»Warum kommt sie denn nicht rein?« Ich war immer noch sauer, aber ich wollte das Thema wechseln und das möglichst schnell. »Diese Katze ist doch sonst nicht so zurückhaltend.«

»Sie geht nicht in diesen Raum«, antwortete Will ernst.

»Wieso nicht?«

Will zuckte die Schultern. »Na ja … vielleicht mag sie keine Bücher?«

Als mein Blick wieder die aneinandergereihten Regale streifte, dachte ich für den Bruchteil einer Sekunde, einen Schatten zu sehen, der durch den mittleren Gang gehuscht war. Sofort schaute ich zu Will. Dieser starrte auf exakt den Punkt, an dem ich etwas zu sehen geglaubt hatte.

»Wir sollten jetzt wirklich verschwinden.« Seine Augen blieben auf die Regalwände gerichtet. Dann schob er mich förmlich aus der Bibliothek und ließ die schwere Tür hinter uns ins Schloss fallen.

Ich verschränkte die Arme vor der Brust und schaute ihn abwartend an. »Du hast absolut nichts Auffälliges gesehen oder gehört, hab ich recht?« Meine rechte Fußspitze wippte ungeduldig auf und ab. Er betrachtete mich eine Weile schweigend. Es schien, als suchte er nach der passenden Erklärung für sein Verhalten. Ich war mir sicher, dass er sowohl das Jammern gehört als auch den huschenden Schatten gesehen hatte. Warum gab er es nicht einfach zu? Dieser Junge raubte mir noch den allerletzten Nerv.

Kakao, Plätzchen und ein Salzstreuer

Sissybell schmiegte sich an meine Beine und ich sah zu ihr hinunter. Sie gab ein Mauzen von sich und tippelte den Flur entlang. Kurzerhand ließ ich Will stehen und schlich hinter ihr her. Das Ende des Korridors war von einem matten Licht erhellt. Hier wirkte der Gang viel freundlicher. Beinahe kam es mir so vor, als gehörte er gar nicht zu dem langen unheimlichen Teil des Schlosses, über den ich gekommen war. Nach ein paar Schritten hörte ich die summende Stimme einer Frau sowie das Klappern von Töpfen und ging darauf zu. Der köstliche Duft von Plätzchen oder Kuchen wogte mir entgegen. Sissybell huschte vor mir in die Küche.

»Du solltest die Hausführung lieber der Katze überlassen«, maßregelte ich Will, nach vorn gewandt. »Die macht wenigstens nicht aus allem ein Riesengeheimnis.«

Bevor ich in die Küche ging, hielt ich inne. Langsam blickte ich mich um und stutzte. Mit den Augen suchte ich alles nach Will ab, doch er war weg. Sein plötzliches Verschwinden irritierte mich ein wenig. Hatte ich ihn doch zu sehr verärgert? Selbst wenn, fand ich es unmöglich von ihm, dass er sich einfach so aus dem Staub machte. Kurz dachte ich darüber nach, was ich sagen würde, sollte mich jemand nach meiner Meinung über Will fragen. Dann fielen mir relativ schnell einige prägnante Beschreibungen für ihn ein: unmöglich, unhöflich, unehrlich und nun auch noch unzuverlässig. Ich fand, die vier Us brachten es auf den Punkt.

Wenigstens wusste ich jetzt, wo ich hinmusste, sollte mich in Zukunft der Hunger quälen, und dafür war ich Will dankbar. Ich betrat eine Küche im Landhausstil mit uriger Feuerstelle und Töpfen und Pfannen an einem eisernen Speckhänger. Hinter einer runden Kochinsel stand die nette ältere Dame, die beim Dinner Maunk serviert hatte. Sie trug immer noch dieselbe Haube und Schürze. Anders als beim Abendessen war die Schürze jedoch über und über mit Mehl und Schokoladenklecksen besprenkelt.

Als die Frau mich bemerkte, schaute sie auf. Ihre Augen strahlten freundlich. »Da bist du ja, Liebes. Hab mich schon gewundert, wo du bleibst.« Ihre Stimme klang mütterlich. Sie passte perfekt zu ihrem Äußeren.

»Sie haben mich erwartet?«

»Aber natürlich«, antwortete sie, als hätte ich soeben eine völlig verrückte Frage gestellt. »Marianne. Nenn mich bitte Marianne.«

Ich nickte lächelnd.

»Ich dachte mir schon, dass das Dinner nicht nach deinem Geschmack war.«

»Oh, eigentlich war es ganz lecker«, log ich, weil ich ihre Kochkünste nicht herabwürdigen wollte.

Kichernd rollte sie einen nach Marzipan riechenden Teig aus. »Du musst es nicht schönreden. Es sind nicht meine Rezepte.« Sie ließ kurz von dem Teig ab und sah mir ins Gesicht. »Früher wurde hier nur das Beste serviert.« Sie senkte die Stimme. »Wahre Köstlichkeiten. Gänsebraten, Kartoffelauflauf ... Makkaroni mit Käse.«

»Das ist das Lieblingsessen von meinem Dad!«

»Oh ja, ich weiß. Ich habe es immer extra für ihn gekocht. Und Lasagne, gebratenes Paprikahähnchen, Butterplätzchen, Karamellpudding ... ach, bei dem ganzen Gerede von leckerem Essen bekomme ich immer gleich Appetit.«

Ich schmunzelte. »Das kenne ich gut.«

»Was wäre ich für eine Köchin, wenn ich nicht selbst gerne essen würde?«

»Vermutlich keine so gute«, meinte ich lächelnd.

Sie machte eine wegwerfende Handbewegung und kicherte erneut. »Eine furchtbare! Natürlich hat die Schwärmerei fürs Essen seinen Preis.« Sie wies auf die deutlich vorstehenden Knöpfe ihres Kleides.

»Warum wird hier anders gekocht als früher?« Für mich war das absolut unlogisch, bei den tollen Speisen, die es hier gegeben hatte.

Marianne seufzte laut, während sie den Teigklumpen mit dem Nudelholz platt walzte. »Tja, Liebes, leider hat sich in den letzten Jahren auf Mallory Manor so einiges verändert.«

»Unter anderem Tante Meg?«

Marianne stoppte das Nudelholz in der Teigmitte und sah mich mit bedauernder Miene an. »Ja.«

»Aber warum?«

»Das ist eine Frage, meine kleine Dana, die ich dir leider nicht beantworten kann.«

Ich dachte an Tante Megs Tochter, die früh gestorben war, und daran, was ein solcher Schicksalsschlag aus den Menschen machen konnte. War sie deshalb so seltsam geworden? Ich ließ die Schultern hängen.

»Setz dich zu mir und nimm dir einen Keks.« Marianne deutete auf einen Stuhl neben dem Ofen, in dem ein herrliches Feuer loderte. Auf der Ablage darüber stand ein Tablett mit runden Plätzchen.

Ich nahm mir eines und knabberte zaghaft daran.

»Nur nicht so zögerlich«, schimpfte Marianne. »Die habe ich extra für dich gebacken.«

Ich nahm einen größeren Bissen und ließ ihn mir auf der Zunge zergehen. Der Keks schmeckte unglaublich gut. Er war weich und süß. Die kleinen Schokoladenstückchen darin zerschmolzen in meinem Mund.

Summend ging Marianne um die Kochinsel herum zum Kühlschrank, der in dieser altmodischen Umgebung irgendwie fehl am Platz wirkte. Sie holte einen Teller mit Hähnchenkeulen heraus und stellte ihn neben die Kekse auf den Ofen. »Hier«, sie zwinkerte mir zu, »du musst ja halb verhungert sein.«

So in etwa, dachte ich. Sprechen konnte ich nicht, da mein Mund voller halbzerkauter Kekse war. Also musste ein dankbares Lächeln ausreichen.

Marianne musterte mich neugierig. »Du hast die Augen deines Vaters.«

Ich nickte und schluckte den Bissen hinunter. »Ich weiß. Das sagen alle.«

»Ich habe es immer sehr genossen, ihn hier zu haben. Er war so ein liebes Kind und aus ihm wurde ein großartiger Mallory. Ich bin sicher, er ist ein toller Vater für dich.«

»Das ist er.« Der Gedanke an ihn machte mich traurig. Ich war kaum einen Tag hier und doch vermisste ich ihn schon. Mums Tod hatte uns beide eng zusammengeschweißt. Seitdem waren wir nie lange voneinander getrennt gewesen.

»Ich hatte immer gehofft, er würde eines Tages nach Mallory Manor kommen und hierbleiben.« Marianne wirkte auf einmal wehmütig. »Er gehört an diesen Ort. Genau wie du! Ein Jammer, dass er es vorzog, in die Welt hinauszugehen … eine Karriere anzustreben. Aber wenn es das ist, was ihn glücklich macht …« Sie strich mir liebevoll über den Schopf.

War Dad noch glücklich? Ich war mir nicht mehr sicher. Vielmehr glaubte ich, dass er sich von seiner Paris-Reise versprach, es wieder zu werden. Ich hoffte es für ihn, aber in Wahrheit zweifelte ich daran. War es möglich, dass Mallory Manor Dad dazu bringen konnte, wieder froh zu sein? Ich dachte an seinen zufriedenen Gesichtsausdruck, als wir vor dem Schlosstor ankamen. Bisher fühlte ich mich in diesem alten Gemäuer nicht sehr wohl. Ich konnte mir nicht vorstellen, dass sich das in naher Zukunft ändern würde. Aber immerhin hatte mir die Begegnung mit Marianne ein besseres Gefühl gegeben. Vielleicht bestand ja doch noch Hoffnung – für mich und diesen alten Kasten. Es tat gut zu wissen, dass es jemanden gab, mit dem ich reden konnte, jemand, der mich verstand. Vielleicht würde Marianne mir ja einige Dinge erklären können, die mich seit meiner Ankunft auf Mallory Manor beschäftigten. Mir schwirrten unzählige Fragen im Kopf herum. Aber womit sollte ich anfangen? Mein Blick wanderte durch die Küche und blieb an der Tür hängen. Ich dachte an den, gelinde ausgedrückt, abenteuerlichen Weg hierher und so schoss es aus mir heraus. »Wer ist eigentlich dieser Will?«

Marianne blickte zu mir auf und musterte mich mit großen Augen. »Du bist William begegnet? William Derule?«

»Ja, das ist sein Name. Heute Nachmittag stand er einfach in meinem Zimmer.«

Marianne holte tief Luft, dann seufzte sie. »Ja, das ist William.«

»Und bis eben war er auch noch da. Er hat mir den Weg hierher gezeigt, na ja, zusammen mit Sissybell …« Ich schenkte der Katze zu meinen Füßen ein dankbares Grinsen. Diese hatte jedoch nur Augen für die saftigen Hähnchen neben mir.

Marianne lehnte sich vor und betrachtete mich ungläubig. »Er hat dich hergebracht, sagst du?«

»Ja, sozusagen. Kurz bevor ich in die Küche ging, ist er einfach abgehauen. Ohne auch nur ein Wort zu sagen. Er ist echt komisch.« Ich schüttelte missgelaunt den Kopf.

Marianne schmunzelte. »Eigentlich ist er ein lieber Junge.«

»Lieb?«, fragte ich spitz bei dem Gedanken, dass er mich einfach so allein gelassen hatte. »Bescheuert trifft es eher.«

»Du musst ihn erst besser kennenlernen«, sagte sie und widmete sich wieder dem Teig auf der Kochinsel. »Dort ist frischer Kakao. Schokolade hat noch immer erhitzte Gemüter besänftigt.« Sie zeigte mit dem Kinn auf eine dampfende Eisenkanne, die auf einem kleinen Esstisch neben dem Fenster stand.

Ich hatte sie zuvor nicht bemerkt. Jetzt stieg mir der leckere Duft von heißer Schokolade in die Nase und mein Ärger verflog schlagartig. »Erhitzt?«, murmelte ich, während ich vom Stuhl aufstand und zum Tisch ging. »Er lässt mich völlig kalt.«

Marianne gluckste. »Ja, ja. Das merke ich.«

Ich steuerte eine Vitrine an, in der einige Tassen standen. Darauf waren unterschiedliche Motive abgebildet wie beispielsweise ein Riesenrad oder ein Heißluftballon. Alles war in leuchtende Farben getaucht und wirkte ebenso lebendig wie auf dem Bild in meinem Zimmer. Die kleinen Tassen sahen aus, als würden sie eigentlich nicht zum restlichen Geschirr in dieser Küche gehören. Vorsichtig öffnete ich die Glastür und griff wahllos nach einer der Tassen.

»Oh, diese besser nicht, Liebes.« Marianne hatte mich ermahnt, bevor ich eine davon berührt hatte. Ich wollte eine andere aus dem Schrank nehmen, doch auch das schien verkehrt zu sein. »Die besser auch nicht.« Marianne eilte von der Kochinsel zu mir, schloss behutsam die Vitrine und drückte mir einen plumpen Blechbecher in die Hand. »Darin bleibt der Kakao auch schön warm.«

»Was ist mit den Tassen in diesem Schrank?«

Marianne druckste herum. »Och, die sind nur für ganz besondere Anlässe.«

Stirnrunzelnd schenkte ich mir Kakao ein. Marianne versah ihn mit einem großen Klecks Schlagsahne, einem Marshmallow und bunten Zuckerperlen.

»Danke!«, sagte ich und setzte mich wieder auf den Stuhl neben dem Ofen, um es warm zu haben. Mit der freien Hand nahm ich mir eine Hähnchenkeule. Zu meiner Verwunderung war es die allerletzte, mehr hatte Sissybell wohl nicht übrig gelassen. »Unfassbar!« Ich sah ihr zu, wie sie sich die Pfoten leckte. »Wie konnte die Katze das alles so schnell wegfuttern?« Fassungslos starrte ich auf den Teller mit den fein säuberlich abgeknabberten Knochen.

Marianne legte den Kopf schräg und lachte. »Sie weiß eben, was gut ist.«

Ich ließ mir mein Huhn schmecken und trank den Kakao leer. Er wärmte mich von innen und hatte die perfekte Süße. Bevor ich zurück auf mein Zimmer ging, wollte ich für mich die unheimlichen Vorkommnisse klären, die ich seit dem Dinner erlebt hatte. Es musste einfach eine logische Erklärung für die Stimmen auf den Fluren, die seltsamen Schatten und all die geheimnisvollen Geräusche geben. Es sei denn, ich hatte mir wirklich alles nur eingebildet. Aber nein. Ich spürte, dass es nicht so war.

»Marianne?«, sagte ich leise. »Darf ich dich noch etwas fragen?«

»Alles, was du willst.«

Ich glaubte eigentlich nicht an Gespenster, aber dieses Schloss ließ mich an meinem Verstand zweifeln. Wie sollte ich meine Frage am besten in Worte fassen? Ich wollte nicht, dass sie dachte, ich wäre ein wenig, nun ja – verrückt. Also umschrieb ich mein Anliegen, in der Hoffnung, dass sie wusste, worauf ich hinauswollte. »Gibt es zu Mallory Manor irgendetwas, das ich wissen sollte?«

Marianne hielt inne. Sie klimperte einige Male hintereinander mit den Wimpern, dann wandte sie sich mir zu. »Lass mich kurz nachdenken.« Mit dem Zeigefinger am Kinn grübelte sie offenkundig. »Nein. Nein, ich denke, es ist ein Haus von vielen, mit knarrenden Dielen, zugigen Fluren und einem feuchten Keller.« Wieder kicherte sie beiläufig und rollte das Nudelholz kräftig über den Teig. Eigenartig. Warum wurde ich das Gefühl nicht los, dass sie etwas vor mir verheimlichte? Genau wie Will! Aber was? Angespannt kaute ich auf meiner Unterlippe, während ich weiterhin auf den Teig starrte. Dieser war mittlerweile nur noch wenige Millimeter dick. Marianne presste die Ausstechform in die Knetmasse und legte einen Lebkuchenmann nach dem andern auf das gefettete Backblech. Na toll! Wahrscheinlich würde ich allein herausfinden müssen, welches Geheimnis dieses Schloss hütete. Dabei lag mir Detektivarbeit überhaupt nicht.

»Für wen sind die denn?«, fragte ich Marianne, die jeden Lebkuchenmann behutsam mit einer Eigelbschicht bestrich.

»Die sind für alle da, die hausgemachte Pfefferkuchen schätzen.«

Lächelnd stand ich auf. »Gut zu wissen. Aber ich denke, jetzt werde ich mal wieder auf mein Zimmer gehen.«

»So?« Sie sah mich verwundert an.

Ich nickte. »Es ist schon spät. Ich will versuchen, ein wenig zu schlafen. Der Tag war recht anstrengend.«

»Ja, natürlich. Tu das, Liebes.«

Ich verharrte noch einen Moment bei ihr. »Wann gehst du für gewöhnlich schlafen?«

»Oh.« Marianne ließ ihren Blick durch die Küche wandern. Benutzte Töpfe und Pfannen stapelten sich in der Spüle, Mehlspuren fanden sich auf fast jeder Ablage. Die Aufräumarbeiten würden noch einige Zeit in Anspruch nehmen.

»Soll ich dir vielleicht irgendwie helfen?« Ich war müde, aber für sie würde ich noch wach bleiben. Ihre Bekanntschaft gemacht zu haben, hatte mir schließlich den Tag gerettet.

»Nicht nötig, Liebes. Ich bin gleich fertig damit.«

»Okay. Dann gute Nacht.« Ich wandte mich zum Gehen.

»Warte noch!« Sie klopfte sich rasch das Mehl von den Händen und huschte zum Hängeschrank über dem Herd. »Wo hab ich es denn?«, brummelte sie auf Zehenspitzen stehend. »Es muss doch hier … ah, da ist es ja.« In der Hand hielt sie einen kleinen gläsernen Salzstreuer. Mit einem Grinsen im Gesicht kam sie auf mich zu und reichte ihn mir. »Hier. Sicher ist sicher.«

Ich beäugte sie mit kritischem Gesichtsausdruck. »Danke, aber für heute bin ich satt.«

»Dummerchen. Es ist doch nicht zum Nachwürzen.«

Ich stand bewegungslos vor ihr, auf eine Erleuchtung wartend. »Was soll ich dann damit anstellen?«

Sie wedelte ungeduldig mit dem Salz herum. »Wir haben nicht mehr allzu viel davon. Eine gewisse Person will es nicht im Haus haben. Ich möchte, dass du es bekommst.«

Ich stand da wie versteinert. Was sollte das?

Sie verdrehte die Augen. »Nun nimm es schon endlich an dich.«

Zögerlich nahm ich den Streuer entgegen und schaute etwas verdattert zwischen ihm und Marianne hin und her. »Ja, ich hab schon gemerkt, dass es rar ist«, gab ich zu.

»Eins musst du dir hier auf Mallory Manor unbedingt merken.«

Ich spitzte die Ohren und mich überkam eine Gänsehaut.

Folgte nun doch eine Erklärung für die mysteriösen Vorkommnisse im Schloss?

»Die Wirkung von Salz ist nicht zu unterschätzen.« Marianne kniff die Augen zusammen und nickte.

Ernüchtert ließ ich die Schultern hängen.

»Sie ist... vielfältig«, fügte sie hinzu. »Vielfältiger, als du glaubst. Es ist nicht nur zum Verfeinern da.« Sie zwinkerte mir mit einem Auge zu und deutete auf den Streuer in meiner Hand. »Nur für alle Fälle.«

Sollte ich dieses Geschenk jetzt merkwürdig finden? Ich wusste nicht, was sie mir damit sagen wollte. Grübelnd schaute ich auf das Salz.

Marianne schien meine Verunsicherung zu entgehen. Sie lächelte mich voller Genugtuung an, als hätte sie mir soeben ein brandneues iPad überreicht. »Nun husch, husch ins Bett.«

»Ist gut«, murmelte ich und steuerte auf den Flur zu. »Ich bin froh, noch hier bei dir gewesen zu sein.« Im Türrahmen stehend, drehte ich mich nochmals zu ihr um.

Sie sah mich an und lächelte breit. »Ich auch, Liebes, ich auch. Aber jetzt wünsche ich dir noch eine angenehme Nacht. Und... zögere nicht, ihn einzusetzen.« Sie verwies mit ihrem Kinn erneut auf den Salzstreuer.

Unwillkürlich betrachtete auch ich ihn. »Versprochen!« Dabei musste ich mir ein Grinsen verkneifen. Ich dachte an ein weiches Frühstücksei, an Spaghetti mit Tomatensoße – bei beidem war fehlendes Salz ein Desaster.

»Geh auf dem direkten Weg in dein Schlafzimmer«, befahl sie mit sanfter Stimme. »Erkundungstouren auf Mallory Manor eignen sich besser am Tage.«

»Das mache ich. Gute Nacht!«
»Schlaf gut, Liebes.«

Nachdenklich verstaute ich den kleinen Salzstreuer in der Tasche meines Morgenmantels und ließ Mariannes Küche hinter mir.

Fehlende Orientierung

Mit einem beklemmenden Gefühl in der Magengrube ging ich über den unheimlichen Flur zurück. Sissybell lief auf leisen Pfoten neben mir her. Der eindrucksvollen Bibliothekstür warf ich im Vorbeigehen einen nervösen Blick zu. Obwohl darin etwas Merkwürdiges vor sich zu gehen schien, würde ich sie wieder betreten. Aber nicht jetzt. Ich wollte ohne Umschweife in mein Zimmer zurück, so, wie ich es Marianne versprochen hatte. Schnellen Schrittes durchquerte ich den dunklen Gang und bemühte mich, nicht zu den Seiten zu schauen. Auf fragwürdige Geräusche, die mir auf meinem Weg begegneten, reagierte ich erst gar nicht. Ich war heilfroh, als sich der hellere, beschaulichere Teil des Schlosses vor mir auftat. Zügig lief ich die Freitreppe hinauf und fragte mich dabei unentwegt, wo wohl Tante Megs Schlafzimmer war und Wills. Lag Tante Megs etwa auf derselben Etage wie meines? Ich schüttelte mich bei dem Gedanken. Denn von allem, was mir bisher auf Mallory Manor passiert war, war sie noch immer das größte Mysterium. Das Licht meiner Taschenlampe begann zu flackern. Dem Gedanken an Tante Meg folgte die Befürchtung, das unheimliche Lied wieder zu hören. Und das noch dazu in völliger Dunkelheit, weitab von meinem sicheren Zimmer.

»So ein Mist«, fluchte ich. Mit der flachen Hand klopfte ich wie wild auf das Batteriefach. Vielleicht hatte die Lampe ja nur einen Wackelkontakt. Der lange Korridor mit dem roten Teppich war dunkel. Ich beschleunigte meine Schritte, um möglichst schnell in mein Zimmer zu gelangen. Da hörte ich ein leises Kichern hinter mir. Sofort fuhr ich herum und schickte meinen flackernden Lichtstrahl durch die Finsternis. »Wer ist da?«, fragte ich mit aufgesetzt unerschrockener Stimme. Unterdessen raste mein Puls. »Ist da jemand?«

Es war wieder still und ich konnte auch niemanden sehen. Nichts lag hinter mir, außer der tief schlafende Teil eines uralten Hauses. Hatte ich mir das Kichern etwa nur eingebildet? Ich atmete hörbar ein. Die Angst vernebelte meinen Verstand. In so einem Zustand war es unmöglich, zwischen Wirklichkeit und Trugbild zu unterscheiden. Aber was, wenn es keine Einbildung gewesen war? Ich machte mir nicht die Mühe, weiter darüber nachzudenken. Ruckartig wandte ich mich um und rannte. Mit wild klopfendem Herzen suchte ich die rote Tür, die mich in mein vertrautes Zimmer bringen würde, doch ich konnte sie einfach nicht finden. War ich etwa im falschen Schlosstrakt? Das war unmöglich! Ich war mir absolut sicher gewesen, dass ich den Weg zu meinem Zimmer finden würde. Meine Beine bewegten sich wie von selbst vorwärts. Panisch hastete ich den Flur hinunter. Sissybell hielt mühelos Schritt. Ein Kristallkronleuchter zeigte sich zum zweiten Mal über meinem Kopf und er sah genauso aus wie der erste. Wie groß war die Wahrscheinlichkeit, dass zwei Kronleuchter in ein und derselben schiefen Art und Weise an der Decke hingen? Mein Atem ging schnell. Angestrengt blickte ich nach vorn. Irgendwann musste dieser Flur doch mal zu Ende sein. Vollkommen außer Puste hielt ich an und suchte nach irgendetwas Vertrautem, etwas, woran ich mich orientieren konnte. Die Hände auf die Knie gestützt, schnaufte ich durch. »Ich muss irgendwo falsch abgebogen sein«, keuchte ich. Gedanklich ging ich noch mal jeden einzelnen Gang durch. Doch alles schien korrekt!

Sissybell saß vor mir und schaute mich mit ihren großen funkelnden Augen an.

»Sonst weißt du doch auch immer, wo's langgeht«, sagte ich zu ihr. Als hätte sie mich verstanden, drehte sie sich um und marschierte voraus. Ich folgte ihr in völliger Dunkelheit, da meine Taschenlampe endgültig erloschen war. Sissybell steuerte auf eine Tür zu, die mir bisher noch nicht aufgefallen war. Allerdings war es nun so dunkel, dass ich eigentlich nicht sagen konnte, ob ich sie vielleicht doch schon einmal gesehen hatte. Ich ging näher heran und horchte auf. Dahinter spielte jemand Klavier. »Das ist bestimmt Tante Meg«, flüsterte ich erschrocken. Sissybell miaute leise. »Wer sollte es sonst sein?«

Wieder gab die Katze ein zartes Maunzen von sich. In dem Moment, in dem ich mit meiner Hand den Türknauf berührte, war schlagartig alles still. Ich trat einen Schritt zurück, überlegte kurz, dann nahm ich meinen Mut zusammen und klopfte an. »Tante Meg?« Vorsichtig drehte ich den Knauf und lugte zunächst durch einen schmalen Spalt. Der Raum war ebenso finster wie der Flur. Meine zittrige Hand tastete nach dem Lichtschalter neben der Tür. Ein Klicken ertönte, als ich das altmodische Ding hochdrückte und Licht das Zimmer erhellte. Meine Nerven bis zum Zerreißen angespannt, trat ich ein. Sissybell schob sich durch meine Beine hindurch.

»Sehr merkwürdig«, hauchte ich, während ich mich verwundert umschaute. Das gesamte Mobiliar, das ich vor mir sah, war mit weißen Laken abgedeckt. Ich ging auf ein besonders großes Stück zu und hob das Leinentuch ein wenig an. Darunter kam ein schwarzes Klavier zum Vorschein. Mit den Fingerkuppen strich ich über die Tasten. Sie waren trotz der Abdeckung total verstaubt. »Also langsam werde ich wohl doch verrückt.« Ich kratzte mich fragend am Hinterkopf. »Es wurde eben Klavier gespielt … aber es kann nicht aus diesem Zimmer gekommen sein.«

Sissybell sprang das umhüllte Klavier hinauf und grub ihre Krallen in den weißen Stoff, als wollte sie das Instrument davon befreien.

»Es muss von anderswo hergekommen sein. Wahrscheinlich gibt es hier überall diese alten Lüftungsschächte. Damit verteilen sich die Geräusche automatisch.« Mit dieser Erklärung versuchte ich, mich zu beruhigen. Sie war logisch und es war durchaus möglich, dass sie zutraf.

Ich warf einen raschen Blick unter die anderen Tücher und stellte fest, dass neben dem Klavier noch ein Cello, eine Harfe, eine Geige und eine Ziehharmonika lagerten. »Das muss so etwas wie ein Musikzimmer sein«, sagte ich und Sissybell maunzte. »Na ja, wo auch immer das Klavierspiel herkam, jetzt ist es weg.« Ich schnaufte angespannt. Dann horchte ich in die anhaltende Stille, die in diesem Augenblick von etwas durchbrochen wurde. Ich hielt erschrocken den Atem an, denn da war es erneut: das Kichern eines kleinen Mädchens. War es dasselbe Mädchen, das zuvor das Lied gesungen hatte? Ängstlich reckte ich den Kopf durch die Tür und schaute auf den Flur hinaus. »Ist da wer?«, fragte ich mit leiser Stimme.

Nichts. Es war so ruhig, dass man die Holzwürmer hören konnte, wie sie sich durch das alte Gebälk fraßen. »Ich glaube nicht an Geister«, sagte ich zu mir selbst, um es mir noch einmal ins Gedächtnis zu rufen. Dieses Haus stellte mein Weltbild völlig auf den Kopf. Das Licht aus dem Musikzimmer fiel nur eine Schrittlänge vor mich, trotzdem hoffte ich, dass es mir den richtigen Weg zeigen würde. Jetzt sah der Flur so aus, wie ich ihn vom Tag her kannte. Auf der gegenüberliegenden Seite erblickte ich sie endlich: meine rote Schlafzimmertür. »Ich bin wohl total übermüdet«, japste ich und bedeutete Sissybell, mir zu folgen. Dann machte ich das Licht im Musikzimmer aus und hastete über den Flur. Flink öffnete ich die Tür und zog diese leise hinter mir und der Katze zu. Erleichtert ließ ich mich rücklings aufs Bett fallen. Sissybell nahm wieder ihren Platz auf dem Kopfkissen ein, als wäre zwischenzeitlich nichts Außergewöhnliches geschehen. Sie vergrub die Krallen in den Daunen, sodass feine Federn wie Schneeflocken durch die Luft wirbelten. Gähnend drehte sie sich einmal um sich selbst, bevor sie die Pfoten reckte und sich schnurrend niederließ.

Nun konnte auch ich nicht länger gegen die Müdigkeit ankämpfen – egal wie viel Aufregung ich gerade hinter mir hatte. Oder gerade deshalb? Meine Augen wurden kleiner und ich kuschelte mich unter die Decke. Erschöpft richtete ich meinen Wecker auf und schenkte ihm einen letzten Blick: fast Mitternacht. Ich war sicher, so müde, wie ich war, würde ich so schnell nicht mehr aufwachen, selbst wenn

Godzilla und Schweinchen Dick vor meinem Bett Square Dance tanzten.

»Nur noch fünf Minuten«, säuselte ich im Halbschlaf. Da war dieses nervtötende Geräusch, das ich auf wundersame Weise mit Dads Schweizer Kuckucksuhr in Verbindung brachte. Es dauerte eine Weile, bis ich den Schlaf von mir abgeschüttelt und begriffen hatte, dass das Sirren unmöglich davon stammen konnte. Und auf einmal war es vielmehr ein Wiehern als ein Sirren.

Ich setzte mich auf und rieb mir verschlafen die Augen. Das Zimmer war vom flackernden Schein des Kaminfeuers beleuchtet. Was im Allgemeinen nichts Außergewöhnliches war, wäre ich mir nicht absolut sicher gewesen, dass, als ich eingeschlafen war, kein Feuer im Kamin gebrannt hatte.

Einen Moment starrte ich vor mich hin und stellte mir die Frage, ob ein solcher Kamin auch ferngesteuert funktionierte. Ich sah zu Sissybell. Sie schlief tief und fest. Auf ihrem mehrfarbigen Fell tanzten die Schatten der züngelnden Flammen. Mittlerweile war ich heilfroh, dass Tante Meg mich in dem Katzenzimmer einquartiert hatte, das musste ich mir eingestehen. Sissybells Anwesenheit milderte meine Ängste. Und da sie überhaupt nicht auf das Wiehern reagierte, nahm ich mir vor, ihm ebenfalls keine Beachtung zu schenken. Wahrscheinlich gab es auf Mallory Manor Pferde.

Das Wiehern klang nah. Ich vermutete den Pferdestall ganz in der Nähe. Gleich morgen würde ich damit beginnen, mir das gesamte Anwesen anzusehen. Ich würde im Schloss anfangen, danach wäre die Parkanlage an der Reihe. Zeit hatte ich ja genug, denn es würde bestimmt eine Weile dauern, bis ich mich auskannte – die Größe des Schlosses war nicht zu unterschätzen. Von außen sah es bei Weitem nicht so riesig aus, wie es in Wirklichkeit war. Die knisternden Flammen wirkten auf mich beruhigend, einschläfernd, also legte ich mich wieder hin. Ich machte die Augen zu und versuchte, an nichts zu denken. Für alles, was ich in dieser Nacht gehört oder gesehen hatte, gab es ganz sicher eine einfache Erklärung. Und morgen würde ich darüber lachen.

Sissybell miaute leise und wieder hörte ich das Wiehern. Diesmal war es lauter.

Ich schreckte hoch. Das Feuer im Kamin brannte plötzlich so hell, dass es mich blendete. Schützend legte ich die Hände vor das Gesicht. Ich vernahm eiliges Hufgetrappel – und es schien direkt aus dem Kamin zu kommen, denn es wurde lauter und immer lauter. Nervös spähte ich durch meine Finger. Und was ich dann sah, ließ mich erstarren: Ein weißes Pferd galoppierte aus dem Kamin heraus. Mit einem Satz sprang es über das Feuer hinweg und stand nun direkt vor meinem Bett. Ich rieb mit beiden Händen kräftig den Schlaf aus meinen Augen, um diesem sonderbaren Traum zu entkommen. Vergeblich. Das Fell des Pferdes glitzerte wie Schnee in der Sonne. Es warf seine silberne Mähne zurück und schnaubte lautstark durch die Nüstern. Ich hatte den Schock über das urplötzliche Auftauchen noch nicht überwunden, da erfüllten flüsternde Stimmen die Luft. Ich hörte, wie jemand meinen Namen wisperte. Dann vernahm ich wieder den Gesang des Mädchens, der erneut vom Flur aus zu mir drang. Diesmal war er lauter denn je.

Des Nachts sie lernt, bei Tag sie reist,
Marmelias Erbin den Weg uns weist

Das war zu viel für mich. Mir wurde schwindelig. Um mich herum begann sich das Zimmer zu drehen. Das Kaminfeuer erlosch und alles wurde schwarz.

Eine unverhoffte Seereise

Die ersten Sonnenstrahlen warfen ihr Licht durch das Buntglasfenster. Auf dem Teppich verwandelte es sich in einen schillernden Regenbogen, dessen Wachsen ich mit schlaftrunkenen Augen verfolgte. Mühsam drehte ich mich auf den Rücken. Es dauerte einen Moment, bis ich mich daran erinnerte, wo ich war. Ich starrte an die mit blauem Samt verkleidete Decke des Himmelbettes. Filigrane Glitzersteine waren in den Stoff genäht, sodass es aussah, als läge ich unter dem Sternenzelt.

»Was für ein abgedrehter Traum«, murmelte ich und kuschelte mich noch einmal in die Daunen. Sissybell richtete sich neben mir auf und streckte nacheinander die Pfoten.

»Ich habe geträumt, dass ein Pferd aus dem Kamin galoppiert.« Ich musste lachen. »Ein Pferd!«, betonte ich abermals und blickte Sissybell dabei an. Sie schaute mir gelangweilt entgegen. »Oh Mann, daran war bestimmt dieses megaabgefahrene Essen schuld. Und der nächtliche Trip in die Küche, die Gruselbibliothek und dieser unmögliche Typ – Will. Das war alles ein bisschen viel für einen Tag.« Ich gähnte ausgiebig, während ich mich langsam auf die Seite rollte und aus dem Bett stieg. Auf dem Weg zum Fenster reckte ich die Arme in die Höhe. Ich klopfte mir auf die Wangen und fühlte mich gleich wacher.

In aller Ruhe schlurfte ich in Richtung Badezimmer, doch

als ich ums Bett herumgegangen war, sah ich etwas Ungewöhnliches. Irritiert rieb ich mir mit beiden Händen die Augen. Anschließend drückte ich die Lider, so fest ich konnte, zu, dann riss ich sie wieder auf. Das, was aussah wie ein Pferdeschweif, blieb jedoch. Dann kamen auch die Hinterläufe und der Rest des Tieres zum Vorschein. Schockiert wich ich zurück. Wieder presste ich die Lider aufeinander. Wenn das ein Traum war, dann wollte ich jetzt bitte daraus erwachen. Verzweifelt zwickte ich mich in den Oberarm, aber es änderte nichts an der Tatsache, dass ein waschechtes Pferd in meinem Zimmer stand. Seelenruhig knabberte es an den Rosen auf der Anrichte.

Ich atmete tief durch. »O-ka-y«, stieß ich hervor. »Da ist also wirklich ein Pferd.« Ungläubig blickte ich zu Sissybell, die vom Anblick des Huftieres wenig überrascht wirkte. Gleichgültig fuhr sie mit ihrer Fellpflege fort.

»Also gut. Dann bleibt mir wohl nichts anderes übrig.« Vorsichtig schlüpfte ich am Pferdehinterteil vorbei ins Bad. Dort drehte ich den Hahn auf und schüttete mir eine Ladung eiskaltes Wasser ins Gesicht. Vielleicht würde das helfen, diese Halluzination loszuwerden. Mit tropfnassem Gesicht linste ich ins Zimmer. Das Pferd war immer noch da! »Das gibt es doch nicht!«

Es betrachtete mich mümmelnd. Von meinem aufkommenden Nervenzusammenbruch ließ es sich jedenfalls nicht beeindrucken. Ich kannte mich mit Pferden nicht aus, aber ich war mir sicher, dass sie sich für gewöhnlich im Stall oder auf einer Weide aufhielten. Dort waren sie besser aufgehoben als in einem Raum mit antikem Mobiliar und damastverkleideten Wänden. Es klopfte an der Tür und ich zuckte erschrocken zusammen.

»Miss Dana? Das Frühstück ist serviert.«

»Danke, Igor«, rief ich. »Ich bin gleich so weit.«

»Ich hoffe, Sie hatten eine angenehme Nacht?«

Von wegen angenehm, dachte ich und verdrehte die Augen. »Ja, ja«, antwortete ich schnell und hoffte, dass er sich damit zufriedengeben würde.

»Nun denn. Das Frühstück findet heute im Wintergarten statt. Madame erwartet Sie bereits.«

Oje, ich wünschte nur, sie würde schon ohne mich anfangen. »Ist gut, Igor. Ich beeile mich.«

Rasch zog ich Jeans und T-Shirt an und schlüpfte in meine Glitzer-Sneakers. Nach dem Frühstück würde ich mich als Allererstes um das Pferd kümmern und dann Mallory Manor erkunden. Ich wollte mich nicht mehr verlaufen. Jeden Zentimeter dieses alten Schlosses würde ich inspizieren – sofern das möglich war. Wieder klopfte es an der Tür.

»Ja, schon gut. Eine Minute noch«, rief ich, während ich mir in Windeseile durchs Haar kämmte und danach einen Zopf band. Ich fuhr herum, um Sissybell mitzunehmen. Dabei musste ich wieder an dem Pferd vorbei. Dieses hatte mittlerweile seine Rosenmahlzeit beendet. Jetzt nagte es an den Bettvorhängen.

»Wie ich sehe, hast du Fellary schon kennengelernt.«

Ich lugte über das Pferd zum Bett. Wie hätte es auch anders sein können, saß Will dort neben Sissybell. Beide betrachteten mich teilnahmslos.

»Ach, du bist es«, gab ich erleichtert zurück. Immerhin

wusste ich jetzt, dass da tatsächlich ein Pferd in meinem Zimmer war – ich war also nicht verrückt. Aber wie war es hereingekommen? Für mich gab es dafür nur eine Erklärung.

»Du freust dich gar nicht, mich zu sehen?«, erkundigte sich Will.

»Scherzbold!« Ich deutete Richtung Pferd und riss die Tür auf.

»Moment.« Will sprang vom Bett. Auf einmal machte er ein besorgtes Gesicht. »Du musst noch etwas wissen.«

»Ja, das muss ich. Wie kommst du hier rein, ohne die Tür zu benutzen?«

»Das meine ich nicht.« Er tat, als wäre meine Frage völlig unbegründet.

»Was meinst du dann? Wüsste nicht, was mich sonst noch beschäftigen könnte.« Mein Blick glitt zu dem ungeladenen, übergroßen Gast, dessen Pferdeäpfel gerade dumpf auf den Perserteppich purzelten. Mir kroch der markante Duft in die Nase und ich verzog das Gesicht. »Das ist jetzt nicht wahr, oder?« Wütend stampfte ich mit dem Fuß auf.

»Dana, hör mir zu. Das ist sehr wichtig.« Will sah mich ernst an.

Die Arme vor der Brust verschränkt, wandte ich mich ihm zu.

»Du solltest Tante Meg auf keinen Fall etwas von den Dingen erzählen, die du in der Nacht gehört und gesehen hast.« Er schaute hinüber zum Pferd und biss sich auf die Unterlippe. »Aber was am Allerwichtigsten ist … du darfst ihr nichts von Fellary sagen.«

»Fellary«, echote ich den klangvollen Namen des Tieres.

Mit bitterer Miene sah ich zu dem Pferd, das eisern dabei war, nun auch noch die seidenen Vorhänge zu verspeisen.
»Du scheinst dieses Pferd ja gut zu kennen.«
Er nickte.
»Dann wirst du es jetzt auch zurück in seinen Stall bringen.« Ich ging zu ihm und klopfte ihm bekräftigend auf die Schulter. Will setzte an, um etwas zu sagen, aber ich unterbrach ihn. »Ich will gar nicht wissen, wie es hier reingekommen ist. Aber ich werde das dumpfe Gefühl nicht los, dass du damit etwas zu tun hast. Falls das so etwas wie ein Streich sein sollte: Haha. Echt witzig. Wenn du mich jetzt entschuldigst. Ich werde zum Frühstück erwartet.« Ich drehte ihm den Rücken zu und rauschte aus dem Raum.

Sissybell ging mit mir. Sie huschte die Freitreppe hinunter und ich gab mir Mühe, mit ihr Schritt zu halten. Wir durchquerten einen Flur, an dessen Wänden unzählige Kuckucksuhren hingen. Dazwischen war eine hohe Standuhr, die gerade acht schlug. Ich lief schneller.

Am Ende des Flures wartete bereits Igor. »Sie haben es gefunden.«

»Ja. Oder vielmehr die Katze«, gestand ich leise.

Durch eine hohe Schiebetür betrat ich den Wintergarten. Obwohl auch hier alles ungepflegt aussah, ließ er seine einstige Schönheit erahnen. Sechs rund zulaufende Fenster reihten sich aneinander, über ihnen waren weitere Fenster aus milchigem Glas eingesetzt. Alle waren jedoch so schmutzig, dass man kaum nach draußen sehen konnte. An der Glaswand hinter der Biedermeier-Sitzgruppe aus weißem Eisen hatte jemand ein größeres Guckloch freigewischt. Sicher hatte man von hier aus einst einen weiten Blick auf den parkähnlichen Garten gehabt. Mithilfe von ein paar Litern Glasreiniger würde das auch wieder so sein. Aber da wollte ich Tante Meg auf keinen Fall reinreden. Schließlich musste sie ja hier leben. Ich hatte immer noch London.

»Gefällt dir, was du siehst?« Tante Megs Stimme riss mich aus meinen Gedanken. Ich war so vom Anblick des Wintergartens eingenommen, dass ich sie zwischen all dem welken Blattwerk ganz vergessen hatte.

»Oh ja! Es ist alles so«, nach dem treffenden Wort suchend sah ich mich um, »so …« … hässlich, dreckig, bestimmt voller Ungeziefer … »antik«, sagte ich endlich, während ich mitleidsvoll die Gewächse musterte, die ringsherum standen. Sie hatten schon bessere Zeiten erlebt.

»Es ist einer der neueren Bauten des Schlosses«, erklärte Tante Meg und stierte mich dabei an, dass es mir eiskalt den Rücken hinunterlief.

Schnell wandte ich meinen Blick der Einrichtung zu. Ein Springbrunnen mit rundem Becken prangte im Zentrum des Wintergartens. Aus einem steinernen Kelch war wahrscheinlich früher das Wasser in die Höhe gesprudelt, das sich dann in der Schale darunter gesammelt hatte und ins Becken geflossen war. Doch dieser Brunnen führte schon lange kein Wasser mehr. Das war unschwer zu erkennen. Er schimmerte grün, denn der Stein war von einer feinen Moosschicht bedeckt. Am Rand der Schale erkannte ich vereinzelte Tiermotive. Die Säule, die den Kelch und die Schale trug, war von den kräftigen Ranken einer Schlingpflanze umschlossen.

»Ah, wie ich sehe, hat es dir der Brunnen angetan.« Tante

Meg schlürfte lautstark etwas, das aussah wie ein grüner Smoothie. »Ein unscheinbares altes Ding«, meinte sie weiter, ohne dabei von ihrem Getränk aufzublicken. »Aber es heißt, in den Wäldern von Mallory Manor gäbe es einen zweiten. Und der soll das genaue Gegenstück zu diesem hier sein.«

»Wow! Aber den anderen Brunnen hast du noch nie selbst gesehen?«, schlussfolgerte ich.

Sie hob den Kopf und sah mich mit schmalen Augen an. »Noch nicht«, zischte sie. »Wie dem auch sei. Ich freue mich, dass du es doch noch einrichten konntest, zum Frühstück zu erscheinen.«

Reuig setzte ich mich ihr gegenüber. »Ich bitte um Verzeihung, Tante. Ich habe in der Nacht nicht sonderlich gut geschlafen.«

»Ich bin untröstlich. Gab es dafür einen besonderen Grund? Irgendjemand, der dich wach gehalten hat?« Sie musterte mich so abfällig, als wollte sie denjenigen mit einem Blitz aus ihrem Hintern vernichten, sobald ich ihn ihr genannt hatte.

Ich schluckte behäbig. »Ähm, nun ja …«, stotterte ich und sie lehnte sich gespannt vor. Sissybell saß zu meinen Füßen unter dem Tisch und wetzte die Krallen an meinem Hosenbein, als wollte sie mich davon abhalten, Tante Meg auch nur ein Sterbenswörtchen zu verraten. »Och, eigentlich nicht«, sagte ich endlich.

Tante Meg gab ein Grunzen von sich und sank mit enttäuschtem Gesichtsausdruck in ihren Stuhl zurück. »Nun denn, ich werde heute eine kleine Reise unternehmen.« Sie wedelte mit der Serviette umher, wie um eine lästige Fliege zu vertreiben. »Ich muss Besorgungen tätigen für deinen Geburtstag. Fühl dich wie zu Hause, denn das ist Mallory Manor doch auch für dich – ein Zuhause.« Das letzte Wort betonte sie derart nachdrücklich, dass mir der Atem stockte. Wieder hafteten ihre Augen auf mir.

»Das werde ich, Tante«, antwortete ich schnell. »Ich hatte bereits vor, auf Erkundungstour zu gehen.«

Ihre Miene wechselte im Sekundenbruchteil von verzückt auf finster. »Aber du hast doch sicherlich Besseres zu tun als das.«

Ich hob die Augenbrauen und lehnte mich vor, dankbar für jede einigermaßen annehmbare Form des Zeit-Totschlagens. »Zum Beispiel?«

Tante Megs Lippen zuckten angespannt. Es sah für mich danach aus, als wüsste sie darauf keine Antwort. Letztlich machte sie eine abwertende Handbewegung und schnaufte. »Dann tu, was du nicht lassen kannst.« Wieder lächelte sie aufgesetzt und ihre grauen Augen wirkten dabei wie Kohleklumpen. Sie nahm den letzten Schluck ihres Getränks und stand vom Tisch auf. »Zu meinem Bedauern muss ich dich jetzt alleine lassen. Ich werde erwartet.«

»Kein Problem«, erwiderte ich grinsend. Ich konnte gar nicht sagen, wie froh ich darüber war, sie loszuwerden.

Zu meiner Freude war das Frühstück so normal, wie ein Frühstück nur sein konnte: Toast mit Himbeermarmelade und ein Früchtetee.

Endlich mal wieder ein Essen, das mir, zumindest aufgrund der schaurigen Gesellschaft, nicht im Halse stecken bleiben würde. Auch das, was Marianne aufgetischt hatte, sah im

Vergleich zum Dinner absolut harmlos aus und es schmeckte sehr gut.

»Ach, Dana?« Tante Meg fixierte mich mit ihrem kalten Blick. »Es gibt auf diesem Schloss die ein oder andere Regel, die es zu beachten gilt.«

Ich richtete mich auf. »Ach ja?«

Fahrig strich sie sich über den aalglatten Dutt. »Halte dich von dem Ostflügel fern.«

»Was ist mit dem Ostflügel?«

Sie hatte mir bereits den Rücken zugedreht. Nun hielt sie inne, langsam wandte sie sich um und grinste höhnisch. »Tja, er … er ist einsturzgefährdet.« Sie nickte, um ihren Worten Nachdruck zu verleihen, aber irgendwie glaubte ich ihr nicht.

»Wir wollen doch nicht, dass dir irgendetwas zustößt …«

»Schon verstanden.« Ich zwang mich zu lächeln.

»Du musst es versprechen!«, forderte sie ernst und mit weit aufgerissenen Augen.

Eingeschüchtert schluckte ich. »Ich verspreche es.« Hinter meinem Rücken hielt ich die Finger überkreuzt.

Sie seufzte. »So ist es recht.«

Ich konnte sehen, wie sich ihr ganzer Körper entspannte. Anscheinend war es ihr ausgesprochen wichtig, dass ich mich an diese Regel hielt. Aber warum?

Schwungvoll stolzierte sie zur Tür und verschwand. Egal was mich im Ostflügel erwartete, aber es waren bestimmt keine maroden Mauern. Sie wollte mich einfach von diesem Teil des Schlosses fernhalten. Was versteckte sie dort?

Ich konnte es gar nicht abwarten, nach dem Frühstück Mallory Manor gründlich unter die Lupe zu nehmen. Besonders den Ostflügel. Verbotenes weckte in mir einen kindlichen Eifer. Es hatte etwas Verlockendes an sich, etwas, dem ich mich nicht entziehen konnte. Natürlich würde ich vorsichtig sein, wenn ich mir den Ostflügel ansah – nur für den Fall, dass ich mich in Tante Megs Absichten irrte.

Nach dem Frühstück fühlte ich mich wieder wie ein Mensch.

Als ich fertig war, ging ich nicht zurück auf mein Zimmer. Ich wollte Will noch etwas mehr Zeit geben, das Pferd hinauszuschaffen, und hatte keine Lust, mich erneut über seinen bescheuerten Streich aufzuregen.

Also machte ich mich gleich daran, das Schloss auf eigene Faust zu erforschen. An der großen Freitreppe begann ich damit. Flink hastete ich die Stufen hinauf und zählte die Stockwerke durch. Die ersten beiden brachte ich ohne Probleme hinter mich. Im dritten Stock merkte ich, dass mir die Puste wegblieb. Als ich im vierten ankam, war ich völlig außer Atem, lehnte mich erschöpft über das Treppengeländer und schaute hinunter in die Empfangshalle. Auf der vierten Etage waren die Böden mit royalblauem Teppich verkleidet. Der Flur war breiter als die unteren und die Wände schmückten Gemälde von Schiffen. Sie zeigten das Meer, einen Fluss oder einen See irgendwo im Niemandsland. Zwischen den Bildern hingen präparierte Sägefische, Haie, ein Rochen und ein aufgeblasener Kugelfisch. In einer Ecke thronte ein auf einer Silbertafel angebrachter Barbenkopf, der fast so groß war wie eine ausgewachsene Bulldogge. Um seinen aufgeklappten Mund hingen lange graue Bartfäden und seine Haut glänzte im Licht, das durch eines der unzähligen von Bögen überspannten Fenstern auf ihn fiel. Wäre er nicht vom Hals abwärts unvollständig gewesen, hätte man glauben können, er wäre noch lebendig. Vorsichtig fuhr ich mit den Fingern über die glänzenden Schuppen. Sie fühlten sich irgendwie feucht und schleimig an. Schnell zog ich die Hand zurück und schüttelte mich vor Ekel. Aus einem der Zimmer hörte ich Wasserplätschern. Darunter mischte sich das Geschrei von Möwen. Aber das musste ich mir einbilden, schließlich waren wir kilometerweit von der Küste entfernt. Oder hörte jemand gerade eine dieser Entspannungs-CDs, wie Dad sie hatte?

Das Möwengeplärr wurde nun tatsächlich so laut, dass ich nicht anders konnte, als ihm nachzugehen. Ich steuerte auf eine weiße Tür zu. Vorsichtig probierte ich, ob sie verschlossen war. Als ich merkte, dass sie sich öffnen ließ, ging ich hinein. Ich kam in ein Badezimmer, das recht unspektakulär, aber nobel aussah. Es hatte eine hohe weiße Keramikwanne mit Krallenfüßen und ein Marmorwaschbecken in Muschelform mit verchromter Armatur. Ich warf einen Blick in die Badewanne, aber ich fand nichts als eine dicke Staubschicht darin vor. Hier hatte schon lange niemand mehr ein Bad genommen, so viel stand fest. Über der Wanne hing ein Ölgemälde, das Loch Ness zeigte, wie ich der Bildunterschrift entnehmen konnte:

Loch Ness an einem Frühlingstag im September 1768

Um das vergilbte Waschbecken standen drei unterschiedlich große Buddelschiffe. Die Miniaturen in Flaschen hatten mir schon immer gefallen, also nahm ich eine davon in die Hand. Das Schiff trug die Aufschrift *Mary Lu*. Achtsam befreite ich es mit einem Zipfel meines Ärmels vom Schmutz.

Es war das kleinste der Modelle, eingefangen in eine Flasche mit apfelrundem Bauch. Ein rotes Siegel schmückte ihren schmalen Hals, in dem ein honigfarbener Korken eingeführt war. Auf einmal fühlte ich mich irgendwie komisch und ich hatte das Gefühl, je sauberer ich das Buddelschiff putzte, desto schwindeliger wurde mir. Mein Blick begann trüb zu werden und die Flasche verschwamm vor meinen Augen. Alles um mich herum wurde unscharf. Dort wo eben noch das Waschbecken gestanden hatte, sammelten sich die Bilder neu. Sie formten sich zu einem lebendigen Blau. Ich schmeckte salzige Luft auf meiner Zunge und im nächsten Moment peitschte mir eisiges Wasser ins Gesicht. Der Boden unter mir schaukelte, ein starker Wind wehte mir entgegen. Sein Heulen fügte sich mit dem Klang von zerschmetternden Wellen zu einem bedrohlichen Geräuschmix zusammen. Erstaunt sah ich mich um. Ich war nicht länger im Badezimmer, sondern auf dem Schiff, das ich gerade eben noch wegen der detaillierten Handarbeit bewundert hatte. Gesänge rumtrunkener Männer drangen in meine Ohren. Die mächtige Takelage schlenkerte hin und her. Vor mir lag die raue See und sie zerrte am Schiff, als wäre es ein Spielzeug. Ängstlich blickte ich auf meine Hände, die ein hölzernes Ruder fest umklammerten. Sofort löste ich erschrocken meinen Griff.

»Du solltest das Steuer lieber gut festhalten«, hörte ich jemanden sagen.

Ich drehte mich nach der Stimme um. Neben mir saß Sissybell auf einem Fass und starrte mich an. Verwirrt wanderte mein Blick umher. »Wer hat das gesagt?«

»Die Hände ans Steuer!«, befahl die Stimme. »Oder willst du im Bermudadreieck landen?«

Ich tat, wie mir geheißen, dann wandte ich mich Sissybell zu. »Katzen können doch nicht reden«, bemerkte ich mit erstickter Stimme.

»Du hast recht.« Sissybell legte den Kopf schief und blinzelte einmal. »Genauso wenig, wie man mit einem Buddelschiff übers Meer fahren kann.«

Jetzt war ich mir sicher: Die hohe Stimme kam von niemand Geringerem als von Sissybell. Entgeistert fasste ich mir an die Stirn und das Steuerrad rotierte in die entgegengesetzte Richtung. Das Schiff fuhr im Kreis und ich fiel zu Boden. Die Männer hinter mir beschwerten sich lautstark.

»Du sollst das Ruder festhalten«, brummte Sissybell. »Ist das denn so schwer?«

Hastig rappelte ich mich hoch und legte die Hand wieder an das Steuerrad, dann sah ich sie unverwandt an. »Was geht hier vor?«

»Na, du hast Kapitän Archibald Mallorys Schiff berührt.«

»Und deshalb bin ich jetzt hier?«

»Oh ja. Das Schiff wird gleich auf Grund laufen. Ich kann Wasser nicht ausstehen. Es wäre also besser, wenn wir dann nicht mehr an Bord wären.«

»Was?« Ich hatte mich wohl verhört. »Aber wie soll ich das anstellen?«

Sissybell sprang am Ruder hinauf und krallte sich im Holz fest. »Du musst die Worte sprechen, die dich zurückbringen.«

»Und die wären?«, fragte ich in einem Anflug von Panik.

Die Matrosen hinter mir wurden lauter. Anscheinend stritten sie sich trotz der misslichen Lage um den letzten Rum. Macheten flogen umher und Krüge wurden zerschmettert.

Ich bekam es mit der Angst zu tun. Mein Herz hämmerte wie wild gegen meinen Brustkorb.

»Hör mir genau zu«, maunzte Sissybell und berührte meine Hand mit der Pfote. »Du musst die Worte nachsprechen, sonst klappt es nicht.«

Gerade noch rechtzeitig duckte ich mich vor einem umherfliegenden Suppenkessel. »A…alles klar!«

»Sie sind eigentlich ganz einfach. Sie lauten: *Mallory – Mallory – Mallory – Manor*. So weit alles kapiert?«

Ich nickte angespannt, dann schloss ich ganz fest die Augen. »Also gut …« Ich nahm einen tiefen Atemzug und sprach Sissybells Worte nach: »Mallory – Mallory – Mallory – Manor.« Ich blinzelte mit einem Auge. Zu meiner Enttäuschung hatte ich die aufgewühlte See immer noch vor mir, auch die streitende Meute war noch da. »Es hat nicht funktioniert!«, fluchte ich verzweifelt. Auf einmal schoss die Flosse eines riesigen Wals vor mir aus dem Wasser. Ich erstarrte mit hämmerndem Puls. Der Wal tauchte auf und sein Blasloch öffnete sich. Explosionsartig stieß er die verbrauchte Luft aus. Im nächsten Augenblick wurde ich von einer riesigen Flutwelle niedergedrückt. Keuchend kämpfte ich mich zurück hinters Steuerrad. Ein kleiner Tintenfisch und ein Seestern klebten an meiner Schulter, sodass ich mir vorkam wie ein Korallenriff.

Sissybell schüttelte seelenruhig die Nässe von sich. Ihr Fell stand zu allen Seiten ab. Sie sah aus wie ein Wattebausch. »Mein Fehler. Hatte ganz vergessen zu erwähnen, dass du dabei den Glücksbringer berühren musst.«

»Den Glücksbringer?«

»Na mich, du Schnellmerkerin.« Ihre großen blauen Augen blickten mich tadelnd an.

Ich stellte keine Fragen mehr, sondern legte die Hand auf Sissybells Fell. Dreimal strich ich ihr über den Rücken und sprach dabei erneut die Worte, diesmal energischer, fast verzweifelt: »Mallory – Mallory – Mallory – Manor!«

Mit einem Keuchen landete ich auf meinem Hosenboden zwischen dem Waschbecken und der staubigen Badewanne. Desorientiert schaute ich mich um. Es dauerte ein paar Sekunden, bis ich begriffen hatte, dass ich mich wieder im Schloss befand und nicht mit der *Mary Lu* untergegangen war. Erleichtert zupfte ich mir den Seetang aus den Haaren. Sissybell saß auf dem Badewannenrand und putzte sich.

»Eine sprechende Katze!« Ich schüttelte ungläubig den Kopf, während ich sie unverwandt anstarrte. Warum hatte sie nicht schon früher mit mir gesprochen?

»Miss Dana?« Die Tür wurde aufgerissen und Igor hinkte ins Zimmer. »Haben Sie sich verletzt? Ich hörte ein lautes Poltern.« Er half mir, vom Boden aufzustehen.

»Oh nein, nein. Ich bin nur … ausgerutscht.«

Mit kritischem Gesichtsausdruck betrachtete er mein nasses Haar. Dann warf er einen Blick in die immer noch staubtrockene Wanne. »Sie sollten vorsichtiger sein, wenn sie so allein durchs Schloss ziehen. Dies ist ein sehr, sehr altes Haus.«

Ich lächelte zustimmend. Sissybell zwängte sich miauend zwischen meinen Beinen hindurch und verschwand auf dem Flur. Gedankenverloren sah ich ihr nach. »Sagen Sie, Igor, darf ich Sie mal etwas fragen?«

Er kam näher. »Aber immer, Miss Dana.«

»Wie lange kennen Sie diese Katze bereits?«

Mit hochgezogenen Augenbrauen schaute Igor auf den nun leeren Flur. »Ich habe die Jahre nicht gezählt, die sie bereits in diesem Hause weilt, aber… schon eine ganze Weile. Warum?«

»Haben Sie jemals den Verdacht gehabt, diese Katze wäre, ähm, wie soll ich sagen? Vielleicht ein wenig sonderbar?«

Igors weißgraue Augenbrauen schnellten erneut zu seinem lichten Haaransatz hinauf. Irritiert schaute er mich an. »Geht es Ihnen auch wirklich gut, Miss Dana?«

Ich musste ein paar Sekunden lang darüber nachdenken, ob es mir gut ging. Glaubte ich etwa wirklich daran, dass die Katze mit mir gesprochen hatte? Auch die Tatsache, dass ich bis vor wenigen Minuten noch am Steuer eines alten Segelschiffes gestanden hatte, schien mir jetzt ziemlich absurd. Schnell schüttelte ich diese Gedanken von mir. Ich musste mir beim Hinfallen den Kopf gestoßen haben. Aber woher kamen dann meine nassen Haare? Trübsinnig blickte ich vor mich hin.

»Sie sollten sich nicht hier oben aufhalten. Hier gibt es nur leer stehende Zimmer.« Igor sah sich um. »Bis auf dieses natürlich. Mitunter könnten die Räume auf Sie ein wenig… gespenstisch wirken.« Den letzten Teil hatte Igor besonders kalt betont, sodass sich die feinen Härchen auf meinen Armen aufstellten.

»Ist gut«, brachte ich stockend hervor. Wenn etwas gespenstisch auf mich wirkte, dann war es mit Sicherheit das Lächeln, das mir Igor beim Hinausgehen aus dem Bad zuwarf.

Stirnrunzelnd betrachtete ich die Buddelschiffe neben dem

Waschbecken. Sie standen fein säuberlich in Reih und Glied, als hätte ich nie eines von ihnen berührt. Merkwürdig. Mit gemischten Gefühlen ließ ich sie hinter mir. Ich beschloss, dass ich für heute genug vom vierten Stock hatte, und stieg die Wendeltreppe im anliegenden Turm hinunter, um auch diesen Weg kennenzulernen. Noch immer war mein Haar nass. Es roch nach salziger Seeluft. Ich nahm eine Strähne zwischen die Lippen. Sie schmeckte nach Meerwasser. Die Fahrt auf der *Mary Lu* war so real gewesen, genau wie die sprechende Katze. Mein Verdacht verhärtete sich. Mallory Manor war alles andere als ein normales altes Schloss. Aber was genau stimmte hier nicht?

Blanke Mauern

Auf der zweiten Etage teilten sich die Gänge in drei Richtungen. Einer davon führte auf direktem Weg in den Ostflügel, aber welcher?

Nach dem, was ich gerade erlebt hatte, wollte ich es genau wissen. Irgendetwas Eigenartiges ging in diesem Haus vor. Und vermutlich hatte es etwas mit dem verbotenen Ostflügel zu tun. Doch ich hatte keine Ahnung, wie ich dort hinkam. Dafür hätte ich zunächst wissen müssen, in welcher Himmelsrichtung das Schloss gebaut worden war. Ich dachte angestrengt nach.

»Na, schon irgendwas Interessantes gefunden?«

Verschreckt fuhr ich herum. Will stand hinter mir – eine Hand am Kinn, die zweite tief in der Hosentasche vergraben.

Ich seufzte. »Kann es sein, dass du darauf aus bist, mich zu erschrecken?«

»Nein, gar nicht.« Er trat neben mich. »Ich stehe schon ziemlich lange hier herum. Vielleicht bist du ja nur nicht aufmerksam genug.«

Ich biss mir auf die Unterlippe, um das zu unterdrücken, was ich ihm liebend gern darauf geantwortet hätte. Stattdessen hakte ich in einer persönlichen Angelegenheit nach. »Was ist eigentlich mit dem Pferd? Hast du dich schon darum gekümmert?«

»Ähm, also, das gestaltet sich ein wenig schwierig.«

»Und warum, wenn ich fragen darf?«
»Weil es genau dort bleiben will, wo es ist.«
Angesäuert sah ich ihn an. »Das ist jetzt nicht dein Ernst?«
Er zuckte mit den Schultern. »Ich kann's nicht ändern.«
»Also gut«, brummte ich, »dann werde ich mich nachher eben selbst darum kümmern. Oder ich bitte Igor um Hilfe.«
Will fasste mich am Arm. »Mach das nicht. Ich regele das schon.« Seine Augen schauten mich flehend an. »Du kannst mir vertrauen.«
Er wirkte auf einmal so ernst, dass ich einen Moment an seinen Absichten zweifelte. Langsam löste er seinen Griff von mir. Er blickte mich an, als suchte er nach Zustimmung in meinem Gesicht. »Ist man in kleinen Dingen nicht geduldig, bringt man die großen Vorhaben zum Scheitern.«
»Häh?«
»Das ist nicht von mir«, stellte er klar. »Das hat Konfuzius gesagt.«
Ich verdrehte die Augen, dann machte ich mit meiner Entscheidung für eine Richtung kurzen Prozess und lief nach rechts. Will folgte mir.
»Hab ich gesagt, dass du mitgehen sollst?«
»Nicht direkt.«
»Und was machst du dann hier? Gestern Nacht bist du auch einfach abgehauen. Hättest mir wenigstens Bescheid sagen können. Ich hab die ganze Zeit Selbstgespräche geführt.«
»Oh, arme Dana!« Er stieß mich in die Seite. »Hast mich vermisst, was?«
»Sicher«, antwortete ich bissig. »Und wovon träumst du nachts?«

Er wiegte seinen Kopf hin und her. »Ist unterschiedlich.«

Ich schnaufte. »Mensch, Will, nimmst du immer alles so wörtlich?«

»Manchmal ... Aber sag mal, hat dir Tante Meg nicht verboten, in den Ostflügel zu gehen?«

Ich stutzte. Woher wusste er überhaupt davon? Anscheinend hatte er seine Ohren überall.

»Dann bin ich hier also richtig?«, hakte ich beiläufig nach.

»Wenn du in den Ostflügel willst.«

»Genau das hatte ich vor.«

»Scheinst nicht sonderlich gehorsam zu sein.«

Ich zuckte gleichgültig mit den Schultern. »Fand ich noch nie sehr spannend.«

»Weißt du«, begann er. »Ich hab schon nettere Mädchen als dich kennengelernt.«

Hörte ich da etwa eine leichte Kränkung heraus? »Aha«, grummelte ich. »Ich vermute, du erwartest jetzt von mir, dass ich das hinterfrage.«

»Ich meine ja nur.« Er hob beschwichtigend die Arme.

Ich bedachte ihn mit einem kritischen Blick und stieß einen genervten Seufzer aus. Was bitte wollte er von mir? Ich war keins dieser Mädchen, die den Jungs Honig ums Maul schmierten, nur damit sie sich besser fühlten. Wir hatten unsere Meinungsverschiedenheiten. Nicht zuletzt lag es auch daran, dass wir keinen sonderlich guten Start gehabt hatten. Ich war schon genervt auf Mallory Manor angekommen und seine Ich-komme-wann-ich-will-Einstellung hatte meine Laune zusätzlich in den Keller getrieben. Bisher harmonierten wir nicht sonderlich. Aber seitdem ich nicht mehr alles, was er tat und sagte, für bare Münze nahm, sah ich durchaus Potenzial für Besserung. Und ich musste mir eingestehen, dass ich schon auch ein bisschen froh war, Will an meiner Seite zu haben – zumindest hin und wieder.

Wir betraten eine weitläufige Vorhalle, die fast so groß war wie die unterhalb der Freitreppe. Am Ende der Halle traten wir vor eine Tür, die sich knarrend von selbst öffnete. Ich schluckte, bevor ich hindurchging. Zwar hatte ich keine Ahnung, wohin wir unterwegs waren und was mich erwartete, aber in diesem Moment war meine Sturheit größer als meine Vorsicht. Ich wollte Will etwas beweisen – und mir. Es mochte sein, dass es nettere Mädchen als mich gab, aber mit Sicherheit keine, die mutiger waren. Ich musste unbedingt herausfinden, was auf dem Schloss vor sich ging.

Eiskalte Luft schlug mir entgegen. Fröstelnd verschränkte ich die Arme vor der Brust und blinzelte in einen langen Korridor. Vor mir zeigte sich Mallory Manor von einer anderen Seite. Die Wände waren aus gemauerten Ziegeln, auf dem Boden lagen keine Teppiche, keinerlei Zierrat war zu sehen. Es sah aus, als würden wir das Innere einer mittelalterlichen Burg betreten. Das Licht war schwach. Es gab nur wenige Fenster – wenn man sie überhaupt als solche bezeichnen konnte. Sie glichen eher schmalen senkrechten Schlitzen. Ich ging auf einen davon zu und versuchte, nach draußen zu sehen. Zu meiner Verwunderung blickten meine Augen nicht durch Glas. Kein Wunder, dass es so kalt war.

»Wo sind wir hier?«, fragte ich Will, ohne mich nach ihm umzudrehen.

»Wir sind im sogenannten Kastell. Das ist der älteste Teil

von Mallory Manor. Früher stand hier eine einsame Burg. Erst als König Edward Marmelia Mallorys Großvater dieses Land schenkte, wurde sie erweitert. Zunächst als Herrenhaus, da Montgomery Mallory seinen Hauptwohnsitz in Yorkshire hatte.«

»Deshalb heißt es Manor!«

Will lächelte zustimmend. »Es dauerte jedoch nicht lange und Montgomery erkannte, dass dieses Land ein wahrer Schatz war. Die Burg wurde auf einer keltischen Siedlung errichtet. Und so entschloss er sich, Mallory Manor weiterzubauen. Größer ... imposanter, eindrucksvoller. Und sicherer.«

»Das ist ihm gelungen«, sagte ich und unsere Blicke trafen sich. Eine Weile sahen wir einander stillschweigend an.

Von irgendwoher tönte ein dunkles Grollen. Suchend schaute ich mich um. »Was war das?«

Auch Will horchte auf. Er schickte seinen Blick den Korridor hinunter, der tatsächlich verlassen und unbewohnbar aussah. Auf das Grollen folgte ein lautes Pochen, als hämmerte jemand gegen eine Tür. Es hallte über den Flur zu uns und ich zuckte zusammen. Will sah mich an, im nächsten Moment stürmte er los – dem Geräusch hinterher.

»Warte!«, rief ich und eilte ihm nach.

Kurz vor der rauen Wand, die das Ende des Ostflügels ausmachte, hielt er inne. Regungslos stand er da und starrte auf die uns umgebenden Steine.

»Das ist unmöglich«, sagte ich verblüfft. »Hier ist keine einzige Tür! Woher kamen dann die Geräusche?«

Will drehte sich um die eigene Achse. Ich fasste ihn an den

Schultern und brachte ihn so dazu, mich anzusehen. Dieses Mal bildete ich mir definitiv nichts ein und jetzt wollte ich Antworten hören. »Will, was geht hier vor sich?«

Er sah mich bekümmert an. »Mallory Manor ist kein gewöhnliches Schloss …«

Ich kam mir vor wie in einem dieser Filme, in die ich Igor bei meiner Ankunft nur zu gerne gesteckt hätte. Lag ich mit meiner ersten Einschätzung vielleicht gar nicht so daneben? »Das ist mir auch schon aufgefallen. Aber was genau ist hier so ungewöhnlich?«

Er betrachtete mich, als hätte ich soeben etwas Unerlaubtes ausgesprochen. »Nicht hier«, flüsterte er, ergriff meine Hand und zog mich fort, weg aus dem verbotenen Ostflügel. Weg von den hämmernden Geräuschen.

Ich konnte kaum Schritt halten. Mein Atem ging so schnell, dass ich befürchtete, keine Luft mehr zu bekommen. Doch Will nahm darauf keine Rücksicht. Er zog mich weiter, die Treppe hinunter, über die Flure und in mein Zimmer hinein. Hinter uns verschloss er die Tür.

Fellary war tatsächlich noch da und döste in halbliegender Haltung auf dem Teppich neben dem Bett. Ich betrachtete das Pferd, bevor ich mich Will zuwandte. »Was geht hier vor sich? Seit ich gestern mit Dad durch das Tor gefahren bin, wurde ich fast erschlagen, vergiftet und verfolgt. Seit letzter Nacht teile ich mir mein Zimmer auch noch mit einem Pferd. Eben wäre ich um ein Haar ertrunken und die einzige Hilfe kam von einer sprechenden Katze! Du kannst mir glauben, wenn ich dir sage, dass mich das von allen Dingen, die mir passiert sind, am meisten beunruhigt.« Ich war außer mir vor

Ungeduld und konnte nicht länger warten, endlich zu erfahren, was hier nicht stimmte. »Ich bin nicht verrückt«, stellte ich klar. »Das alles bilde ich mir doch nicht ein!« Ich schaute zum Pferd, das entspannt schnaubte.

Will holte tief Luft, bevor er etwas sagte. »Du weißt es zwar noch nicht, aber du bist nicht ohne Grund hergekommen. Wir haben lange auf dich gewartet.«

Ich war perplex, aber ich ließ ihn aussprechen.

»Dass Mallory Manor auf einer keltischen Siedlung steht, habe ich dir ja schon erzählt. Diese Siedlung war von einem magischen Steinkreis umgeben, der die Pfeiler der Burg bildete. Als sie von Marmelias Großvater zum Schloss erweitert wurde, wuchs auch der Kreis.«

Ich runzelte die Stirn. »Will, was hat das alles zu bedeuten? Und was hat dieser Steinkreis mit dem zu tun, was ich bisher erlebt habe – beispielsweise mit dem singenden Mädchen letzte Nacht?«

»Das Mädchen?« Seine Augen wurden weit. »Dann hast du Maggie gesehen?«

»Maggie?«, wiederholte ich leise. »Ist das ihr Name? Ich habe sie nicht gesehen ... nur gehört.«

Will sank auf die Bettkante und seufzte laut. »Ich bekomme sie nicht sehr oft zu Gesicht. Sie ist an jemanden gebunden, der im Haus lebt.«

»Wer ist sie?«

»Du müsstest eigentlich schon von ihr gehört haben. Sie war Megs Tochter.«

»Aber die ist doch gestorben, vor vielen Jahren ...«

Er nickte mitleidsvoll und senkte den Kopf. »Ja. Sie hatte

ein sehr schwaches Herz. Irgendwann hörte es einfach auf zu schlagen. Meg hat sie still und heimlich im Mausoleum beigesetzt, in einem Sarkophag aus weißem Marmor. Sie hat es nicht verkraftet, von dem Tod ihrer Tochter zu sprechen, mit niemandem. Für sie ist Maggie nie gestorben. Für Meg ist sie immer noch lebendig.«

»Ist sie ... ein ... Geist?« Ich merkte selbst, wie zweifelnd ich klang. Eigentlich war ich mir gar nicht sicher, ob ich die Antwort darauf wissen wollte.

Will hob seinen Kopf und schaute mich zögernd an. Er schien zu versuchen, in mir zu lesen. »Ja«, hauchte er schließlich. Ich schluckte einen Kloß in Form und Größe eines ausgewachsenen Igels hinunter. Unwillkürlich schüttelte es mich. Der Gedanke daran, dass es hier spukte, bereitete mir eine Gänsehaut. Ich versuchte, die Fassung wiederzuerlangen und atmete tief durch.

Will stand auf und kam auf mich zu. »Dana.« Er sagte meinen Namen so ernst, dass ich die Luft anhielt und mich fragte, was jetzt noch kommen würde.

»Alles, was du jemals über wahre Magie gehört hast, alles Übersinnliche stammt von hier ... von Mallory Manor. Ich rede von Kobolden, Feen, Gnomen, Geistern, Monstern, Geschöpfen der Nacht, Schattenwesen und ... Hexen.«

Wieder schluckte ich schwerfällig. »Fallen darunter auch sprechende Katzen?«

Er lächelte erheitert. »Sozusagen.«

Ich fasste mir an die Stirn. »Ich vermute, in so einem magischen Schloss ist es dann auch völlig normal, dass Pferde aus dem Kamin springen.«

Will schnalzte mit der Zunge und schüttelte vehement den Kopf. »Nein, das ist hier noch nie passiert.«

Ich war wenig erleichtert. Welchen Sinn ergab das Ganze dann? Bevor ich ihn danach fragen konnte, kam er mir zuvor.

»Das mit Fellary hat einzig mit dir zu tun. Es ist ein wenig kompliziert. Nach Tante Meg wäre Maggie die nächste Erbin von Mallory Manor gewesen. Aber jetzt bist du es. Die einzige lebende, weibliche Nachfahrin von Marmelia. Fellary ist zu dir gekommen, weil du, sobald du dreizehn bist, Hüterin der Magie des Hauses sein wirst. Alles Übernatürliche findet seinen Weg zu dir.«

»Ich? Ich soll die Erbin von Mallory Manor sein? Warum nicht mein Vater? Er wäre doch vor mir an der Reihe.«

»Weil Mallory Manor seinen Schlüssel nur in weibliche Hände gibt.«

Ich fühlte mich vollkommen vor den Kopf gestoßen. Das konnte doch unmöglich wahr sein! Was erzählte er mir da? Ich ließ mich mit dem Gesicht nach unten aufs Bett fallen. »Aber ich hab doch gar keine Ahnung von Magie«, murmelte ich jammernd in die Daunen.

»Du wirst es lernen.« Er setzte sich auf das Bett und legte mir fürsorglich die Hand auf den Rücken.

Mit bebender Unterlippe drehte ich mich auf die Seite, stützte den Kopf auf meinen Unterarm und sah ihn an. »Und was, wenn ich nicht Mallory Manors Erbin sein will?«

Langsam legte er die Hände in den Schoß und seine Miene verdunkelte sich. »Dann sind wir alle verloren.«

Ich konnte mir ein Lachen nicht verkneifen, denn ich war mir sicher, dass er mich aufzog. Zu meiner Enttäuschung blieb er jedoch absolut ernst. Konnte es wirklich sein, dass ich so wichtig für Mallory Manor war?

»Wenn es so ist, wie du sagst, warum hat Tante Meg dann nicht mit mir darüber geredet? Wieso erfahre ich das alles von dir?«

»Da gibt es ein kleines Problem«, stammelte er und ich war ganz Ohr. »In der Nacht, in der du geboren wurdest, geschah etwas ... Unvorhergesehenes.«

»Was denn? Ich versteh nicht ganz.«

Schritte auf dem Flur ließen uns wissen, dass wir nicht länger allein waren. Wills Blick glitt zur Tür. Es war unschwer an den Schatten zweier Füße zu erkennen, die kurz darauf den Spalt zwischen Tür und Boden ausfüllten, dass jemand dahinter lauschte.

Will kam dicht an mein Ohr, während er sprach. »Ich kann es dir jetzt nicht sagen. Aber sie darf auf keinen Fall merken, dass du es weißt.« Er wandte die Augen zur Tür.

Jemand klopfte an. Dann wurde die Klinke hinuntergedrückt.

Ich sprang vom Bett und drehte den Schlüssel herum. Langsam öffnete ich einen Spaltbreit. Vor mir stand Tante Meg mit finsterem Gesichtsausdruck und dunklen Augenringen. »Oh, hallo, Tante Meg. Ich hatte mich schon gefragt, wann du wohl zurück sein würdest.«

Sie schob die Tür weiter auf und begutachtete das Zimmer. »Mit wem hast du da eben geredet?«

Jetzt machte ich es ihr nach und sah hinter mich. Sowohl das Bett als auch der Teppich waren leer.

»Mit wem ich geredet habe?« Sie musterte mich abwartend.

»Selbstgespräche.« Ich log, ohne rot zu werden, setzte mein bezauberndstes Lächeln auf und wickelte eine Haarsträhne um meine Finger. Anschließend zuckte ich verlegen mit den Schultern. »Unser Schulpsychologe meint, das wäre der beste Weg, seine Gedanken zu sortieren.«

»Und welche Gedanken wären das?« Tante Meg hob kritisch eine Augenbraue.

»Ach, das was Mädchen in meinem Alter eben so beschäftigt.«

Sie lächelte boshaft. »Weihst du mich ein?«

»Nun ja … ich habe mir natürlich Gedanken darüber gemacht, was ich wohl anziehen soll an meinem Geburtstag.« Ich seufzte übertrieben gequält. »Echt blöd, wenn die Sneakers nicht zum Shirt passen.«

Eine Weile betrachtete sie mich verächtlich, dann drehte sie sich mit einem schnippischen Grunzen um, und stöckelte ohne ein weiteres Wort zu verlieren den Flur hinunter.

Leise schloss ich wieder die Tür. Ich schaute im Bad und unter dem Bett, durchforstete den Kleiderschrank und letztlich sogar die Kommode. Doch Fellary und Will blieben verschwunden. Es war, als hätten sie sich einfach in Luft aufgelöst.

Ein Geheimnis aus Stein

Den Rest des Tages verbrachte ich damit, mir Mallory Manors Parkanlage anzusehen, hier hoffte ich, ein bisschen abschalten zu können. Ich hielt auch nach Sissybell Ausschau, aber aus irgendeinem Grund war sie wie vom Erdboden verschluckt. Nun ja, als Katze war es sicherlich einfach, sich in so einem riesigen Haus zu verstecken. Auch der Garten bot vielerlei Möglichkeiten. Er ging rundherum ums Schloss und verlief sich dahinter in einem kleinen Wald. Davor lag, zu meinem Schrecken, ein Privatfriedhof mit hohen Steinmonumenten und weinenden Engelsstatuen – mittendrin das Mausoleum, das Will erwähnt hatte. Es war aus schwarzem Stein und mit einer lateinischen Schrift versehen. Das Einzige, das ich darauf lesen konnte, war mein Nachname. Er stand in geschwungenen Buchstaben zwischen den Wörtern und war auch in die massive Tür geritzt, an der sich bereits Efeu hinaufhangelte. Es würde nicht mehr allzu lange dauern, bis die Kletterpflanze die Tür gänzlich unter sich verborgen hatte. Pechschwarze Rabenkrähen saßen auf den dürren Ästen der Eichen, die sich zwischen den Gräbern aus der Erde hoben. Obwohl die Sonne durch die Wolken blitzte, schwebte der Nebel dicht über dem moosbewachsenen Boden. Ich stolperte und schlug mir das Knie auf. Schniefend tastete ich nach dem spitzen Stein, der mir ein Loch in die neue Jeans gerissen hatte.

Na super, dachte ich und klopfte mir den Schmutz von den Klamotten, während ich mich auf die Beine stemmte. Als ich meinen Blick hob, lichtete sich der weiße Dunst, und hervor trat wieder einmal wie aus dem Nichts: Will. Er winkte beschwingt, als er auf mich zuschlenderte.

Ich musste zugeben, dass ich mich zunehmend freute, ihn zu sehen. Auch wenn ich noch nicht recht wusste, warum.

»Und, was machen die Ermittlungen?«, fragte er lächelnd.

»Ermittlungen?«

»Na, du hast doch sicher einen ganzen Berg an Fragen.«

»Auf jeden Fall nicht wenig. Und ich würde sagen, ich komme irgendwie voran.« Ich deutete zum Mausoleum hinter mir und Will grinste. »Es gab eben schon den ein oder anderen Mallory vor dir.«

»Sieht ganz danach aus.« Ich lachte und er stimmte mit ein.

»Darf ich dich ein Stück begleiten?«

Verwundert hob ich die Augenbrauen. »Hey! Mir scheint, Sie haben in puncto Höflichkeit Fortschritte gemacht, Mister Derule.«

»Man lernt nie aus.« Er grinste verschmitzt.

Wir gingen durch das Friedhofstor auf den Kiesweg.

»Wohin seid ihr eben auf einmal so schnell verschwunden, du und Fellary?«

»Na ja, dein Urururgroßvater hatte eine Schwäche für Geheimgänge.«

»Es gibt einen Geheimgang in meinem Zimmer?«

»Fast jeder Raum von Mallory Manor hat einen ... mindestens einen.«

Meine Neugierde war geweckt. »Zeigst du ihn mir? Ich meine, den in meinem Zimmer.«

Will nickte. »Na klar, wenn du das möchtest. Aber ... mein Gefühl sagt mir, dass du ihn irgendwann auch alleine findest.«

»Darauf will ich nicht warten.«

Er lachte. »Ich muss schon sagen, so einer Mallory wie dir bin ich noch nicht begegnet.«

»Allzu viele kannst du ja nicht gekannt haben. Wie alt bist du eigentlich? Dreizehn, vierzehn?« Ich lehnte mich interessiert vor. Diese Frage wollte ich ihm schon lange stellen.

Er sah mich von der Seite an, faltete die Hände hinter dem Rücken und senkte das Gesicht.

»Was? Du bist doch nicht etwa jünger als ich?«, schloss ich aus seinem Schweigen.

Er schnaubte amüsiert. »Nein, jünger auf jeden Fall nicht.«

»Also gut.« Ich hopste neugierig vor ihn. »Dann bist du halt älter. Und wie viel älter?«

Er schwieg.

Ich riet. »Fünfzehn?«

Er schenkte mir einen flüchtigen, aber intensiven Blick.

»Na, komm schon, so groß ist unser Altersunterschied ja wohl nicht. Ich habe in zwei Wochen Geburtstag. Außerdem«, mir war danach, das unbedingt klarzustellen, »es ist ja auch nicht so, als würde ich mich für Jungs interessieren.« Das hätte ich vielleicht nicht sagen sollen. Ich merkte, wie mir die Röte ins Gesicht stieg. Will erwiderte immer noch nichts. Jetzt fing die Situation an, unangenehm für mich zu werden. Schnell wechselte ich das Thema. »Kommst du mit in die Küche auf einen Tee? Ich bin sicher, Marianne würde sich freuen, dich zu sehen.«

Er schaute mich ein wenig bedrückt an und räusperte sich. »Ich kann nicht.«

Irgendwie klang er dabei sehr bedauernd. Ich wollte nicht weiter nachhaken und hoffte nur, dass er jetzt nicht von mir dachte, dass ich ihn ein bisschen zu sehr mochte. »Schon okay«, sagte ich daher schnell. »Das war auch nur so eine Idee.«

Er sah mich mit leicht zusammengezogenen Augenbrauen an.

Ich kam mir dumm vor, dass ich meine Einladung überhaupt näher ausgeführt hatte. Scheinbar hatte Dad in einigen Punkten über Frauen, und über mich im Besonderen, doch recht – manchmal redete ich einfach zu viel.

Will schien es mir aber nicht übel zu nehmen. »Wenn du möchtest, komme ich heute Abend zu dir.« Seine traurige Miene war verflogen. »Ich könnte dir noch ein wenig Gesellschaft leisten. Die Nächte hier sind mitunter ...«

»... sehr lang«, beendete ich seinen Satz. »Ich weiß. Hab ich schon gemerkt.«

Seine leuchtend grünen Augen strahlten mich an. Sie hatten die Farbe von frischem Gras. Die dunklen Wimpern, die das Gegenstück zu seinem Haar bildeten, wirkten wie Rahmen, die besonders kostbare Gemälde umgaben. Es war nicht schwer, sich in ihnen zu verlieren. Auch wenn ich es nicht gerne zugab – Wills Augen waren unbeschreiblich schön. Sie hatten etwas Vertrauenswürdiges, etwas Unangreifbares, etwas Geheimnisvolles.

»Das fände ich schön«, sagte ich und er lächelte.
»Also gut. Ich komm dann gegen neun.«
»Okay.« Ich sah ihm noch eine Weile nach, bis ich Marianne hörte, wie sie auf der hinteren Veranda stehend mit einer Glocke zum Tee läutete.

Als ich mich wieder nach Will umblickte, war er bereits im Nebel verschwunden. Ein komisches Gefühl machte sich in mir breit, und ich musste feststellen, dass von der anfänglichen Abneigung nicht mehr viel übrig war. Es war ihm gelungen, meine Meinung über sich zu ändern. Auch wenn es mir immer noch schwerfiel, all die Geschichten zu glauben, die er mir aufgetischt hatte. Zu verrückt schien mir die Vorstellung, dass ein Haus sämtliche Magie dieser Welt beherbergte. Selbst wenn es ein Schloss war – dafür konnte es unmöglich groß genug sein. Außerdem glaubte ich eigentlich nicht an Zauberei. Ich war ein Realist wie meine Mum, die ich nun mehr denn je vermisste. Wenn ich doch nur endlich Sissybell finden würde. Ich wollte mich vergewissern, ob sie tatsächlich sprechen konnte. Und ich würde nicht eher Ruhe geben, bis ich sie zur Rede gestellt hatte – und das im wahrsten Sinne des Wortes.

Zu meiner Erleichterung fand Tante Meg keinen Gefallen an Tee. Wer weiß, welche Sorten sie wohl gewählt hätte. Ohne dass ich es wollte, kamen mir ausgefallene Kompositionen wie Kamille-Käsefuß, Schnecken-Salbei und Anis-Popel in den Sinn. Bei dem Gedanken musste ich lachen, und das tat gut. Glücklicherweise war Marianne, genau wie ich, eine leidenschaftliche Teetrinkerin.

Mittlerweile hatte es draußen zu regnen begonnen. Ein Gewitter war aufgezogen, Blitze zuckten am wolkenverhangenen Himmel und der Donner grollte. Nachdenklich zählte ich beim Anblick des Unwetters die Sekunden bis zum Donner. Ein Spiel, das ich von Mum gelernt hatte. Ich hörte das Ticken der Uhr über der Tür, das sich wie von selbst in mein lautloses Zählen fügte. Doch nicht nur die Unwetter erinnerten mich an Mum. Es waren auch die Tage, an denen keine Wolke am Himmel zu sehen war. Als Meteorologin hatte sie immer gewusst, wie das Wetter werden würde. Ich war fasziniert von ihren Vorhersagen gewesen. In der Nacht, in der sie starb, gewitterte es. Und ich zählte wie immer die Entfernung. Während ich wartete, klingelte das Telefon. Mein Vater hatte abgehoben und die Nachricht erhalten, dass Mum verunglückt war. In dem Moment blitzte und donnerte es gleichzeitig. Der Himmel über uns war so grell erleuchtet gewesen, als wäre er das Symbol meines gebrochenen Herzens, und das von Dad. Für uns brach in dieser Nacht eine Welt zusammen. Unser Leben hatte sich schlagartig verändert. Ich war nicht mehr die Dana, die ich einmal gewesen war, denn mit Mums Tod starb auch ein Teil von mir selbst. Seitdem hatte ich kein Gewitter mehr gezählt – bis heute. Marianne saß mir gegenüber am Küchentisch, vor uns stand ein hoher Porzellanteller mit Brownies, den ich noch nicht angerührt hatte. »Du wirkst sehr in Gedanken«, bemerkte sie. Nur langsam wandte ich meinen Blick vom Fenster und starrte auf meine auf dem Tisch gefalteten Hände.

Marianne beugte sich vor. »Hast du irgendetwas auf dem Herzen?«

»Es ist nichts«, sagte ich, aber ich klang nicht sehr überzeugend.

»Die Erinnerungen, an die, die wir lieben, aber die nicht mehr bei uns sein können, sind wie Ebbe und Flut.«

Bei ihren Worten hob ich erstaunt den Kopf. Wie konnte sie wissen, was in mir vorging?

Sie lächelte, während sie weitersprach. »Oft sind es nur winzige Details. Wir sehen Dinge, die wir mit ihnen verbinden, und schon überfluten uns die Gedanken an die mit ihnen geteilten Momente. Sie kommen und gehen wie die Gezeiten, so wird es immer sein.«

»Es ist eine Qual.«

»Aber als solche ist es nicht gedacht.« Unaufhaltsam schossen mir bei ihren Worten Tränen in die Augen. Marianne legte tröstend ihre Hand auf meine. »Erinnerungen sind ein Geschenk. Sie ermöglichen uns, zu jeder Zeit zurückzublicken und die zu sehen, die wir vermissen. Wir können sie hören und manchmal, ja, manchmal können wir sogar ihre Nähe spüren.«

Ich schluchzte. »Ich weiß nicht mehr, wie er war ... der Klang von Mums Stimme. Und ihr Geruch. Daran kann ich mich schon jetzt kaum mehr erinnern.«

»Zu gegebener Zeit werden auch diese Dinge wiederkommen. Du wirst sehen.«

»Alles verblasst allmählich, als wäre sie Teil eines Traumes gewesen. Ein schöner Traum, aus dem ich viel zu früh erwacht bin.« Ich spürte, wie eine Träne meine Wange hinablief. Betrübt blickte ich auf den Tropfen auf der Tischplatte. »Ich war noch nicht bereit, sie zu verlieren.«

»Bereit?« Marianne stieß einen tiefen Seufzer aus. »Bereit sind wir nie. Deshalb liegt es nicht in unserer Macht, den Zeitpunkt des Abschieds selbst zu bestimmen.«

Ich lächelte dankbar, dann wischte ich mir die Tränen aus dem Gesicht. Draußen vor dem Fenster lichteten sich die Wolken, sodass sich die Sonne wieder ihren Weg auf die Erde bahnte. Höchste Zeit, ein anderes Thema anzuschneiden. »Wie war er so als kleiner Junge?«

Marianne sah mich mit strahlendem Blick an. »Dein Dad?«

Ich nickte. »Bitte erzähl mir von ihm.«

Sie lächelte über das ganze Gesicht. »Oh, er war ein so zartes Kind, aufgeweckt, und er steckte voller Ideen. Deiner Tante wurde es nie langweilig mit ihm.«

Ich lauschte ihren Geschichten von damals und dabei verflog auch der Rest meiner Traurigkeit. Marianne erzählte, wie Dad als kleiner Junge einmal fast in der Regentonne ertrunken wäre und wie er sich versehentlich im Mausoleum eingeschlossen hatte. Dads gänzlich unbeschwerte Kindheit fand nur auf Mallory Manor statt. Nach dem frühen Tod seiner Mutter wuchs er in einem Jungeninternat auf. In den Ferien holte ihn Tante Meg dann immer zu sich. Hatte er eigentlich jemals hinterfragt, weshalb sie ihn nicht ganz bei sich aufgenommen hatte? Für mich war der Fall klar: weil er ein Junge war. Aus irgendeinem Grund hatte Mallory Manor kein Vertrauen zu männlichen Nachkommen. Automatisch schwirrte die Frage in meinem Kopf, ob Tante Meg anders entschieden hätte, wäre Dad ein Mädchen gewesen? Ich war heilfroh, dass mein Vater nie etwas Schlechtes über seine Internatszeit erzählte. Er hatte dort gute Freunde und einen

Lehrer gehabt, der mit seinem Vertrauen in Dads Potenzial die Weichen für dessen spätere berufliche Laufbahn gestellt hatte.

Marianne war inzwischen bei Igors alljährlicher Reise in die Karpaten angekommen. In ihrer Erzählung gab es eine mehr oder weniger passende Überleitung zu ihrem preisgekrönten Kokosmakronen-Kuchen – den Igor ja nicht anrührte.

Wir waren so ausgelassener Stimmung, dass ich kaum wagte, das zu fragen, weswegen ich eigentlich bei ihr war. Trotzdem, ich musste unbedingt wissen, welche Rolle ich für Mallory Manor spielte. Hatte Will die Wahrheit gesagt? Ohne dass ich das Gespräch darauf gelenkt hätte, schien Marianne genau zu wissen, was mir auf der Seele brannte.

Mütterlich tätschelte sie meine Hand und sah mir in die Augen. »Ich weiß, es ist schwer zu verstehen, Liebes. Und glaube mir, es war auch für deine Vorgängerinnen nicht leicht. Aber Mallory Manor braucht immer eine Erbin. Jemand, der sich um all die Geschöpfe kümmert, die diese Mauern in sich bergen, egal ob gut oder schlecht.« Sie nahm sich einen Brownie und biss kräftig hinein.

Erneut hatte Marianne meinen Gedanken aufgegriffen. Ich betrachtete sie perplex. Woher wusste sie, was mich beschäftigte? »Du weißt von der Magie?«

»Aber natürlich!«

»Ich verstehe das alles nicht. Das klingt alles so verrückt. Es ist einfach schwer zu glauben. Warum hat mir Dad nichts gesagt?«

»Weil er es nicht konnte. Männliche Mallorys erfahren

nichts über die wahre Natur des Hauses. Sie können sie nicht einmal sehen. Tragisch. Aber das hat Marmelia einst so bestimmt.«

»Was ist mit Tante Meg? Irgendetwas stimmt doch mit ihr nicht oder kommt mir das nur so vor?«

Marianne verschluckte sich vor Schreck am Brownie. Hustend hielt sie sich die Brust.

Ich stand auf, ging um den Tisch herum und klopfte ihr zwischen die Schulterblätter.

Nachdem sie wieder zu Atem gekommen war, schluckte sie angestrengt. »Dazu kann ich dir leider nichts sagen, Liebes.« Sie räusperte sich unter vorgehaltener Hand. »Ich darf nicht und eigentlich dürfte ich noch nicht einmal das sagen.«

Verwirrt runzelte ich die Stirn. Was zum Geier sollte diese Information? Nachdenklich nippte ich an meiner Tasse.

»Ich kann dir nur so viel verraten«, Marianne fasste meine Hand und hielt sie ganz fest, »halte dich an William.« Sie richtete ihren Blick zur Seite, wo nun ein lautes Schnurren zu hören war, dann sah sie mich eindringlich an. »Vertrau ihm. Und ... vertrau auch der Katze!«

Mein Stirnrunzeln vertiefte sich, während mein Blick zu Sissybell hinunterglitt. Ich sollte also einer Katze vertrauen. Ich hatte zwar schon das Gefühl, Sissybell vertrauen zu können, aber ein etwas seltsamer Ratschlag war es dennoch. Und wo kam sie überhaupt schon wieder so plötzlich her? Egal. Endlich konnte ich sie zur Rede stellen.

»Na, Sissybell«, begrüßte ich sie, in der Erwartung, auch von ihr gegrüßt zu werden – in Menschensprache. Doch sie blickte mir nur unbeteiligt entgegen. Wahrscheinlich hatte sie sich wieder einmal hereingeschlichen. Das machten Katzen so. Sprechen hingegen gehörte wohl doch nicht zu den Talenten einer Samtpfote. »Bist du hungrig?« Ich hielt ihr ein Stück Brownie hin. Sie nahm es behutsam zwischen ihre winzigen Zähnchen und ließ es sich schmecken. »Könntest ruhig Danke sagen«, scherzte ich.

Marianne legte den Kopf schief und schaute mich lächelnd an. »Ich bitte dich. Danke zu sagen gehört nicht unbedingt zum kätzischen Sozialverhalten.«

Sissybell blickte zu ihr auf. Rasch kraulte Marianne sie hinter den Ohren. »Schon gut, Kleines. Das war nicht böse gemeint. Wir lieben dich alle genau so, wie du bist.«

Sissybell schluckte ihr Stück Brownie hinunter, setzte sich auf die Hinterpfoten und maulte: »Na, das will ich aber auch meinen.«

Vor Schreck fiel ich fast vom Stuhl.

Die hypnotischen Katzenaugen wanderten zu mir. »Was hat sie denn?«, fragte Sissybell an Marianne gerichtet.

Nachdem diese sich nach einer kurzen Schrecksekunde wieder gefangen hatte, schob sie den Teller zu mir. »Hier, Schokolade beruhigt die Nerven.«

Vermutlich hatte sie recht. Geistesgegenwärtig griff ich nach einem Brownie und steckte ihn mir ganz in den Mund. Mit vollen Backen starrte ich vor mich.

Dieses Haus war seltsam, total verdreht und höchstwahrscheinlich war das nicht das letzte Mal, dass ich das sagen musste. Seufzend stützte ich das Gesicht auf meinen Unterarm. Immerhin hatte ich jetzt meine Antwort. Dabei wollte ich mir gar nicht ausmalen, was noch alles auf mich zukommen würde. Aber irgendwie hatte ich schon jetzt das Gefühl, dass ich bald froh darüber sein würde, es wäre bei einer sprechenden Katze geblieben.

Fauler Zauber

Das Dinner wurde wie immer im Speisesaal serviert. Tante Meg saß mir gegenüber und beobachtete mich mit Argusaugen. Verstohlen nippte ich an meinem Glas. Ich fragte sie nicht, warum sie an der rechten Hand einen schwarzen Handschuh trug, und gab mir Mühe, das nicht seltsam zu finden. Vielleicht hatte sie sich verletzt und versteckte darunter eine hässliche Wunde. Während sie den Weinbergschneckensalat hinunterschlang, schielte ich über den Tellerrand zu ihr hinüber. Nur ab und an stopfte sie mit der rechten Hand nach, wenn sie mit der linken alleine nicht zurechtkam. Ansonsten blieb der schwarze Handschuh mitsamt seinem Geheimnis unter dem Tisch auf ihrem Schoß.

Glücklicherweise war ich noch satt von Mariannes Brownies. Nachdem mich Sissybell, gegen jede Logik, von ihren sprachlichen Fertigkeiten überzeugt hatte, hatte ich den Teller mit dem Schokoladenkuchen allein verdrückt. Ich wusste nicht, ob ich es dem erhöhten Blutzucker verdankte, aber als ich damit fertig war, hatte ich das Gefühl, mit einer sprechenden Katze besser umgehen zu können. Auch die Tatsache, dass ich mich in einem Schloss mit magischen Bewohnern aufhielt, beunruhigte mich nun weit weniger. Marianne hatte es gesagt – Schokolade beruhigte tatsächlich die Nerven. Ein Effekt, der zu meinem Glück auch jetzt noch anhielt.

Interessiert beobachtete ich meine Vorspeise, die für meinen Geschmack etwas zu fidel war. Zwar wusste ich nicht, ob es so gewollt war, aber während ich stumm und tatenlos auf den nächsten Gang wartete, entwickelte sie ein Eigenleben. So zog eine orangefarbene Nacktschnecke eine Schleimspur von meinem Teller quer über den Tisch. Als würde sie sich auf ihrem Weg in die Freiheit tarnen, hatte sie ein Salatblatt auf dem Kopf. Scharfsichtig verfolgte ich ihren Fluchtversuch und hoffte darauf, dass Tante Meg nicht auf sie aufmerksam werden würde. Ich erinnerte mich daran, was meine Tante mit dem Augapfel angestellt hatte. Natürlich war ein Auge keine Schnecke. Aber für mich hatte es mindestens genauso wenig in einer Suppe verloren gehabt wie dieses Tier im Salat. Was sollte ich tun? Ich musste ihr Überleben sichern! Als die Nacktschnecke weiter in Richtung Kerzen kroch, täuschte ich kurzerhand einen Nieser vor, der meine Serviette gezielt auf sie schleuderte.

»Verzeihung«, nuschelte ich und nahm das Tuch mitsamt dem schleimigen Flüchtling in Gewahrsam. Vorsichtig legte ich ihn auf dem Stuhl neben mir ab. Tante Meg schenkte mir nur einen kurzen Blick, bevor sie sich wieder ihrem Salat widmete. Die Hauptmahlzeit – einen Blasen werfenden Auflauf – brachte Marianne, wie schon am Vorabend, persönlich herein. Als sie mich sah, zwinkerte sie mir mit einem Auge zu, was so viel bedeutete wie: Ein genießbares Abendessen erwartet dich in meiner Küche. Schnell steckte ich ihr das Tuch mit der Schnecke zu, als sie an mir vorbeiging, und murmelte: »Blinder Passagier.« Marianne nickte, als wüsste sie genau, was sich in der Serviette verbarg, dann verschwand sie aus dem Saal.

Im Auflauf stocherte ich ein wenig herum. Auf diese Weise täuschte ich vor, das blubbernde Etwas zumindest probiert zu haben. Den Rest des Dinners ließ ich einfach über mich ergehen. Tante Meg kam mir irgendwie angespannt vor. Sie redete noch weniger, als ich es von ihr gewohnt war, und ging zu Bett, bevor Igor sie nach einem Dessert fragen konnte.

Ich wartete einen Moment lang, dann folgte ich ihr still und heimlich. Ich wollte endlich wissen, wo ihr Schlafzimmer war. Sie schien sich unbeobachtet zu fühlen, denn sie blickte sich nicht ein einziges Mal um. Trotzdem ließ ich größte Vorsicht walten. Ich wollte auf keinen Fall von ihr erwischt werden.

Im zweiten Stock staunte ich nicht schlecht – sie lief schnurstracks in den Ostflügel und sie hatte es eilig. Der Abend hatte die kühle Luft in die alten Burgmauern gespült und der Wind heulte bedrohlich um das Gemäuer. Fröstelnd rieb ich mir die Oberarme, während ich Tante Meg unerbittlich auf den Fersen war. Durch die schmalen Fenster drang das rötliche Licht der untergehenden Sonne. Tante Megs Schritte auf dem steinernen Pflaster hallten durch die gähnende Leere des gespenstischen Korridors. Ich ging dicht an der Wand entlang, dort, wo sie ihren schützenden Schatten warf.

Plötzlich ertönte wieder dieses Grollen und ich zuckte unwillkürlich zusammen. Es war dasselbe Grollen, das ich gemeinsam mit Will am Vorabend gehört hatte. Es ging mir durch Mark und Bein. Jetzt war es noch lauter und das Trommeln gegen das Holz noch heftiger. Schnaufend hielt Tante Meg inne. Sie drehte sich zur blanken Wand und stand nun seitlich zu mir. Schnell machte ich mich so klein wie irgend möglich und verkroch mich hinter einer hervorstehenden Mauer. Gespannt sah ich dabei zu, wie Tante Meg die Hand hob – und zwar die, die den Handschuh trug. Gleich darauf geschah etwas Seltsames: Die Mauern pulsierten sichtbar. Dann schoben sie sich auseinander. Ich vernahm das Schleifen der aufeinanderreibenden Steine. Augenblicklich erstarrte ich. Aus den grauen Ziegeln formte sich eine dunkelbraune Tür. Tante Megs Hand wirbelte umher und die Tür flog schwungvoll auf. Ein lautes Geräusch drang daraus hervor. Es war ein lang gezogenes Jaulen, inmitten des Heulens eines unbarmherzigen Sturms. Und als feine weiße Flocken auf den Flur wehten, war klar, dass sich hinter der geheimnisvollen Tür nichts Geringeres verbarg als ein ausgewachsener Schneesturm. Ein Jammern durchbrach die Sturmgeräusche und es wurde mit jeder Sekunde lauter, energischer und klagender. Eine Eiseskälte erfüllte den Ostflügel. Ich begann heftig zu zittern und hielt mir die Schultern. Dann erklang ein dämonisches Lachen. Es ging über in ein boshaftes, hinterhältig klingendes Gelächter, und es kam von Tante Meg. »Es ist hoffnungslos. Niemand wird dich je finden. Du bist mein – bis in alle Ewigkeit«, raunte sie mit krächzender Stimme, dann ballte sie die schwarze Hand zu einer Faust und die Tür flog krachend zu. Das Klopfen und Hämmern erklang erneut.

»Bald, schon bald …«, wisperte Tante Meg verschwörerisch und die Tür schrumpfte in sich zusammen. Die Steine wackelten und verschlossen den Zugang. Nur ein zartes Pulsieren der Mauern war noch zu erkennen. Gleich darauf sah die Wand aus, als wäre in ihr nie eine Tür gewesen. Tante

Meg ging weiter ihres Weges, der sie bis zum Ende des Flurs führte.

Ich blieb, wo ich war. Starr vor Schreck, fassungslos und schockiert über das, was ich gerade gesehen hatte. Ich drückte mich noch weiter in den Schatten der Mauer, denn nur hier fühlte ich mich einigermaßen sicher und konnte trotzdem den Gang gut überblicken.

Tante Meg verharrte erneut vor der Wand, als sich plötzlich vor ihr eine weitere Tür zeigte. Sie ging hinein, ohne sich umzusehen. Sobald sie hindurchgetreten war, verschwand die Tür genau wie die zuvor.

Jetzt nahm ich die Beine in die Hand. Ohne groß darüber nachzudenken, rannte ich darauf zu, ich wollte ihr folgen. Doch die Tür war längst nicht mehr zu erkennen. Ich starrte eine Weile auf die kahle Wand, tastete sie ab und drückte an den Steinen herum, doch nichts passierte. Hier gab es keinen Geheimgang, zumindest konnte ich keinen finden. Aber um ehrlich zu sein, hatten diese Türen auch nicht danach ausgesehen. Sie waren irgendetwas anderes. Als ich darüber nachdachte, was es mit den verschwindenden Türen auf sich haben könnte, spürte ich eine Berührung an meiner rechten Schulter. Ich fuhr zusammen.

»Keine Angst. Ich bin's nur.«

Hastig drehte ich mich zu Will um, der mich aus erschrockenen Augen ansah. »Was hast du hier zu suchen?«

»Dasselbe könnte ich dich auch fragen«, antwortete ich matt, aber ich besann mich rasch. »Ich bin Tante Meg gefolgt«, flüsterte ich. »Du wirst nicht glauben, was ich gerade mit angesehen habe.«

Er hob die Augenbrauen und hüstelte. »Ich kann es mir vage vorstellen.«

Ein kalter, kräftiger Lufthauch flatterte durch mein Haar. Er wirbelte meinen Zopf umher, sodass er auf meiner Schulter zum Liegen kam. »Dana!«, flüsterte eine Stimme, die wie vom Wind getragen klang.

Ich wandte mich ruckartig danach um.

»Was ist?«, fragte Will.

Ich presste den Zeigefinger auf die Lippen und folgte dem Ruf. »Hör doch!«

»Ich höre rein gar nichts.« Will beäugte mich skeptisch. Aus irgendeinem Grund konnte Will die Stimme nicht hören, die meinen Namen wisperte. War sie etwa nur für meine Ohren bestimmt? Gleich neben der Tür, durch die Tante Meg soeben verschwunden war, erschien eine weitere. Sie glühte im Halbdunkel wie ein Leuchtbild. Ihr Holz war mit aufwendigen Malereien verziert. Als ich davorstand, öffnete sie sich und die Stimme flüsterte: »Komm mit, Dana. Komm mit.«

Ich fühlte mich wie von ihr hypnotisiert, weshalb ich ihr blindlings folgte.

Wortlos ging Will dicht hinter mir.

Der Raum, den wir betraten, war klein und voll mit halbfertigen Gemälden. Ein riesiges Wandbild zeigte Venedig mit seinen unverkennbaren Kanälen und Gondeln. Ich erkannte die Rialtobrücke, über die ich vor einigen Jahren mit meinen Eltern spaziert war. Alles wirkte so echt, dass ich glaubte, das Wasser unter der Brücke fließen zu sehen.

»Dana«, wisperte die Stimme wieder und ich sah mich weiter

im Raum um. Unterschiedlich große Leinwände, teilweise leer oder nur mit wenigen Farbtupfen darauf standen auf Staffeleien. Ich riss erstaunt die Augen auf. Auf einem runden Tisch lag, unter einer Kuppel aus Glas, eine weiße Farbpalette. Sie schimmerte im wenigen Licht der brennenden Kerzen, die das Zimmer erhellten. Über ihr schwebte, vollkommen unbeweglich, ein Pinsel mit blutrotem Griff und schwarzen Borsten.

»Unglaublich!« Will sah verdattert auf den Inhalt der Glashaube. »Ich hatte keine Ahnung, dass es tatsächlich noch hier ist.«

»Was ist das?« Ich ging darauf zu.

»Das magische Werkzeug von Montgomery Mallory. Es heißt, er hat es von einer venezianischen Hexe geschenkt bekommen. Einer Gönnerin seiner Tochter.«

»Einer Hexe?« Nervös biss ich mir auf die Unterlippe.

Will nickte ehrfürchtig, ohne den Blick von der Kuppel zu lösen. »Ich glaube, das gehört jetzt dir.«

Mein Blick wanderte unruhig zwischen ihm und dem unter Glas verwahrten Malwerkzeug hin und her.

»Nur zu«, versicherte er und sah sich prüfend um. »Nimm es an dich. Wir sollten hier nicht zu lange verweilen.«

Vorsichtig hob ich die Kuppel an und stellte sie neben dem Tisch auf den Boden. Anschließend streckte ich die Hand nach der Palette aus. In dem Moment, als ich sie berührte, erlosch das Glühen. Es ging auf mich über, erfüllte mich, sodass mir ganz warm wurde, dann verglomm es irgendwo in meinem Innern. Ich sah Will fragend an.

»*Du* solltest das Werkzeug bekommen. Du bist wahrhaft die Erbin Mallorys.« Er senkte kurz seinen Kopf.

War das etwa eine Verbeugung? Ich spürte, wie meine Wangen rot anliefen. Es war mir peinlich, dass Will mir meine Verlegenheit ansah. Ich rang mir ein Lächeln ab.

Ein lautes Knarren erlöste mich aus dieser peinlichen Situation.

»Wir sollten jetzt gehen.« Will umfasste mein Handgelenk mit festem Griff und spähte auf den Flur. Schleunigst verstaute ich die Farbpalette und den Pinsel in der Bauchtasche meines Kapuzenpullis.

Auf die Dämmerung folgte allmählich die Dunkelheit und in diesem Teil des Schlosses wollte ich mich dann beim besten Willen nicht aufhalten. Wir verließen das Zimmer und eilten Richtung Treppe.

Will lief voran. Irritiert ließ ich mich mitziehen.

»Wohin gehen wir?«, fragte ich. Anstelle einer Antwort hastete er noch schneller aus dem Ostflügel hinaus. Mit nervösem Blick zog er mich auf den gegenüberliegenden Flur. Hier brannten Kerzen in den Wandhalterungen. Dieser Gang wirkte wie das Gegenstück des Ostflügels. Als sich Will vergewissert hatte, dass wir alleine waren, stellte er mich gegen die Wand. Ich kam mir vor wie bei einer Festnahme.

Sein Gesicht kam ganz nah an meines, während er sprach. »Hast du eigentlich eine Ahnung, in welche Gefahr du dich da eben gebracht hast?«

Ich runzelte die Stirn und schüttelte den Kopf. »Nein.«

Aufgewühlt sah er mich an, als suchte er nach den richtigen Worten.

Ich kam ihm zuvor. »Dann erklär's mir! Was war so gefährlich daran, den Ostflügel zu betreten? Ich dachte, ich wäre die Erbin von Mallory Manor. Eine Hüterin – wie du es nennst. Aber ich darf mich nicht frei im Schloss bewegen? Also, das ergibt doch alles keinen Sinn!« Ich war aufgebracht und konnte nicht länger stillstehen. »Weißt du, ich verstehe einfach nicht, was du von mir willst. Ich soll die Beschützerin dieses Hauses sein, gleichzeitig verfolgst du mich aber auf Schritt und Tritt. Du scheinst nicht daran zu glauben, dass ich dieser Aufgabe gewachsen bin. Ich kann es dir nicht verdenken – mir geht's da nicht anders.« Ich stieß einen Seufzer aus.

Will musterte mich resigniert.

»Auch wenn ich keine Ahnung habe, wieso, aber es scheint, als würde Mallory Manor an mich glauben. Sonst wäre doch wohl kaum dieses magische Werkzeug zu mir gekommen.« Ich ertastete die Palette und den Pinsel durch meinen Pullover.

»Ach, darum geht es doch überhaupt nicht.« Will folgte mir mit den Augen und machte eine abschätzige Handbewegung. Er trat noch näher an mich heran, packte mich an den Schultern und führte mich in eines der Zimmer. »Du willst wissen, warum ich dir gefolgt bin?«

Ich nickte zögerlich und meine Augen streiften die vielen ausgestopften Tiere, die uns in dem Raum umgaben. »Sag es mir«, forderte ich ungeduldig, während ich seine Hände von mir nahm.

»Na, irgendeiner muss dich doch beschützen.«

Ich lachte leise auf, dabei begutachtete ich das Maul eines riesigen Löwen. »Ich kann sehr gut auf mich allein aufpassen.« Aus dem Maul erklang ein leises Knurren und ich schreckte zurück.

Will ignorierte die Laute der ausgestopften Riesenkatze und schnalzte mit der Zunge. »So war das auch nicht gemeint. Aber du bist noch nicht sehr lange hier und Mallory Manor birgt nicht nur gute Magie.«

Ich ließ den Löwen nicht aus den Augen. »Du sprichst vom Ostflügel?« Ich wandte mich ihm zu und musterte ihn eindringlich.

»Nicht nur«, gestand er. »Im Ostflügel gehen einige sonderliche Dinge vor. Er ist das Zentrum der Magie. Der eigentliche Schlaftrakt der Hüter.«

Unmerklich schüttelte ich mich. Hatte ich ihn da gerade richtig verstanden? »Aber das ist doch nicht bindend, oder?« Ich hoffte so sehr, dass er mich in dieser Hinsicht beruhigen würde, aber weit gefehlt.

»Oh, in jedem Fall«, sagte er. Mir wurde schummrig zumute. In dieser gruseligen alten Burg würde ich gewiss kein Auge zutun.

Da hörte ich schnell näher kommende Schritte. Flink wand ich mich an Will vorbei und schaute auf den Flur. Meinen Blick richtete ich zuerst in Richtung Treppenhaus. Dort war niemand zu sehen. Ich sah zur anderen Seite und erlitt fast einen Herzinfarkt. Igor stand direkt vor mir und beäugte mich grimmig. »Was haben Sie in Sir Reginalds Arbeitszimmer verloren?«

»Igor!«, stieß ich erleichtert aus. Ich schluckte erst einmal meinen Schreck hinunter, bevor ich mich rechtfertigte. »Ich … ähm …« Fahrig warf ich einen Blick hinter mich. »Sir Reginalds Arbeitszimmer? Also ich hatte ja keine Ahnung, dass es verboten ist, es zu betreten.«

Er blickte mich ungerührt an. Stocksteif stand er da und schien nicht einmal zu atmen. »Verboten ist auch nicht das richtige Wort«, sagte er mit ausdrucksloser Miene. »Es ist nur nicht sehr ratsam, hineinzugehen.«

»Und warum genau ist es nicht ratsam?«

»Nun ja ... die Tiere pflegen für gewöhnlich keinen Besuch zu empfangen und können mitunter ... unberechenbar sein.«

Ich sah noch einmal über meine Schulter in den Raum. Der Kopf eines Breitmaulnashorns hing an der Wand. Bis auf eine Auswahl an ausgestopften Raubkatzen, Bären, Fledermäusen und eine Waschbärmütze an einem ansonsten leeren Kleiderständer konnte ich nichts entdecken. Zumindest kein Tier, das einem noch gefährlich werden konnte.

»Tja«, murmelte ich verunsichert und mit aller Ernsthaftigkeit, die ich aufbringen konnte. »Danke für Ihren Rat, Igor. Ich werde auf der Hut sein.«

Er wirkte beruhigt, neigte seinen Kopf vor mir und hinkte den Gang hinunter.

Verwirrt wanderte ich im Zimmer umher. »Will?« Wo steckte er schon wieder? Während ich das Breitmaulnashorn betrachtete, räusperte sich jemand hinter mir. Mit der flachen Hand strich ich über den Kopf des Nashorns. »Sind die nicht vom Aussterben bedroht?«

»Vor zweihundert Jahren gab es scheinbar noch genug davon«, sagte Will.

Ich drehte mich zu ihm um. »Ich vermute, das hier sind keine normalen ausgestopften Tiere?«

Will machte einen großen Bogen um den Löwen und zog einen Mundwinkel hoch. »Nö, sind sie nicht.«

Sofort nahm ich Abstand vom Kopf des Breitmaulnashorns.
»Warum wundert mich das überhaupt noch?«
Er zuckte mit den Schultern.
»Wie auch immer«, murrte ich und stellte mich vor ihn. »Also, noch mal zurück zum Wesentlichen. So wie du den Ostflügel beschrieben hast, klingt es, als wäre er nicht immer gefährlich gewesen.«

»So ist es.« Leise schloss er die Tür hinter uns, lehnte sich zu mir vor und sprach mit gesenkter Stimme. »Seit deiner Geburt ist es auf Mallory Manor anders geworden. In jener Nacht gab es eine Mondfinsternis und ein solches Ereignis stellt für eine Hüterin eine große Herausforderung dar. Während der Mond vom Himmel verschwindet, verliert auch der Bann an Wirkung, der manche Geschöpfe in ihren Gemälden, Büchern oder worin sie auch immer eingesperrt wurden, hält.«

»Sie sind eingesperrt? In Gemälden und … Büchern?« Sofort musste ich an meinen ersten Streifzug durch Mallory Manor denken. »Deshalb wolltest du nicht, dass ich in die Bibliothek gehe …«

»Bücher sind hier nicht einfach nur Bücher. Und Gemälde nicht nur Gemälde.« Er sah sich seufzend um. »Eigentlich ist hier nichts so, wie es scheint … und die Bibliothek von Mallory Manor wird auch die *Verbotene Bibliothek* genannt, weil sie die größte Sammlung magischer Wesen und Orte beherbergt.«

Ich rang um Fassung. »Ich glaube, mir wird gerade einiges klar.« Sofort hatte ich wieder meine unglückliche Fahrt auf dem sinkenden Schiff vor Augen und die bemalten Tassen in Mariannes Küche, vor denen sie mich gewarnt hatte.

»Alles in Ordnung mit dir?«, vergewisserte sich Will.

Schnell tauchte ich aus meinen Gedanken wieder auf und versuchte, einen kühlen Kopf zu bewahren. »Ich muss das alles nur erst mal verdauen. Aber du wolltest mir gerade noch erzählen, was genau in der Nacht meiner Geburt passiert ist...«

Will zögerte. »Es ist das passiert, was niemals passieren sollte. Es ist etwas freigekommen, etwas, das nicht frei sein sollte ...«, er zögerte, »etwas Böses!«

Mir blieb die Luft weg.

»Ich will dich nicht beunruhigen.«

Ich zwang mich, weiterzuatmen. »Na, dann ist es ja gut.« Angespannt hörte ich mir an, was Will zu erzählen hatte.

»Von den dreihunderteinundzwanzig gefährlichsten Wesen, die wir hier auf Mallory Manor haben, gilt sie mit Abstand als eine der schlimmsten Bedrohungen.«

Wieder stockte mein Atem. »Dreihundert ... was?« Ich schüttelte mich unmerklich. »Von wem oder was sprechen wir?« Mir rutschte fast das Herz in die Hose, als ich mir die möglichen Schreckgestalten vorstellte. Bisher kannte ich das alles nur aus Märchen oder Fantasyfilmen. Ich schluckte einen überaus festsitzenden Kloß hinunter, als mir unvermittelt klar wurde, dass ich mich quasi in genau so einem Film gerade befand.

Will streckte die Hand nach mir aus. »Komm mit.« Er machte eine einladende Kopfbewegung. »Ich zeig es dir!«

Unentschlossen legte ich meine Hand in seine.

Bevor wir den Raum verließen, schaute er sich zu allen Seiten um.

»Schnell!«, sagte er. Wir spurteten über den Flur. An der

Freitreppe angekommen, hielt ich mich am Geländer fest, doch ich rutschte ab. »Igitt! Was ist das?« Angeekelt nahm ich meine Hand weg, mit der ich in eine klebrige Masse gefasst hatte. Grüne Schleimfäden zogen sich von meiner Hand bis zum Geländer.

»Morpus Monius«, erklärte Will naserümpfend. »Spuren von dunkler Magie. Es hat also begonnen. Ihre Tarnung verfliegt.« Er schaute sich fahrig um. Mit dem Kopf deutete er die Treppe hinunter. Er eilte weiter, bevor ich nachfragen konnte, was er mit Morpus Monius und wen er mit *ihr* gemeint hatte. Während ich im Gehen das eklige Sekret an meinem Hosenbein abwischte, überkam mich eine leise Ahnung, wohin er mich führte. Und ich wurde nicht enttäuscht.

»Ich dachte, sie ist verboten?«, fragte ich, nachdem er die Tür zur Bibliothek geöffnet hatte.

Er bedachte mich mit einem unschlüssigen Blick und zuckte die Schultern. »Du bist doch die Hüterin, oder? Früher oder später musst du eh hinein. Allerdings muss man hier drin sehr vorsichtig sein. Versuche einfach, nichts anzufassen, sei so leise wie möglich und störe niemanden. Dann kann dir eigentlich auch nichts geschehen.«

Schon wieder dieses *eigentlich*, dachte ich. Ich nickte knapp, obwohl ich mich insgeheim fragte, wen ich in der Bibliothek nicht stören sollte.

Erneut lugte der Mond durch die wundersamen Fenster und tauchte die Bücherreihen in ein sanftes Licht. Zwischen den Regalen hingen Porträts, auf denen teilweise Furcht einflößende Personen abgebildet waren. Seltsame Wesen starrten mir aus Bildern entgegen. Darunter ein hässliches, dreiköpfiges Monster mit langen, spitzen Reißzähnen. Schaudernd wandte ich mich davon ab. Inmitten der nicht enden wollenden Reihen aus Büchern sah ich etwas hin- und herlaufen. War es der Schatten, der mir bereits bei meinem ersten Bibliotheksbesuch aufgefallen war? »Wer ist außer uns noch hier?«, wollte ich wissen.

Will blickte sich um. »Wieso? Hast du jemanden gesehen?«

»Nicht deutlich, aber ich spüre, dass wir nicht allein sind.«

Wir passierten einen weitläufigen Gang, zwei prall gefüllte Bücherregale lagen sich gegenüber. Während Will vorausging und nichts Ungewöhnliches zu bemerken schien, verharrte ich zwischen den Regalen. Mit vor Staunen geöffnetem Mund beobachtete ich, wie dort Bücher durch die Luft schwebten und sich eigenständig neu platzierten.

»Wo bleibst du denn?« Will kam zurück und stellte sich neben mich. Sein Blick folgte meinem, aber er wirkte keineswegs beeindruckt. »Ach, das ist nur Bakwyn.«

Ich sah ihn auffordernd an.

»Der Wächter.« Er zuckte mit den Schultern.

Rasch schloss ich zu ihm auf. »Wie sieht Bakwyn aus?«

»Na ja, er ist die meiste Zeit unsichtbar. Wie Kobolde es eben so machen. Die wollen in der Regel von keinem gesehen werden. Ist so 'ne alte Marotte vom Goldschatz am Ende des Regenbogens.« Er beugte sich zu mir und flüsterte: »Ein weiser Rat: Lass ihn einfach seinen Job machen und sprich ihn erst gar nicht wegen irgendwas an. Kobolde können ziemlich garstig werden, wenn man sie bei der Arbeit stört.«

Ich nickte ergeben.

Will führte mich zu einer Wand zwischen zwei Regalen, an

der ein einzelnes Gemälde hing. Das Mondlicht warf direkt darauf einen Lichtstrahl durch das runde Fenster. Verwundert betrachtete ich es, denn es gab nichts als einen schwarzen Hintergrund preis.

»Aber, es ... es ist niemand auf diesem Bild zu sehen«, stotterte ich.

»Das ist es ja gerade.« Will seufzte tief. »Sie hat die Mondfinsternis genutzt, um sich daraus zu befreien.«

Automatisch tastete ich nach Pinsel und Farbpalette in meiner Tasche. Beides ergab nun für mich als magisches Werkzeug Sinn. Ich ging näher an das Gemälde heran, um das Schild zu lesen, das darunter angebracht war. »Go-cinda«, las ich und ein kurzer, aber eiskalter Windhauch fegte durch die Bibliothek. Ich sah zu Will, danach las ich auch den Rest. »Hexenmeisterin von Britannien, gebannt am 17. Februar 1784 durch Marmelia Mallory.«

Eine Frage lag mir schwer wie Blei auf der Zunge. »Und wo ist sie jetzt?«

»Was glaubst du?« Will wollte, dass ich selbst darauf kam. Konnte das wirklich sein? In mir keimte eine schreckliche Ahnung. Ich ging gedanklich die vergangenen Tage durch, die merkwürdigen Geschehnisse und das sonderbare Abendmenü. Dad hatte seine Tante nicht wiedererkannt – und das hatte vielleicht seinen Grund ... Der Schreck fuhr mir durch die Glieder, als es mir wie Schuppen von den Augen fiel. »Tante Meg?«

Will nickte betroffen. »Die Frau, die sich dir als deine liebe Tante vorgestellt hat und mit der du beim Essen sitzt ... ist nicht deine Tante und sie ist nicht unsere Hüterin.«

»Was hat sie mit der echten Tante Meg angestellt?« Meine Stimme zitterte.

Will legte den Zeigefinger auf seine gespitzten Lippen. »Sie hat einen Zauber über alle verhängt, die in diesem Haus leben, damit niemand ihr Geheimnis verrät. Aber du musst die Wahrheit erfahren, damit du weißt, womit du es zu tun hast. Gocinda versteckt deine Tante hinter einer der verschwindenden Türen im Ostflügel.« Er senkte nochmals die Stimme. »Ich suche schon lange nach der Tür, aber bisher konnte ich sie nicht finden. Für einen Nicht-Mallory ist es fast unmöglich, sie aufzuspüren. Dana, wenn wir deine echte Tante bis zu deinem dreizehnten Geburtstag nicht befreit haben, dann kannst du sie nicht als Hüterin ablösen – und Gocinda behält die Macht.«

»Dann müssen wir sie finden!«

»Das sehe ich auch so. Aber wir sollten auf den richtigen Zeitpunkt warten. Der Ostflügel wird durch die Hexe bewacht.«

»Verstehe.« Allein die Vorstellung, ihr direkt in die Arme zu laufen, ließ mich frösteln. »Und wenn ich Tante Meg nicht ablösen kann ... was würde das bedeuten?«

»Wie gesagt, das würde bedeuten, dass die Hexe Mallory Manor übernehmen wird. In ihrer ganzen Pracht.«

»Warum wartet sie damit, bis ich dreizehn bin, und tarnt sich als Tante Meg?«

»Die Dreizehn hat auf Mallory Manor eine besondere Bedeutung. Sie geht zurück auf den dreizehnten Tag der Keltenwoche, an dem die Mondkräfte so sehr auf alles Leben einwirken wie an keinem anderen Tag. Mallory Manor lebt.

Es hat einen eigenen Willen. Es weiß, was geschehen ist, und es weiß von dir. Aus dem Grund hat es den Schlüssel zu seiner Magie versteckt, damit nur du ihn bekommst.«

Ich nahm zwar zur Kenntnis, was Will sagte, und nickte geistesabwesend, aber so richtig konnte ich es nicht fassen, was er mir gerade erzählt hatte. Bei dem Gedanken, dass ich die letzten zwei Tage zusammen mit einer bösen Hexe am Tisch gesessen hatte, wurde mir flau im Magen. Ich bekam weiche Knie und musste mich erst einmal setzen. Ich ließ mich rückwärts in einen staubigen Ohrensessel fallen, über dem ein braunes Fell samt mürrisch dreinschauendem Bärenkopf lag.

»Also«, versuchte ich mich zu sortieren und die Situation zu entschärfen, »sollte ich wohl zuallererst diesen Schlüssel finden. Habe ich das richtig verstanden?«

»So in etwa.«

»Und wie stelle ich das an? Wie sieht er denn aus?«

»Na ja, das weiß keiner so genau. Der Schlüssel zur Magie kann sämtliche Formen annehmen. Er ist kein Schlüssel im klassischen Sinn.«

Ich seufzte erschöpft. »Na super. Das ist ja eine Erfolg versprechende Ausgangssituation.«

Will kam auf mich zu. Wie bei einem Ritterschlag ging er vor mir auf die Knie. Seine Augen fixierten meine, die das sanfte Mondlicht widerspiegelten. Ich konnte nicht anders, als ihn anzusehen. »Du musst auf dein Herz hören. Es wird dir verraten, wo sich der Schlüssel befindet.«

Auf mein Herz hören, hallte es in meinem Kopf. Wenn das nur so einfach wäre. Ich war immer noch damit beschäftigt, die Tatsache zu akzeptieren, dass dies nun doch kein harmloser Sommerurlaub werden würde. Und ich wünschte mir, ich hätte die mutmaßliche Langeweile im Vorfeld besser zu schätzen gewusst. Das, was ich mir erhofft hatte, war, etwas mehr über meine Vorfahren herauszufinden. Dass sie jedoch weit mehr als gewöhnliche Landadlige waren und mich damit zur Erbin eines magischen Schlosses machen würden, übertraf meine kühnsten Erwartungen. Ich musste mich höllisch anstrengen, um in diesem Gefühlswirrwarr, das in mir herrschte, mein Herz überhaupt wahrzunehmen.

Noch immer betrachtete mich Will geduldig. Mehr denn je strahlten seine Augen Vertrauen und Hoffnung aus. Vertrauen, das ich zu ihm haben sollte, so wie es mir Marianne geraten hatte, und die Hoffnung, die er, stellvertretend für ganz Mallory Manor, in mich setzte. Das Schloss erwartete seine Rettung. Aus irgendeinem Grund schien er nicht an Gocindas Schweigezauber gebunden zu sein. War es, weil ihre Macht allmählich schwand? In jedem Fall war ich dankbar, Will bei mir zu haben. Er hatte seine Aufgabe, für Mallory Manor zu sprechen, erfüllt. Und ich konnte mich meiner nicht verweigern. Das Problem war nur: Ich hatte keine Ahnung, wie man eine Hexe besiegte.

»Wie setze ich die Farbpalette und den Pinsel denn ein?«, wollte ich von Will wissen, denn offensichtlich diente sie dazu, die Hexe zurück in das Gemälde zu schicken.

Wills Lippen bildeten eine Linie. »Ich weiß es nicht, Dana. Die Bannungswerkzeuge einzusetzen ist eine Kunst, die nur die Erben verstehen. Aber ich bin sicher, du wirst wissen, wie es geht, wenn es so weit ist. Du musst nur daran glauben.«

Wenn es so weit ist, wiederholte ich gedanklich seine Worte. Anscheinend konnte ich mir nur bei einer Sache sicher sein: Wenn ich nicht bald anfing, mir etwas zuzutrauen, dann konnte ich einpacken, noch bevor die erste Stunde meines dreizehnten Geburtstags geschlagen hatte. Es fehlte mir an Selbstbewusstsein, und das schien immer noch das größte Problem zu sein. Seit Mums Tod traute ich mir nichts mehr zu. Ich ging sofort mit allem und jedem auf Abstand. Was Freundschaften unmöglich machte. Um nicht enttäuscht zu werden – von mir selbst oder von anderen –, hatte ich aufgehört, mich um andere zu bemühen und war seither alleine gewesen. Will war der Erste, dem es dank seiner Hartnäckigkeit gelungen war, meinen Schutzwall zu durchbrechen. Vor ihm wollte ich nicht zugeben, dass ich Angst hatte. Ich wollte ihn nicht beunruhigen, ihn nicht enttäuschen. Aber ich fürchtete mich davor, zu verlieren, weil ich mir selbst nicht traute.

»Was soll ich jetzt tun?«, brach es aus mir heraus.

Will legte den Kopf schief und seufzte. »Sei auf der Hut und lass dir nicht anmerken, dass du die Wahrheit kennst. Noch nicht! Erst wenn du dreizehn bist, geht Mallory Manor offiziell auf dich über. Dann kannst du über die Magie des Hauses verfügen ... und Gocinda schlagen. Sie zurückdrängen in das Gemälde, aus dem sie gekommen ist.« Er hielt einen Moment inne. »Vorausgesetzt natürlich, du hast bis dahin den Schlüssel gefunden.«

»Natürlich«, stöhnte ich.

»Sie wird versuchen, dich zu manipulieren, um ihn von dir zu bekommen. Geh ihr aus dem Weg, so gut du kannst, und sei vorsichtig bei allem, was du tust.«

Ich nickte zaghaft. Erwidern konnte ich nichts, zunächst musste ich all das, was ich gerade gehört hatte, verarbeiten.

Will stemmte sich auf die Beine. Sein Blick blieb auf mich gerichtet. »Und stell dich darauf ein, dass es schlimmer wird. Der Spuk, Tante Meg … denn einerseits weiß das Haus, dass die rechtmäßige Erbin hier ist, andererseits versucht etwas Böses, sich ihm zu ermächtigen. Mallory Manors Magie ist wie ein Bogen, der zu sehr unter Spannung steht. Es steigert sich jeden Tag bis zu deinem Geburtstag ein bisschen mehr.«

Mutlos senkte ich den Kopf, um ihn gleich darauf wieder anzuheben. Ich wollte bereit klingen, wenn ich Will verkündete, dass ich versuchen würde, diese Hexe zu besiegen. Aber in Wahrheit war ich mir nicht so sicher. War ich einem solchen Kampf gewachsen? Würde ich es jemals sein?

Stumm, taub, blind

Einen Tag später hatte ich mich ein wenig an den Gedanken gewöhnt, eine Aufgabe zu haben – wenn auch eine sehr große. Ich versuchte mir beim gemeinsamen Essen mit der Hexe nichts anmerken zu lassen, sprach nur das Allernötigste und fügte mich somit perfekt in das Bild einer wohlerzogenen jungen Dame ein – genauso, wie es die falsche Tante Meg von mir erwartete. Am Frühstückstisch hatte sie ihre pampige Hafersuppe nicht angerührt, dafür hatte sie beim Dinner umso mehr widerliches Zeug in sich hineingeschaufelt. Sie hatte angespannt gewirkt, fast schon nervös. Und wieder hatte sie ein Stück mehr von sich verhüllt. So trug sie mittlerweile stets an beiden Händen Handschuhe und ausschließlich schwarze undurchsichtige Strumpfhosen, die unter ihren Riemchenpumps hindurchschienen.

Den Abend verbrachte ich mit Will, der mir von meinen Vorgängerinnen berichtete und mir erklärte, welche Aufgaben mich als Hüterin erwarteten. Ich hatte noch immer nichts von Dad gehört. Ganz Mallory Manor schien ein überdimensionales Funkloch zu sein. Mein Handy zeigte keinen einzigen Balken an und war somit nutzlos. Ich war vollkommen von der Außenwelt abgeschottet. Das einzige Telefon des Hauses stand irgendwo im Ostflügel. Laut Igor handelte es sich dabei um ein uraltes Teil mit Wählscheibe. Die Frage, wo genau es in einem zimmerlosen Flur zu finden war, ersparte ich uns beiden. Ich brachte es nicht über mich, die Hexe um ein Telefonat mit meinem Vater zu bitten. Sie würde es ohnehin ablehnen. Aber es hätte mir auch nichts gebracht, ihm von meinen Problemen hier zu erzählen. Alles, was mit der Magie von Mallory Manor zu tun hatte, war für ihn unsichtbar. Und selbst wenn dies anders wäre, ich wollte ihn auf keinen Fall in Gefahr bringen. Vermutlich wäre er, gerade weil er die Magie nicht sehen konnte, Gocinda schutzlos ausgeliefert. Trotzdem hätte ich ihn gerne an meiner Seite. Er war mein Dad! Will und Marianne kannte ich erst seit wenigen Tagen, auch wenn sie mir schon sehr vertraut waren. Vielleicht hatte das ja mit Marmelias Blut zu tun, das auch durch meine Adern floss. Als meine Vorfahrin hatte sie etwas an mich weitergegeben, und das war nicht nur das Erbe dieses Schlosses, es ging viel tiefer. Ich konnte es fühlen. Mit jedem neuen Tag, der für mich auf Mallory Manor anbrach, wurde es stärker. Es war ein Gefühl der Verbundenheit zu diesen Mauern, diesem Stück Land und seinen Bewohnern, egal ob Mensch, Katze, Geist oder unsichtbarer Kobold. Diese Verbundenheit bewirkte, dass ich mir einer Sache bewusst wurde: Mallory Manor war es wert, beschützt zu werden. Und so spielte ich das Theater mit. Will erzählte mir alles, was er über die Magie wusste, um mich möglichst gut auf Gocindas Angriff vorzubereiten. Er wies mich an, das magische Werkzeug immer bei mir zu behalten, denn es war kostbar und für Gocindas erneute Bannung unersetzlich. Auch wenn ich bisher nichts Magisches daran erkennen konnte. Seitdem ich es erhalten hatte, hatte ich es oft genug betrachtet, gedreht und gewendet. Doch Palette und Pinsel blieben vollkommen unscheinbar. Würde ich deren Zauber erst entdecken, wenn die Gefangennahme der Hexe unmittelbar bevorstand? So hatte ich Will verstanden. Ich bemühte mich, darauf zu vertrauen.

Will listete noch weitere Bannungswerkzeuge auf. Zum Beispiel gab es einen magischen Füllfederhalter, der die Geschöpfe in die Bücher sperrte. Hammer und Meißel und eine Spindel. Jedes Werkzeug wählte seine Erbin selbst. Ich fühlte mich geehrt, dass ich ausgerechnet von Pinsel und Farbpalette erwählt worden war. Beide hatten bereits Marmelia als Hüterin unterstützt. Und sie war, obwohl ich sie nur aus Erzählungen kannte, meine neue Heldin. Mein Vorbild.

Von Will erfuhr ich außerdem, dass die Zimmer, in denen ein Mallory-Erbe einst den Schlüssel zur Magie des Hauses aufbewahrt hatte, vom Schloss durch einen besonderen Zauber geschützt waren. Laut Will kam die wahre Macht der Mallorys aus ihren Herzen – was sein einziger Hinweis darauf war, wie ich Marmelias Kraft in mir entdecken konnte. Da er kein Mallory war, konnte er mir leider nicht mehr sagen.

Die Nacht vor meinem dreizehnten Geburtstag rückte unaufhaltsam näher und ich hatte immer noch keine Idee, wo der Schlüssel versteckt war. Sämtliche Möglichkeiten, die mir eingefallen waren, hatte ich abgeklappert. Ich hatte in Schatullen und Schränken nach etwas gesucht, das der Schlüssel sein konnte. Hatte Truhen durchforstet, die Wände nach Geheimgängen abgeklopft, hinter Gemälden nachgesehen. Selbst im düsteren Kerkergewölbe hatte ich mich umgeschaut. Außer alten Folterinstrumenten aber nichts als Mäuse und Spinnen entdeckt, weshalb ich mich schnellstmöglich wieder hinausgeflüchtet hatte.

Auch die Suche nach Tante Meg gestaltete sich überaus schwierig. Die Hexe bewachte den Ostflügel, was es uns unmöglich machte, intensiv nach der Tür zu suchen, hinter der meine Tante gefangen war. Wahrscheinlich hatte ich gesehen, wie Gocinda sie geöffnet hatte. Ich konnte das Jammern nicht vergessen, das aus der Tür gekommen war. War es Tante Meg gewesen, die ich gehört hatte? Sie tat mir so leid! Zu diesem Zeitpunkt wäre ein Rettungsversuch jedoch sinnlos. Selbst wenn es mir gelänge, an der Hexe vorbeizukommen. Die Türen zeigten sich mir nicht. Alles, was ich tun konnte, war, darauf zu hoffen, den Schlüssel zu finden. Denn das war die einzige Möglichkeit, die Hexe zu besiegen. Kaum auszudenken, was mich ohne ihn erwarten würde. Vermutlich würde ich meinen dreizehnten Geburtstag in den Mauern des Schlosses verbringen – und zwar eingesperrt hinter meiner eigenen, verschwindenden Tür. Was Dad wohl dazu sagen würde? Es war merkwürdig, ein Geheimnis vor ihm zu haben, das mein Leben in Gefahr bringen konnte. Doch ich war nicht allein. Ich war dankbar für Will, für Marianne und die sprechende Katze. Sie alle vertrauten darauf, dass ich den Schlüssel finden und Mallory Manor vor Gocinda retten würde. Also gab ich mir Mühe, es auch zu tun. Mit der Hexe pflegte ich nur stumpfsinnige Konversationen. Solange ich mich ruhig verhielt, würde sie keinen Verdacht schöpfen, dass ich längst wusste, was auf Mallory Manor nicht stimmte. Das war ein Umstand, der mich bis jetzt noch schützte und auch Dad, den ich im weit entfernten Paris erst mal in Sicherheit wähnte.

Von Will hatte ich erfahren, dass es für Marmelia nicht einfach gewesen war, Gocinda in das Gemälde zu bannen – und das sollte etwas heißen, schließlich war Marmelia eine der mächtigsten weißen Hexen ihrer Zeit gewesen. Eigentlich hätte mich Tante Meg langsam in die Hüterrolle einführen sollen. Die Erben wurden an ihre Aufgabe herangeführt – so wollte es die Tradition. Die jetzt, zu meinem Leidwesen, völlig durcheinandergeworfen wurde. Von meiner Tante hätte ich lernen sollen, was zu tun ist, wenn ein magisches Wesen gebannt werden muss. Darunter fiel auch die Frage, wie ich eine entlaufene böse Hexe zurück in ein Gemälde sperrte. Ich hatte zwar das Malwerkzeug, das, laut Will, seit Marmelias Tod verschollen gewesen war, doch leider keine Ahnung, was ich damit anstellen konnte. Ohne die Führung eines früheren Hüters, der mir beibrachte, wie ich mit dem magischen Werkzeug umging, war ich nur auf mich gestellt.

Wieder allein, zählte ich die letzten Tage bis zu meinem Geburtstag, ohne mir darüber im Klaren zu sein, was mich mehr beschäftigte – die Angst, diese Nacht nicht zu überleben, oder der Gedanke an eine von Magie bestimmte Zukunft – sofern es mir gelingen würde, Gocinda in das Gemälde zurückzuschicken.

Ich war gerade dabei, mir über mein Schicksal den Kopf zu zerbrechen, als mir ein köstlicher Duft in die Nase stieg. Wie ein lautloser Lockruf drang er unter meiner Tür hindurch und erfüllte den Raum mit einer verführerischen Mischung aus Zimt und Vanille. Ich schloss die Lider, um mir vorzustellen, welche Köstlichkeit es diesmal sein könnte.

»Riecht verdächtig nach Mariannes hausgemachtem Plumpudding«, mutmaßte Will.

Gemächlich öffnete ich die Augen. Wieder war er urplötzlich vor mir aufgetaucht. Doch dieses Mal war ich deswegen nicht verschreckt zusammengefahren. Wahrscheinlich hatte ich mich schon daran gewöhnt, dass er immer wie aus dem Nichts zu kommen schien. In dieser Hinsicht verhielt er sich genau wie Fellary. Das Pferd war in mein Zimmer zurückgekehrt, während ich geschlafen hatte. Nun döste es mit halb geöffneten Augen neben dem Fenster und ließ sich von Will den grazilen Hals kraulen.

»Du solltest besser in die Küche gehen«, murmelte Will, ohne von Fellary aufzusehen.

»Später. Ich habe gerade keinen Hunger.«

Er ließ seine Hand sinken und sah mich an. »Nicht deswegen. Zur Abwechslung geht es mal nicht nur ums Essen. Jeder in diesem Haus nutzt seine eigene Form von«, er suchte nach dem richtigen Begriff, »Magie.«

Ich hob eine Augenbraue an.

Er lächelte belustigt. »Was denn? Du kannst mir glauben, hier geht rein gar nichts ohne ein bisschen Hokuspokus. Wenn Marianne einen köstlichen Duft zu dir schickt, dann möchte sie, dass du sie aufsuchst.«

Irgendwie klang das einleuchtend. Zumal ich mich nicht daran erinnern konnte, dass schon einmal ein Geruch aus der weit entfernten Küche bis hier hinauf gedrungen war.

»Also schön.« Es brachte nichts, Mariannes Magie zu hinterfragen, schließlich war ich in einem Haus gelandet, das voller Zauberei steckte – nichts sollte mich hier noch überraschen. Außerdem war ich auch neugierig zu erfahren, weshalb Marianne mich zu sich rief.

»Kommst du mit?«, hörte ich mich fragen.

Will betrachtete mich forsch, dann schüttelte er den Kopf. »Nein, ich bleibe lieber hier oben. Wahrscheinlich möchte sie dich ohnehin alleine sprechen.«

Ich wollte nicht enttäuscht wirken, aber mein Gesichtsausdruck verriet mich. Ich konnte es daran sehen, wie mich Will anblickte. Und für einen kurzen Moment dachte ich, so etwas wie eine Entschuldigung zu erkennen – als würde er mich in Wahrheit liebend gern begleiten. Ich war noch nie gut darin gewesen, das Verhalten von Jungs richtig zu deuten. Meist stellte ich mich in dieser Hinsicht eher tollpatschig an. Unwillkürlich musste ich an meinen plumpen Versuch denken, Wills wahres Alter aus ihm herauszukriegen. Auch die Einladung zum Tee hatte er danach ausgeschlagen. Wenn ich es mir recht überlegte, war es schon merkwürdig, dass ich ihn bisher immer nur alleine gesehen hatte. Gab es etwa noch einen anderen Grund, weshalb sich Will nicht bei Marianne oder Igor blicken ließ?

Seit ich erfahren hatte, dass ich mich in den Fängen einer bösen Hexe befand, wollte ich Will am liebsten immer um mich haben. In meiner ausweglosen Lage vermittelte er mir ein Gefühl von Sicherheit. Und neuerdings war da noch mehr. Mein Herz schlug jedes Mal ein wenig schneller, wenn ich ihn sah. Innerhalb von wenigen Tagen hatte er sich für mich von einem Tunichtgut in einen Helden verwandelt. Ein Held, der nicht davor zurückschreckte, sich mit mir oder einer Hexenfürstin anzulegen. Er hatte sich meinen Respekt verdient, und das schafften nicht viele.

Eine Weile sah ich ihm tief in die Augen. Er erwiderte meinen Blick, ohne ein Wort zu sagen. Für mich blieb dieser Junge ein Rätsel. Ein Rätsel, das ich unbedingt lösen wollte.

»Ich geh dann mal«, durchbrach ich die Stille und er nickte mir zu. Ich ließ die Tür hinter mir ins Schloss fallen und seufzte. Irgendwie fühlte ich mich seltsam. Das, was Will in mir auslöste, war etwas völlig Neues für mich. Ich war es gewohnt, mich gegen alles zu wehren, das mich weich werden ließ. Auf dem Weg in die Küche kreisten meine Gedanken um meine Mum und um Dad, der mich immer dann im Stich zu lassen schien, wenn ich ihn am meisten brauchte. Innerlich brodelte ich wie ein Vulkan, der kurz vor dem Ausbruch stand. Auch wenn es sich widersprüchlich anhörte, aber innerlich hasste ich Will dafür, dass er mich so schwach werden ließ. Ich wollte von niemandem abhängig sein. Nur so konnte ich mich selbst vor der Enttäuschung schützen. Diesen stillen Schwur, den ich nach dem Tod meiner Mutter geleistet hatte, hatte ich stets in meinem Herzen getragen. Doch jetzt erkannte ich, wie naiv es von mir gewesen war, zu glauben, ich könnte mein Herz einfach austricksen. Es sehnte sich nach Freundschaft. Meine Augen füllten sich mit Tränen, eine tropfte meine Wange hinab und auf den schwarzen Marmorfußboden im dunklen Flur. Als ich die Stelle betrachtete, auf die meine Träne gefallen war, stockte mein Atem: Der Marmor färbte sich kalkweiß. Wie ein wachsender Eiskristall breitete sich die Helligkeit auf dem Fußboden aus. Von der großen Halle bis hin zu Mariannes Küche, aus der immer noch der süße Duft strömte.

Ich beschleunigte meine Schritte und eilte hinein.

Marianne stand am Herd und rührte mit einem Holzlöffel in einem Topf.

»Marianne«, rief ich. »Ich befürchte, ich habe den Marmor im Flur kaputt gemacht.«

»Wie?« Mit großen Augen wandte sie sich zu mir um. Sie legte den Löffel neben den Topf und trat vor die Küchentür. Rasch musterte sie den Fußboden, dann hob sie beide Augenbrauen an. »Oh, verstehe. Das wird *deiner Tante* aber gar nicht gefallen.« Mariannes Gesicht entspannte sich und sie fing an zu lächeln. Im nächsten Augenblick schlang sie freudig ihre Arme um mich. »Das hast du wunderbar gemacht, Liebes. Sissybell hat mir schon erzählt, dass du deine Kräfte langsam entdeckst. Das klappt ja schon fantastisch!«

»Du meinst, ich habe den Marmorboden gar nicht zerstört?«

»Aber nein! Du hast ihn geheilt. Und daran merkt man, dass deine Macht wächst. Schon bald werden wir es überall sehen. Auch ich kann endlich wieder ich sein. Es war furchtbar, dass sie mir mit ihrem faulen Zauber den Mund verboten hat.«

Langsam fing ich an zu begreifen, was sie mit ihren vorherigen Andeutungen gemeint hatte.

»Du bist dabei, Mallory Manor von Gocindas dunkler Magie zu befreien.« Nun kicherte sie in ihrem gewohnt fröhlichen Ton.

»Aber es sind noch drei Tage bis zu meinem Geburtstag. Sie wird es bestimmt merken und versuchen, mich aufzuhalten, bevor ich die Gelegenheit hatte, mich ihr entgegenzustellen.«

Marianne schüttelte ernst den Kopf. »Nein, das kann sie nicht. Denn nur du kannst sie zum Schlüssel führen. Ohne ihn wird sie niemals die gesamte Magie von Mallory Manor beherrschen können. Es wundert mich, dass sie nicht schon versucht hat, dein Vertrauen zu erschleichen.« Sie schnaubte. »Wahrscheinlich fehlt ihr einfach der notwendige Charme. Es kostet sie zu viel Überwindung, nett zu sein. So ist das bei den bösen Hexen. Sie reagieren allergisch auf Freundlichkeit.«

Wieder hatte ich etwas dazugelernt. »Was ist mit ihren Händen, warum trägt sie jetzt immer diese Handschuhe?«

Marianne kam nah an mein Ohr, als sie sprach. »Es ist ihre wahre Gestalt. Der Verwandlungszauber verliert seine Wirkung und allmählich nimmt sie ihr eigentliches Äußeres wieder an.«

»Und das wäre?« Ich war unendlich neugierig, es zu erfahren. Bestimmt war sie schauerlich. Hatte sie eine lange Nase voller Warzen und einen gekrümmten Rücken wie die Hexen aus den Märchen? In dem Fall wäre es mir lieber, sie würde bleiben, wie sie war.

Marianne deutete auf eine Schüssel auf dem Tisch. Ich trat näher heran. Darin war etwas, das verblüffende Ähnlichkeit mit Maunk hatte. Ich verstand nicht recht und runzelte die Stirn. »Sieht aus wie diese Ekelsuppe.«

Marianne wirkte unentschlossen. »Warum sollte sie sonst darauf bestehen, dass alles, was sie isst, die Farbe von Kröten oder Erde hat? Die wahre Gestalt der Hexenfürstin von England ist durchweg grün und schleimig, wie das Tier, in das sie sich mit Vorliebe verwandelt: die Kröte. Und was können Kröten gar nicht gut vertragen?«

Ich hob nachdenklich den Kopf. Da wurde es mir klar. Erst neulich hatten wir im Biologie-Unterricht darüber gesprochen. »Salz…«

Marianne nickte.

Ich ertastete mit der Hand den kleinen Salzstreuer, den ich, seit ich ihn von Marianne bekommen hatte, immer bei mir trug. Bei der Vorstellung, wie Gocinda wirklich aussah, lief mir ein kalter Schauer über den Rücken. Er kroch meine Arme entlang wie schmelzendes Eis.

Marianne blieb mein Zittern nicht verborgen. Tröstlich legte sie den Arm um mich. »Keine Angst, Dana. Ihre Macht schwindet mit jedem Tag.« Sie strich mir eine Haarsträhne hinter das Ohr, die sich aus meinem Zopf gelöst hatte. »Ich kann es fühlen«, flüsterte sie. »Das ganze Schloss erbebt unter seiner neuen Erbin. Seitdem du hier bist, haben wir alle Grund zu hoffen, dass Gocindas Schreckensherrschaft bald ein Ende hat. Jeder Stein dieses Gemäuers kennt deinen Namen. Du bist unsere Rettung, Dana. Du wirst sie besiegen.«

Wieder hatte Marianne ein Problem angesprochen, das ich vor ihr nicht erwähnt hatte. Ihre Magie schien deutlich über den Rand eines Kochtopfes hinauszugehen. Sie hatte wohl wirklich mehr zu bieten als nur wohlduftende Speisen. Und es war schön zu hören, wie sehr sie an mich glaubte, aber irgendwie machte es mir auch Angst. Ich wusste nicht, ob ich dieser Aufgabe gewachsen war. Will und sie setzten so große Hoffnungen in mich und ich wollte sie nicht enttäuschen.

Marianne legte ihre Hände auf meine Oberarme und drehte mich behutsam zu sich um. »Du schaffst das, Liebes. Fürchte dich nicht. Du bist Marmelias Nachkommin. Ich spüre ihre Kraft in dir. Hab nur Vertrauen in dich.«

Ich nickte beklommen.

Sie lächelte, dann tänzelte sie zu einem Regal und kramte

darin herum. »Ich habe noch etwas für dich.« Sie hielt mir eine Postkarte hin. »Deswegen habe ich dich herkommen lassen.«

Ich nahm die Karte in die Hand und besah mir zuerst die Vorderseite. Sie zeigte den beleuchteten Eiffelturm bei Nacht. Seufzend setzte ich mich auf einen Stuhl und las das, was auf der Rückseite geschrieben stand.

Hallo Prinzessin,

ich sende dir die allerbesten Grüße aus dem regnerischen Paris. Die Arbeit im Louvre hält mich sehr auf Trab und ich konnte bereits ein paar wichtige Bekanntschaften machen. Ich habe versucht, dich anzurufen. Was ist mit deinem Handy los? Ist der Empfang im Schloss wirklich so mies? Auch auf dem Festnetz hatte ich keinen Erfolg. Wie dem auch sei, ich bin sicher, Tante Meg kümmert sich aufopfernd um dich. Und ich hoffe, ihr zwei seid mittlerweile gute Freunde geworden.

Ich versuche, sobald es geht meine Arbeit hier abzuschließen, um deinen Geburtstag mit dir zusammen auf Mallory Manor feiern zu können. Bis dahin wünsche ich dir noch eine tolle Zeit. Grüß alle von mir.

Ich hab dich lieb,
Dad

»Die Karte ist heute Morgen angekommen«, erklärte Marianne. »Er muss dir sehr fehlen.«

Ich schluchzte. »Ja, das tut er.«

»Er wird bald zurück sein.«
»Ich hoffe, du hast recht.«
»Igor hat die Karte sofort zu mir gebracht.«
Ich horchte auf. »Igor? Ich hatte schon befürchtet, er würde mit der Hexe unter einer Decke stecken.«
»Unser Igor?« Marianne lachte auf. »Aber nein. Er doch nicht. Er ist der treueste Hausdiener, den man sich nur vorstellen kann. Er ist bereits seit einer Ewigkeit auf Mallory Manor angestellt. Er würde es nicht verraten, für nichts auf der Welt. Das kannst du mir glauben!«
Ich schmunzelte. Igor war das Paradebeispiel des Untergebenen einer bösen Hexe – zumindest äußerlich. Ich merkte schon, ich sollte endlich damit aufhören, alles und jeden optisch zu bewerten.
Marianne schöpfte etwas Pudding aus dem Topf in eine Schüssel und setzte ihn mir vor.
Ich schaute sie verwundert an, als sie mir noch einen Löffel reichte.
»Deswegen bist du doch hergekommen, nicht wahr?« Sie grinste über das ganze Gesicht.
Ich ließ meinen Blick auf den cremigen Brei fallen und rührte ihn um. »Ich denke schon«, antwortete ich, obwohl ich mir nun nicht mehr so sicher war, was mich hergeführt hatte. War es der köstliche Duft gewesen oder aber die Suche nach Antworten? Mit der freien Hand hielt ich die Postkarte meines Vaters vor mich. »Er hat wirklich keine Ahnung, was hier vorgeht, hab ich recht?«
Marianne setzte sich zu mir an den Tisch und seufzte. »Nein, das hat er nicht. Nicht im Entferntesten.«

»Wie soll ich ihm das je erklären?«

»Das brauchst du nicht. Wenn er zurückkehrt, wird er alles wissen, was er wissen muss. Dafür sorgt schon die Magie des Schlosses.«

Ich hatte keine Vorstellung davon, wie es als Hüterin von Mallory Manor sein würde. Bisher hatte ich ein anderes, normales Leben gekannt. Wobei ich oft das Gefühl gehabt hatte, gefangen oder fehl am Platz zu sein. Die zwei Jahre, die ich nun mit Dad alleine in der beschaulichen Kingstreet wohnte, waren mir so manches Mal wie ein Zwischenstopp vorgekommen. Häufig hatte ich sehnsüchtig aus meinem Fenster gestarrt – als hätte ich auf etwas gewartet. Und jedes Mal, wenn ich Mum so vermisst hatte, dass ich daran zu verzweifeln drohte, spürte ich, dass ich nicht alleine war. Manchmal hatte ich sogar geglaubt, eine Stimme zu hören, die mir sagte, dass die Zukunft etwas für mich bereithielt. Dass die Traurigkeit vergehen und eine andere, bessere Zeit anbrechen würde. Vielleicht war es damals schon Marmelia gewesen, die zu mir gesprochen und mich aufgebaut hatte. Ich wollte gerne glauben, dass es so war. Wer oder was auch immer dahintersteckte, er hatte sein Versprechen gehalten. Mein altes Leben war nun vorbei. Doch ich fragte mich, welche Rolle Dad wohl für das Schloss spielte. War er einfach nur der Vater der letzten Erbin oder wartete Mallory Manor auch auf ihn? Ich betrachtete Marianne und wusste eines ganz genau: Sie war ein wichtiger Teil des Schlosses. Und die Art und Weise, wie sie bisher über Dad gesprochen hatte, war für mich Antwort genug.

Maggies Geheimnis

Am Abend wartete ich ungewöhnlich lange auf Will. Ich vertrieb mir die Zeit mit Fellary. Marianne hatte mir einen Bund Möhren für die Stute mitgegeben. Es sollte eine Art Freundschaftsangebot sein. Im Umgang mit Pferden war ich nahezu unerfahren. Als ich klein war, hatte mich Dad mal auf einen Esel setzen wollen – eine traumatische Erfahrung für mich, denn Bernie hatte so gar keine Lust gehabt, geritten zu werden. Er hatte mich gezwickt, jedes Mal, wenn Dad mich auf seinen Rücken heben wollte. Irgendwann hatte Bernie gewonnen und ich genug vom Reiten. Ich hatte keine Ahnung, ob Pferde genauso stur sein konnten wie Esel, aber sie waren sich zumindest äußerlich ähnlich.

Unbeholfen hielt ich Fellary die Karotten hin. Sie schnupperte kurz daran, wandte sich dann aber wieder den Rosen zu. Irgendjemand stellte täglich frische in die Vase. Wahrscheinlich erledigte Igor das während seiner Morgenrunde durchs Haus. Ich fragte mich ohnehin bereits, wie ein alter buckliger Mann es im Alleingang schaffte, ein solches Schloss in Ordnung zu halten. Aber Will hatte angedeutet, dass auch er seine ganz eigene Form von Magie besaß.

Mittlerweile war es bereits stockdunkel draußen. Als ich vor meiner Tür Schritte hörte, spähte ich auf den Flur. Ein helles Licht näherte sich mir rasch vom Ende des Ganges, begleitet von den Geräuschen blanker Sohlen auf dem Teppich und von klirrendem Metall. Ich brauchte nicht lange, um zu wissen, dass es nicht Will war, der sich auf mich zubewegte. Es war Gocinda. Sie trug einen leuchtend roten Schal um den Hals, in der Hand hielt sie eine altmodische Fackel. Unmerklich zuckte ich zusammen, als die Hexe vor mir haltmachte. Ihr Blick war so starr und boshaft, dass ich für eine Sekunde das Atmen vergaß.

»Noch nicht im Bett?« Der Klang ihrer eisigen Stimme ließ mich erzittern.

»Nein«, stammelte ich. »Ich habe Schritte auf dem Flur gehört und da wollte ich nachsehen, wer da ist.«

Gocinda betrachtete mich aufmerksam. Ihr Gesicht, das vom Schein der Fackel erhellt war, wirkte versteinert, künstlich – und das war es ja auch.

Ich schluckte schwerfällig. Wo blieb Will? »Was führt dich so spät noch her ... Tante?«

»Ich suche etwas.« Sie probierte sich in einem überfreundlichen Ton. »Es ist etwas sehr Wertvolles. Würdest du mir helfen, es zu finden?«

An ihrem eindringlichen Blick erkannte ich, dass es keine Bitte war. Es war ein Befehl.

»Klar«, brachte ich nervös hervor. Ich nahm einen tiefen Atemzug. »Hast du ... hast du es hier auf dem Flur verloren?«

»Sagen wir ... es ist mir irgendwie abhandengekommen.« Ihre Augen funkelten unheilvoll.

Ich merkte, wie meine Knie weich wurden und ich am ganzen Leib bibberte. Zögernd schloss ich die Tür hinter mir und ballte die Hände auf meinem Rücken zu Fäusten.

»Also«, begann ich, nachdem ich all meinen Mut zusammengenommen hatte, »wonach genau suchen wir?«

»Nun, es ist ein ganz besonderes Stück.«

Ich runzelte die Stirn bei ihrer Antwort. Etwas geduckt ging ich neben ihr her. Ich wagte nicht, ihr die logischste aller Fragen zu stellen, aber sie kreiste in meinem Kopf wie ein Geier um seine Beute. Sie musste doch selbst wissen, dass es keinen Sinn machte, nach etwas zu suchen, von dem sie nicht wusste, wie es aussah.

Langsam drehte sie ihr steinernes Gesicht zu mir. »Ich denke, wenn es jemand findet, dann du. Du weißt, was mein Begehr ist.«

Bei ihren Worten schüttelte es mich. »Nein, keinen blassen Schimmer«, quiekte ich ängstlich. Hatte sie etwa meine Gedanken gehört?

Sie sah mich finster von der Seite an. Ich wich ihrem Blick aus und schaute konsequent geradeaus.

Wenn ich Will erwische, dachte ich erbost.

Warum hatte er mir nicht gesagt, dass die Hexe die Fähigkeit des Gedankenlesens beherrschte? Schnell versuchte ich meinen Kopf von allem frei zu bekommen, das mich und mein Wissen über Gocinda verraten könnte. Ich ließ meinen Blick über die spärlich beleuchteten Gänge schweifen und bewertete innerlich die Porträts, an denen wir vorbeigingen. Doch ich war so nervös, dass mein Kopf nur Gedankensalat produzierte. *Ein dicker Pudel mit Frau auf dem Arm, ein Waschbär mit Jägerhut, ein Kopf ohne Ritter.* Was? – Ach egal, wenn der Quatsch, den ich dachte, die Hexe von allem Wesentlichen ablenkte, erfüllte er seinen Zweck.

Wir gingen in ein Zimmer am Ende des Flurs im dritten Stock. Gocinda legte die Hand über die Fackel und erstickte damit die Flamme, ohne auch nur eine Regung zu zeigen. Ich schluckte schwerfällig. Eine Lampe ersetzte das Feuer. Sie warf Schatten in Form von Sternen an die Wände, an denen Regale voll mit Spielsachen standen. Teddybären und bunte Kreisel waren auf einem runden Tisch in der Mitte des Zimmers versammelt. Eine Spielzeuglokomotive blies ihre dampfende Wolke empor, während sie den Schienen quer durch den Raum folgte. Vor dem Fenster stand ein kleines Himmelbett mit rosafarbenen Vorhängen. Daneben wippte, wie von Geisterhand, ein Schaukelpferd mit fast silbriger Mähne, das mich an Fellary erinnerte. Alles in diesem Zimmer schien in Bewegung zu sein. Es war, als ob hier gerade eben noch ein Kind gespielt hätte. Wie unheimlich, dachte ich.

Gocinda stand starr im Raum. Ihre Augen waren auf mich gerichtet, als wartete sie nur darauf, dass ich ihr unter all den Spielsachen das zeigen würde, wonach sie suchte. Wie dumm von mir zu glauben, sie wüsste nicht, dass der Schlüssel zur Magie des Hauses keine gewöhnliche Form besaß.

Auf einmal hörte ich ein zartes Schluchzen. Es war leise und zerbrechlich. Sein Klang hallte in meinen Ohren wider. Vorsichtig schaute ich mich im Zimmer um. Ich wollte wissen, woher das Geräusch kam. Gocinda untersuchte gerade das Schaukelpferd. Sie tastete den braunen Sattel ab, hob ihn an und ließ ihn anschließend unsanft auf den Rücken des hölzernen Pferdes krachen.

Ich nutzte ihre Ablenkung und suchte den Raum intensiver

ab. Als ich mich zum wiederholten Mal umsah, erblickte ich die Gestalt eines kleinen Mädchens, das zusammengekauert neben dem Himmelbett saß. Es hatte die Knie dicht an den Körper gezogen. Ihre Augen schauten mich angsterfüllt unter ihrem langen blonden Haar an, das ihr ins Gesicht fiel.

Bewegungslos stand ich da. Ich sah zwischen ihr und Gocinda hin und her. Die Hexe, die immer noch mit dem Schaukelpferd beschäftigt war, schien das kleine Mädchen nicht zu bemerken. So unauffällig wie möglich ging ich einige Schritte auf die Kleine zu.

Aufmerksam geworden, hob Gocinda den Kopf und beobachtete mich.

»Hast du schon etwas gefunden?«, fragte sie ernst.

Das Mädchen schaute zitternd zur Hexe auf, danach sah sie mich an. Sie legte den Zeigefinger auf die gespitzten Lippen und schüttelte leicht den Kopf.

»Jetzt sag schon«, befahl Gocinda und ihre Augen glühten kurz auf.

Ich schluckte und schüttelte ebenfalls den Kopf. »Nein, bisher noch nicht«, antwortete ich schnell.

Das Mädchen erhob sich vom Boden und lief zu einem der Spielzeugregale. Erst jetzt begriff ich es: Gocinda konnte die Kleine tatsächlich nicht sehen.

Das Mädchen winkte mich zu sich, dann deutete es auf eine Spieluhr – ein Karussell mit bunten Porzellanpferden. Aufmerksam blickte ich die Kleine an. Sie hatte feine Gesichtszüge. In ihrem Haar trug sie eine hellblaue Schleife.

Lautlos formte mein Mund ihren Namen. Maggie? Sie nickte und lächelte dabei mit den Augen.

»Was ist nun?« Gocindas Stimme klang noch ungeduldiger als zuvor.

Sie marschierte auf mich zu und zertrampelte dabei die liebevoll aufgestellte Schienenlandschaft am Boden. Die Lokomotive entgleiste und fuhr sich klappernd am Tischbein fest. Mit den Augen suchte Gocinda meine unmittelbare Umgebung ab, als vermutete sie, dass wir nicht allein im Zimmer waren. Sie brummte bösartig. Es klang wie ein Raubtier, das einen warnenden Laut ausstieß.

Maggie zuckte zusammen. Ein letztes Mal deutete sie auf die Spieluhr, dann löste sie sich vor meinen Augen auf wie weißer Rauch im Wind.

»Ich warte!« Gocindas krächzende Stimme durchbrach die Stille.

Ich biss die Zähne zusammen, drehte dem Regal den Rücken zu und sah ihr direkt ins Gesicht.

Sie legte den Kopf schief und knurrte erneut. In dem Moment, als sie ihre Hand nach mir ausstreckte, berührte ich instinktiv die Spieluhr hinter mir. Entschlossen presste ich meine Lider aufeinander. Bereit für eine Überraschung. Bereit, der Hexe zu zeigen, dass ich nicht so dumm und unwissend war, wie sie dachte.

Noch bevor ich die Augen wieder öffnete, waren meine Ohren erfüllt von fröhlicher Jahrmarktsmusik. Verblüfft umfasste ich den Hals eines lilafarbenen Karussellpferdes, auf dem ich mich schaukelnd im Kreis bewegte. Jetzt verstand ich, was geschehen war: Maggie hatte mich von Gocinda weggeführt, in eine der magischen Welten von Mallory Manor.

»Das ist ja gerade noch mal gut gegangen«, tönte eine helle

Stimme neben mir, die ich nur allzu gut kannte. Sissybell saß kerzengerade auf einem goldenen Pferd mit weiten Nüstern.

»Eigentlich fühle ich mich ja schon ein bisschen zu alt fürs Karussellfahren«, kommentierte sie. Das konnte ich von mir nicht behaupten. Ich für meinen Teil war einfach nur erleichtert, nicht länger in einem Raum mit der Hexe zu sein.

»Aber im Grunde genommen ist man für so etwas nie zu alt.« Sissybell hielt behaglich die Nase in den Wind, dann sprang sie zielgenau auf den Kopf meines Pferdes.

»Wird sie nicht ziemlich wütend sein, dass ich einfach so verschwunden bin?«, fragte ich sie.

»Och«, mauzte Sissybell. »Darauf kannst du Gift nehmen. Aber das braucht dich jetzt erst mal nicht zu kümmern. Fahr einfach noch ein paar Runden. Ich bin sicher, sie wird nicht die ganze Nacht im Spielzimmer auf deine Rückkehr warten. Und ich kann dir versprechen: Auf Maggies Karussell vergeht die Zeit wie im Flug. Bei langweiligen Familienfeiern ist sie immer Karussell gefahren, auch vor Weihnachten und vor ihrem Geburtstag, damit sie nicht so lange warten musste, bis es Geschenke gab.«

»Ziemlich praktisch«, lobte ich. »Wie viele Runden soll ich noch fahren, was meinst du?«

Sissybell lehnte sich ein wenig aus dem Karussell, um die bisherige Zeit abzuschätzen. »Ich würde sagen, drei reichen aus. Versuch die Fahrt zu genießen. Maggie zeigt ihr liebstes Spielzeug nicht jedem.«

Ich tat, was Sissybell sagte, und entspannte mich, während ich die Runden zählte. Dieser Ausflug war wesentlich angenehmer als der mit dem Segelschiff. Außerhalb des Karussells sah ich nichts als ein glitzerndes Regenbogenlicht, das in einer Staubwolke festzuhängen schien.

Sissybell machte es sich vor mir bequem. »Bereit, wenn du bereit bist«, verkündete sie, nachdem wir die zweite Runde beendet hatten. Ich überlegte kurz, dann fiel mir ein, was sie von mir erwartete. Behutsam legte ich die Hand auf ihr Fell. Bevor die dritte Runde zu Ende ging, sprach ich die magischen Worte, während ich ihr drei Mal über den Rücken strich: »Mallory – Mallory – Mallory – Manor!«

Mit einem leisen Plop war ich zurück in Maggies Spielzimmer. Um mich herum dieselbe glitzernde Staubwolke, die mich auf der ungewöhnlichen Karussellfahrt umgeben hatte.

Vorsichtig sah ich mich um. Ich war allein im Raum. Durch das Fenster drangen die ersten Sonnenstrahlen eines neuen Tages. Ich brauchte nicht lange, um zu verstehen, dass meine Karussellfahrt die ganze Nacht über gedauert hatte. Vermutlich hatte Gocinda irgendwann einfach aufgegeben. Ihre Wut konnte ich mir vorstellen. Es waren noch zwei Tage bis zu meinem Geburtstag und sie hatte immer noch keine Ahnung, wo sich der Schlüssel zur Magie des Hauses befand. Andererseits hatte ich die auch nicht. Auch mir lief die Zeit davon. Denn wie sollte ich die Hexe ohne den Schlüssel aufhalten? Ich musste Will finden. Fragend blickte ich zu Sissybell, die zu meinen Füßen saß und sich gerade einer ausgiebigen Morgentoilette unterzog. »Bringst du mich zu Will?«, fragte ich leise.

Sissybell unterbrach ihr Putzen und blickte mich neugierig an. »Du willst zu Will?«

Ich nickte langsam. Sie strich sich mit der Pfote über das Ohr. »Na, dann folge mir.« Flink setzte sie sich in Bewegung.

Sie schien es überaus eilig zu haben, denn ich hatte Mühe, mit ihr Schritt zu halten. Sie lief die Freitreppe hinunter, durch den Küchentrakt und zur Hintertür hinaus, die einen kleinen Spalt geöffnet war.

»Langsam, Sissybell, langsam«, rief ich ihr hinterher. Draußen lag die Wiese bis hin zum Friedhof unter einer dicken Nebelschicht. Die für diese Jahreszeit viel zu kalte Morgenluft verwandelte meinen Atem in eine dampfende Wolke und für einen Moment verlor ich Sissybell aus den Augen. Ich rannte den gepflasterten Weg hinunter, der bis zu den ersten Grabsteinen führte. Der Anblick des nebelverhangenen Friedhofs bereitete mir eine Gänsehaut. Bibbernd rieb ich mir die Arme. Eine Krähe flog kreischend über mich hinweg. Sie ließ sich auf einem weinenden Stein-Engel nieder und guckte mich aus ihren schwarzen Kulleraugen forsch an.

Die Gänsehaut breitete sich auf meinen Armen aus und ich war froh, als ich unweit vor mir endlich Sissybell wiederentdeckte, die an einem der steinernen Monumente verharrte.

»Du hast da etwas falsch verstanden«, sagte ich und eilte auf sie zu. »Ich wollte, dass du mich zu Will bringst und nicht zum Friedhof. Es ist gruselig hier und noch dazu verdammt kalt.«

Sissybell ließ ein genervt klingendes Maunzen hören und schlich um eines der Gräber herum. Die Inschrift auf dem Stein war von Moos überwuchert.

»Dafür haben wir jetzt wirklich keine Zeit.« Mir entfuhr ein Seufzer.

»Für manches sollte man sich aber Zeit nehmen.«

Ich stemmte die Hände in die Hüfte. »Was kann denn so wichtig sein?«

Sissybell setzte sich vor den Grabstein und wetzte ihre Krallen daran. Jetzt verstand ich, was sie vorhatte. Sie wollte den Stein vom Moos befreien und die Inschrift freilegen.

Ich kniete mich neben sie und half ihr, das Grün zu entfernen. Nach und nach zeigten sich die halb verwitterten Buchstaben. Im nächsten Augenblick erstarrte ich innerlich.

»Das ist unmöglich!« Als ich den Namen las, sank ich in mich zusammen. »Das kann nicht sein!«, raunte ich.

Hier ruht
William Derule
14. Juli 1829 – 24. Dezember 1844
Geliebter Sohn und Freund
Unvergessen

»Das muss ein anderer William sein!«

Einfühlsam legte Sissybell ihre Pfote auf meinen Schoß. »Es gibt hier keinen anderen William. Es tut mir leid.«

Fassungslos wechselte mein Blick zwischen ihr und dem Stein.

»Es ist so, wie es ist.« Sissybells Schwanz bewegte sich langsam über den Boden.

»Warum zeigst du mir das?« Ich spürte, wie eine Mischung aus Wut und Trauer in mir kochte. Verwirrt, verunsichert, verloren – so fühlte ich mich. Erschüttert legte ich die Hand auf meinen Mund und starrte auf den Namen, den mir der Stein offenbart hatte.

»Du wolltest doch, dass ich dich zu ihm bringe«, antwortete Sissybell ruhig.

»Aber so hatte ich das nicht gemeint.« Ich schluchzte bitterlich. Langsam durchfuhr mich die Erkenntnis, dass Will genau aus diesem Grund so plötzlich auftauchte und verschwand, und warum ich ihn nie hörte oder kommen sah. Deshalb hatte Marianne in der Vergangenheitsform von ihm gesprochen und darum war ich immer ohne ihn in der Küche gewesen. Er hatte mir von Gocinda erzählen können, bevor ihr Schweigezauber gebrochen war, weil er auf der anderen Seite stand. Will war ein Gespenst, genau wie Maggie. Eine ruhelose Seele von Mallory Manor.

Schluchzend saß ich an Wills Grab. Ich fühlte mich gefangen und allein. Mein Herz schmerzte unsagbar, weil es sich an jemanden geklammert hatte, der längst nicht mehr am Leben war.

Lebendig und doch tot

Als ich mich auf den Weg zurück ins Schloss machte, fühlte ich mich innerlich leer. Alles, woran ich noch bis vor wenigen Wochen geglaubt hatte, hatte sich aufgelöst wie Brauseperlen in Wasser. Über meinem Kopf zogen dunkle Wolken hinweg. Zarte Regentropfen benetzten mein Gesicht, aber ich nahm es kaum wahr.

Noch bevor ich die drei Stufen zur Hintertür des Hauses hinaufgestiegen war, hatte sich der Regen in einen reißenden Himmelsstrom verwandelt. Mein Zopf klebte klatschnass auf meiner Schulter. Das Wetter schien wohl das Einzige zu sein, was sich nicht von dem in London unterschied. Sissybell war längst an mir vorbeigeflitzt. Still und unbewegt saß sie im Flur. Ihre Augen sahen mich mitfühlend an. Zu Hause in London hatte ich nie ein Haustier gehabt. Dad war der Meinung, dass wir dafür nicht genug Zeit hatten. Insgeheim hatte ich mir aber immer ein Tier gewünscht. Und Sissybell war so viel mehr als nur ein Haustier. Sie war für mich eine Glückskatze und sie war am Leben, im Gegensatz zu Will …

»Ach, Sissybell«, jammerte ich und ließ mich im Schneidersitz vor ihr nieder. »Wieso ist bei mir nur immer alles so kompliziert?« Ich vergrub das Gesicht in meinen Händen und seufzte laut.

»Das ist es gar nicht.« Eine Hand berührte mich sanft an der Schulter. Kurz darauf legte sie sich über meine Hände und löste sie sachte von meinem Gesicht. Marianne stand vornübergebeugt und lächelte mich an. »Jeder hat von Zeit zu Zeit das Gefühl, gefallen zu sein. Das Entscheidende ist, dass wir danach immer wieder aufstehen.«

Ich hob den Kopf. Ihre Augen blickten mich so hoffnungsvoll an, dass ich nicht anders konnte, als zu nicken.

Sie half mir auf die Füße und legte den Arm um mich. »Komm, Liebes. Du bist ja völlig durchnässt. Ich mach dir erst mal einen schönen heißen Tee.« Sie führte mich in die Küche, an den gemütlichen Tisch, dann setzte sie den Teekessel auf den Herd. Es zischte laut, als das Wasser kochte.

Schwermütig schaute ich aus dem Fenster, während Marianne unsere Tassen füllte.

»Du wusstest es, nicht wahr? Das mit Will«, brach es aus mir heraus.

Marianne seufzte gedankenverloren. »Ja.«

»Hast du ihn denn auch schon mal gesehen?«

Sie schüttelte langsam den Kopf. »Er ist zu dir gekommen. Als du dieses Schloss zum ersten Mal betreten hast, hast du damit die Geister des Hauses geweckt. Ich kann sie nicht sehen. Igor kann sie nicht sehen und Gocinda …«

»Auch nicht«, beendete ich ihren Satz. Sie nickte leicht.

»Sie sind nur für die Erben sichtbar. Tante Meg hat mir viel von Will erzählt. Ich weiß, dass er gut und ehrlich ist.«

»Was ist mit ihm geschehen?«

Marianne ließ sich auf dem Stuhl neben mir nieder. »Er und seine Eltern sind viel zu früh gestorben. Es war tragisch.«

Sissybell presste sich gegen meine Beine, als wollte sie mich trösten. Ich hob sie auf meinen Schoß.

Marianne lächelte traurig. »Diese Katze ist unverbesserlich. Ich glaube nicht, dass es auf dieser Erde ein einfühlsameres Wesen gibt. Sie weiß, wie gern du den Jungen hast.«

Ich schaute Marianne mit großen Augen an. Ihr entging das nicht.

»Ich mag vielleicht alt sein und noch dazu ein klein wenig dicklich, aber blind oder taub bin ich ganz bestimmt nicht«, stellte sie klar. Ich räusperte mich verlegen und spürte, wie mir die Röte in die Wangen stieg. »Ihn zu mögen ist doch keine Schande. Schließlich ist er ein wohlerzogener junger Bursche, tapfer, aufopfernd, gewissenhaft. Die Jugend von heute hat solche Vorzüge leider nur noch selten. Und… nach allem, was ich weiß, ist William auch recht ansehnlich.«

Meine Wangen glühten nun förmlich, aber irgendwie hatte sie ja auch recht: Er war schon süß – für ein Gespenst.

»Wie ist er gestorben?« Die Frage kam mir über die Lippen, ohne dass ich groß darüber nachdenken konnte.

Marianne musterte mich nachdenklich, dann schaute sie aus dem Fenster. Die dicken Wassertropfen flossen die Scheibe hinunter, sodass alles, was draußen lag, verschwamm. Ihr Blick ging einfach durch den plätschernden Fluss hindurch. »Es war in einer verschneiten Dezembernacht. Es war bitterkalt. Im Schloss bereitete man sich auf den Heiligen Abend vor. Will war bis zum späten Nachmittag bei der Lordschaft – die Kamine heizten nicht richtig, als im Haus seiner Eltern Feuer ausbrach. Die Flammen schlugen so hoch, dass sie in Windeseile den Dachstuhl erreicht hatten. Saorise und Wilbur konnten nicht mehr hinaus. Will lief hinein, um sie zu retten, da wurde auch er vom Feuer eingeschlossen.«

Entsetzt legte ich die Hand über den Mund. »Wie furchtbar!«

»Ja. Es war eine schreckliche Tragödie. Lady Margery und Sir Michael machten sich riesige Vorwürfe deswegen.«

»Hätten sie es denn verhindern können?«

»Natürlich nicht. Es war ein Unfall. Aber dennoch war es etwas, das ihr beider Leben veränderte. Das Cottage haben sie nicht wiederaufgebaut. An dem Platz, an dem das kleine Haus der Familie Derule stand, haben sie Vergissmeinnicht gepflanzt. Mehrmals im Jahr erstrahlt die Wiese dort in einer unvergleichlichen blauen Blütenpracht.«

»Ich hätte das Haus gerne gesehen. Wo hat es gestanden?«

»Am Rande des verwunschenen Waldes. Es gibt ein Gemälde vom Haus. Bestimmt ist es dir schon aufgefallen. Es hängt in deinem Zimmer.« Marianne nahm einen kräftigen Schluck aus ihrer Tasse und verzog das Gesicht. »Arghh ... da fehlt noch Zucker.« Rasch rührte sie vier Stückchen hinein.

»Du meinst das Bild über dem Kamin?!«

Sie lächelte. »Wusste ich doch, dass es dir aufgefallen ist. Ist es nicht ein wahrer Schatz?«

Ich nickte betreten.

»Wills Vater konnte außerordentlich gut malen. Lady Margery hat sein Talent gefördert, wo es ihr möglich war. Sie pflegte immer zu sagen, dass nur er es wahrlich verstand, das Leben einzufangen – es auf Leinwand zu bannen, genau so, wie es war.«

Ich rief mir die Signatur darunter ins Gedächtnis. Und ich hatte mit meiner Vermutung darüber recht behalten, dass der Künstler mit Will verwandt war.

»Das Bild des Cottages von Mallory Manor – das des Derule-Hauses, ist eines der schönsten Gemälde im ganzen Schloss«, rühmte Marianne.

»Es ist kein gewöhnliches Bild, oder?«

Marianne nippte an ihrer Tasse und schmatzte. »Gewöhnlich? Das ist keines der Gemälde auf Mallory Manor.«

Dumpfe Schritte auf dem Flur rissen uns aus der Unterhaltung. Ich schreckte zusammen, als sich das Klirren von Metall zu dem anderen Geräusch gesellte. »Das ist sie. Gocinda! Sie sucht bestimmt nach mir.«

Marianne schnellte auf und fuhr hastig herum. »Du musst versuchen, ihr aus dem Weg zu gehen. Los, in den Besenschrank!« Sie hielt eine schmale Holztür auf und ich eilte hindurch. Leise schloss sie die Tür hinter mir und ließ mich in Gesellschaft eines Wischmopps, verstaubten Eimern und mit Spinnweben überzogenen Reisigbesen zurück. Durch den Schlitz unter der Tür fiel ein wenig Licht in den winzigen Raum. Ich hörte, wie die falsche Tante Meg mit Marianne sprach. »Ist sie bei dir?«

»Wer soll bei mir sein?«, fragte Marianne beiläufig.

»Na, dieses unmögliche Mädchen. Zum Frühstück ist sie nicht erschienen. So langsam tanzt sie mir auf der Nase herum. Ich befürchte, sie ahnt etwas. Hat sie dir gegenüber etwas geäußert?« Gocinda brummte wieder unheilvoll.

»Aber nein«, entgegnete Marianne. »Ich bin sicher, sie weiß von nichts. Woher denn auch?«

»Das ist die Frage«, zischte die Hexe. »Du wirst sie mir überlassen, wenn du sie siehst. Habe ich mich da klar genug ausgedrückt?«

»Sicher, Majestät.« Mariannes Stimme klang leise und eingeschüchtert.

Die Stimme der Hexe wurde nochmals dunkler und hörte sich nahezu monströs an. »Wenn ich den Schlüssel nicht bekomme, wird meine Rache euch treffen ... euch alle!«

Ich war wie erstarrt. Die Hexe wusste, dass ich die Wahrheit über Mallory Manor und ihr Versteckspiel kannte. Mein Herz drohte in meiner Brust zu explodieren. Verzweifelt versuchte ich, so flach wie möglich zu atmen, damit sie mich nicht ertappte. Da hörte ich in der Kammer ein leises Piepsen. Gleich darauf krabbelte eine kleine Maus über meinen Schuh. Vor Schreck kippte ich nach hinten und prallte mit dem Rücken gegen die Innenwand der Kammer. Aber statt einen Gegendruck zu spüren, brach ich einfach durch die Rückwand hindurch. Auf der anderen Seite spuckte sie mich aus und der Zugang schloss sich hinter mir. Plötzlich saß ich auf einem harten Untergrund. Ich hustete und wedelte mit der Hand den aufgewirbelten Staub aus meinem Gesichtsfeld. Erst jetzt konnte ich etwas erkennen. Die Wände waren grob gemauert wie im Ostflügel. Ich war in einem schmalen Tunnel. Unsicher blickte ich mich nach der Mauer um, durch die ich hereingekommen war. Doch nichts deutete mehr darauf hin, dass da irgendeine Art von Tür gewesen war. Ich musste in einem der Geheimgänge des Hauses sein. Ob Marianne von diesem hier gewusst hatte? Als ich in die Dunkelheit starrte, entzündeten sich nacheinander eine Reihe von Laternen. Sie waren an den Wänden des engen Gangs angebracht, der sich nach rechts bog. Von irgendwoher ertönte ein lautes Donnern. Die Wände zitterten. Feiner Staub rieselte von der Decke auf mich herab. Ehrfürchtig sah ich nach oben, um mich gleich darauf hüstelnd wegzudrehen. Ich rappelte mich vom Boden auf, klopfte mir den Staub von den Kleidern und ging den Tunnel entlang, der vom flackernden Schein der Laternen erhellt war. Auf einmal hörte ich etwas, das in dieser mittelalterlichen Umgebung nicht unwirklicher sein konnte. Ich beschleunigte meine Schritte. Wie von selbst bewegten sich meine Beine auf das Klingeln zu. Hinter einer weiteren Kurve wurde ich zu meinem Erstaunen fündig. Auf einem runden Tisch stand ein altmodisches schwarzes Kurbeltelefon. Es hatte klobige Hörer und ein langes stoffumwickeltes Kabel. Hell und laut läutete es unaufhörlich, als wartete es darauf, dass ich endlich abnahm. Ich schaute mich ängstlich um. Mit klopfendem Herzen ergriff ich den Hörer und führte ihn ans Ohr.

»Hallo?«, fragte ich zaghaft. Ein Rauschen war zu hören und als es verklungen war, meldete sich eine bekannte Stimme. Sie sang eine Melodie, die ich nicht zum ersten Mal vernahm.

Der Schein, er trügt, das Schloss erstarrt
Ein sich'res Gefäß ihn aufbewahrt.

»Maggie?«, fragte ich, doch da setzte das Rauschen wieder ein. Danach war das Telefon tot. Kein Freizeichen, kein Besetztton. Es war, als hätte es nie geklingelt.

Doch das, was Maggie mir mitgeteilt hatte, bezog sich auf nichts Geringeres als auf das Versteck des Schlüssels der Magie von Mallory Manor. Dessen war ich mir sicher.

Ich ging weiter den Gang hinab, während ich über die Bedeutung ihrer Worte grübelte.

Ein sich'res Gefäß ihn aufbewahrt, wiederholte ich gedanklich immer wieder ihren letzten Satz. Wenn ich ihr Lied richtig verstand, war der Schlüssel gut geschützt. Die meisten Menschen verwahrten ihre kostbarsten Gegenstände in einem Safe. Aber galt das auch für Mallory Manor? Eher nicht. Vielleicht befand sich der Schlüssel in etwas, das so unscheinbar und unpassend für den Aufbewahrungsort eines solchen Schatzes war, dass man nie darauf kommen würde, gerade dort danach zu suchen. Dennoch gab es Tausende von Möglichkeiten, wo sich der Schlüssel befinden konnte: eine Vase, eine Tasse, der Teich vor dem Haupthaus oder eine von Maggies Spieldosen... das Mausoleum. Bei dem Gedanken, es betreten zu müssen, schüttelte ich mich. Die Ruhestätte der Mallorys, auch wenn sie mich sofort an Untote denken ließ, wäre als Versteck jedoch nicht verkehrt.

Der Tunnel nahm endlich ein Ende und ich gelangte vor eine Spiegelwand mit dunklen Sprenkeln. Als ich sie mir näher besah, erkannte ich, dass es kein Spiegel war, in den ich blickte. Es war Glas. Ich blendete meine eigene Gestalt aus, die umringt vom Laternenschein leuchtete, und sah, wie Igor im Raum mit den unzähligen Uhren den Deckenbesen schwang. Vorsichtig drückte ich mit den Fingerkuppen gegen die Scheibe. Sie gab nach. Ich schob die Glastür zur Seite und fand mich in der wuchtigen, alten Standuhr wieder. Zu allem Übel wurde das monotone Ticken gerade durch den Gongschlag abgelöst, der zur zwölften Stunde schlug. Es war ohrenbetäubend laut.

Mit ausdruckslosem Gesicht sah Igor zu, wie ich, beide Hände fest auf die Ohren gepresst, aus der Uhr stieg.

»Guten Tag, Miss Dana«, begrüßte er mich. Als hätte er nichts Sonderbares gesehen, fuhr er mit dem Staubwedel über ein kunstvolles Chronometer.

Vor der Standuhr wartete Sissybell auf mich. Sie schien genau gewusst zu haben, wann und wo ich aus dem Geheimtunnel kommen würde. Während ich die gläserne Tür der Uhr schloss, lächelte ich Igor verlegen an und stahl mich hinauf in mein Zimmer.

Dort angekommen, atmete ich erst einmal tief durch. Ich ging rückwärts bis zum Bett und ließ mich langsam auf die Kante sinken. Mein Blick fiel auf das Gemälde über dem Kamin. Ich betrachtete es wehmütig. Rauch stieg aus dem Schornstein auf. Er bildete feine Schwaden, die sich schlangenlinienförmig den Himmel hinaufwanden. Es sah aus, als würden sie sich tatsächlich bewegen.

Fellary kaute geräuschvoll im Bad. Als ich mich vorlehnte, blitzte ein Stück meiner pinkfarbenen Zahnbürste aus ihrem Maul hervor. Hastig erhob ich mich vom Bett.

»Och nö«, klagte ich und zog ihr den zerkauten Plastikstil aus dem Mundwinkel. Doch sie gab ihn nicht kampflos her und warf bockig den Kopf zurück. »Das ist wirklich kein Pferdefutter.«

»Ich glaube nicht, dass sie das sonderlich stört«, sagte eine wohlbekannte Stimme hinter mir.

Wie in Zeitlupe drehte ich mich nach ihr um.

»Es tut mir leid«, sagte Will bitter und ließ seine Schultern sinken. »Ich hätte es dir sagen sollen.«

Ich schnaubte deprimiert. Dann zwirbelte ich meinen Zopf zwischen den Fingern, um meine Enttäuschung nicht zu zeigen. Aber es gelang mir nicht, sie zurückzuhalten. »Was hättest du mir sagen sollen? Etwa, dass du ein Geist bist? Ach, wer legt schon Wert auf so eine Kleinigkeit?« Ich hatte mich sarkastisch anhören wollen, aber mein niedergeschmettert klingender Tonfall verriet mich.

Will fuhr sich mit der Hand durchs Haar. »Was ich bin, ist nichts, womit ich gerne prahle. Ich wollte dich nicht verängstigen.«

Bei seiner faden Entschuldigung musste ich unwillkürlich an die Male denken, in denen er mich durch sein plötzliches Erscheinen fast zu Tode erschreckt hatte.

Ich seufzte und machte einen Schritt auf ihn zu.

Er kam nah an mich heran und suchte meinen Blick. Ohne darüber nachzudenken, streckte ich die Hand nach ihm aus. Jetzt, da ich wusste, was er war, wollte ich genau wissen, was ihn von mir unterschied. Und er ließ es zu. Seine Augen blieben dabei auf meine gerichtet. Vorsichtig berührten meine Finger den Ärmel seines weißen Hemdes. Der Stoff war fest. Die Haut darunter fühlte sich warm und weich an – wie bei einem lebendigen Menschen.

»Ich dachte immer, Geister wären …« Ich stockte.

»Was? Unförmige, Bettlaken tragende Gestalten, die mit Ketten rasseln und die ganze Zeit *Buuuh* rufen?«

»Nein.« Verlegen schüttelte ich den Kopf. »Mir ist klar, dass das Kleine Gespenst nur eine Romanfigur ist.«

Er runzelte die Stirn. »Das kleine Gespenst?«

Ich schüttelte rasch den Kopf. »Ach, nicht so wichtig.« Für

einen Moment hatte ich vergessen, aus welcher Zeit er kam. »Du siehst aus wie ein ganz normaler Mensch. Du fühlst dich auch an wie einer.« Langsam zog ich die Hand von ihm zurück und führte sie hinter meinen Rücken.

»Das ist wegen dir. Nur du kannst mich so sehen, als wäre ich lebendig. Das liegt aber auch daran, dass du mich genauso sehen willst.«

Ich schaute ihn fragend an.

»Du hast noch keine Vorstellung davon, zu was du hier in der Lage bist. Aber mit den Jahren wirst du dich daran schon gewöhnen. Das war bisher bei allen Erben so, die ich kennenlernen durfte.«

»Ich sehe also nur das, was ich sehen will?«, hakte ich nach.

Will lächelte schief und nickte. »Das *nur* würde ich an dieser Stelle weglassen. Es ist so etwas wie eine Gabe, die Marmelia an jede Erbin von Mallory Manor weitergegeben hat. Mit ihr bist du nicht nur fähig, Dinge zu sehen, die andere eben nicht sehen, du kannst auch hinter die Schleier blicken, die andere nicht durchdringen können.«

»Du sprichst in Rätseln.«

Er zuckte die Schultern. »Du wirst schon noch merken, wovon ich spreche.«

Eine Weile standen wir uns schweigend gegenüber. Irgendwie wusste ich nicht recht, wie ich jetzt mit ihm umgehen sollte. Verabredungen zum Eis- oder Pizzaessen konnte ich schon mal aus meiner Liste der Dinge streichen. Wer in meinem Alter ging schon alleine essen? Andererseits, wo sollten wir hier schon groß hingehen? Auf der Hinfahrt hatte ich weit und breit nicht einmal einen Tante-Emma-Laden gesehen. Trotzdem kam ich nicht umhin, darüber zu grübeln, was Will alles nicht mehr tun konnte.

»Nur noch zwei Tage also«, brach Will das Schweigen.

Ich nickte bekümmert und mir entfuhr ein verzweifeltes Seufzen.

»Übermorgen! Das geht ziemlich schnell.« Seine Augen streiften durch den Raum.

»Wem sagst du das. Und ich hab noch immer keine Idee, wo der Schlüssel sein könnte.« Ich ging an ihm vorbei und setzte mich wieder auf die Bettkante.

Er folgte mir und ließ sich dicht neben mir nieder.

Gefrustet stützte ich mein Kinn auf den Unterarm und starrte vor mich hin. »Das Einzige, was ich weiß, ist, dass der Schlüssel irgendwo sein muss, wo ihn niemand erwartet. Aber das ist ja eigentlich nichts, womit ich nicht gerechnet hatte. *Ein sich'res Gefäß ihn aufbewahrt* – Maggie hat mir diesen Tipp gegeben.« Ich grübelte angestrengt. »Kann es sein, dass ich ihn nicht richtig deute?«

»Hm.« Will ahmte meine nachdenkliche Pose nach und überlegte mit mir zusammen.

»Gocinda ist mir auf den Fersen. Sie verliert allmählich die Geduld. Gestern Nacht konnte ich ihr nur mit Maggies Hilfe entkommen und gerade eben hat mich Marianne in diesem unheimlichen Geheimgang vor ihr versteckt. Und warum hast du mir nicht gesagt, dass die Hexe Gedanken lesen kann?«

Will schaute perplex auf. »Das kann sie gar nicht«, stellte er klar. »Sie hat Macht über das Wetter, versteht sich auf Verwandlungen jeglicher Art, aber sie hat keinen Zugriff auf unsere Gedanken. Allerdings lebt sie schon lange genug, um die Menschen zu durchschauen.«

Ich nickte, erleichtert über Gocindas Mangel an telepathischen Fähigkeiten.

»Wir sollten noch einmal in den Ostflügel.« Will richtete sich auf und sah mich entschlossen an.

Zögernd blickte ich in sein Gesicht. »Ist das nicht zu gefährlich? Ich meine ... das ist doch ihr Revier ... sozusagen.«

»Na ja, eigentlich ist es ja deins. Außerdem haben wir nicht mehr viel Zeit. Wenn du den Schlüssel noch nicht gefunden hast, sollten wir das Risiko eingehen. Wir können nicht auf den richtigen Moment warten. Der kommt vielleicht nie und uns läuft die Zeit davon. Mit etwas Glück können wir so zwei Probleme auf einmal lösen.«

Ich überlegte einen Moment, was er damit meinte, dann wusste ich es. »Tante Meg!«

»Wir müssen versuchen, die Tür zu finden, hinter der sie gefangen ist.«

»Ich denke, ich würde die Stelle wiederfinden, an der sich die Tür befunden hat.« Ich überlegte weiter. »Aber hast du nicht gesagt, dass die Türen kommen und verschwinden, wie es ihnen gefällt?«

Will nahm meine Hand und für eine Sekunde war ich davon so überrascht, dass ich vergaß, worüber wir gerade gesprochen hatten. Ich spürte, wie meine Wangen erröteten.

Als Will merkte, dass mich seine Nähe verunsicherte, ließ er meine Hand wieder los und schaute verlegen an mir vorbei. »Dies wäre der Augenblick, an dem du deine Gabe einsetzen solltest. Du kannst die Türen befehligen.«

»So einfach soll das sein?« Ungläubig zog ich eine Augenbraue hoch.

»Niemand hat gesagt, dass es das ist, aber es wäre einen Versuch wert. Du bist so gut wie dreizehn. Deine Kräfte sind vielleicht schon ausreichend.«

Vielleicht, wiederholte ich in Gedanken, doch ich sprach es nicht laut aus. Wenn auch ein bisschen widerwillig, ließ ich mich auf seinen Vorschlag ein.

Sobald die Nacht angebrochen war, würden wir wieder in den Ostflügel gehen. Bei der Vorstellung, Gocinda direkt in die Arme zu laufen, wurde mir ganz schlecht. Trotzdem wollte ich tapfer sein. Ich musste meine Angst besiegen, um Tante Meg zu retten, um Mallory Manor zu beschützen und nicht zuletzt die Welt, die so unwissend darüber war, welche Bedeutung dieses alte englische Schloss für sie hatte.

Kräftemessen

Für gewöhnlich hatte ich eine Schwäche für gebackenen Fisch und Pommes, aber heute hatte ich keinen richtigen Appetit. Punkt dreizehn Uhr gab es Mittagessen in der Küche. Ich war froh, dass ich seit meiner Ankunft auf Mallory Manor immer allein mit Marianne zu Mittag aß. Seit zwei Tagen ließ sich Gocinda bis zum Abend überhaupt nicht mehr blicken. Und das war mir auch ganz recht so. Vermutlich gab es keine Kleidungsstücke mehr, unter der sie ihre grün-schleimige Hexenhaut verstecken konnte. Ich fragte mich, was sie den ganzen Tag über tat.

»Du siehst aus, als wärst du ganz woanders.« Marianne setzte mir ein Glas Schokoladenmilch vor und blickte mich nachdenklich an. »Hast du denn schon einen Plan?«

Es dauerte einen Moment, bis ich auf ihre Frage reagieren konnte. Ich war zu beschäftigt damit, mir auszumalen, welche Rituale Gocinda tagein, tagaus anwandte, und hoffte inständig, dass keine Menschenopfer darunterfielen.

»Einen Plan?« Ich zog das Glas näher heran. Den hatte ich tatsächlich. »Wir werden versuchen, Tante Meg zu finden. Heute Abend gehen wir in den Ostflügel.«

Mariannes Augenbrauen schnellten interessiert nach oben. »Wir?«

»Will und ich«, erklärte ich. »Wir haben das zwischen uns geklärt. Ich komme damit klar, was er ist.«

»So, so, Will?« Während sie das sagte, formten sich ihre Augen zu Schlitzen. »Du bist also nicht allein. Das ist gut.« Über ihr Gesicht huschte ein Schatten. »Ihr habt vor, nach der wandelnden Tür zu suchen, oder?«

»Ja«, antwortete ich zögerlich und überlegte, wann ich ihr von den Dingen erzählt hatte, die sich im Ostflügel abgespielt hatten.

»Und wie willst du die Tür finden?« Ihre Frage klang seltsam forsch. »Soviel ich weiß, wurde ein Bannfluch über sie verhängt.«

Ich wurde irgendwie das Gefühl nicht los, dass sie mehr wusste, als sie zugab. Gedankenversunken drehte ich das Glas in meiner Hand. Im Licht schimmerte der Inhalt grünlich. Sofort erstarrte ich innerlich. Langsam blickte ich zu Marianne auf, die vor dem Tisch stand und reglos auf mich hinabsah. Erst jetzt bemerkte ich, wie leer ihre Augen wirkten. Dann sah ich es: das Blitzen in den starren Pupillen. Und in diesem Augenblick wusste ich, dass ich nicht Marianne vor mir hatte … Ich hatte Gocinda unterschätzt. Sie wusste, wem ich vertraute. Und jetzt hatte ich ihr von Will erzählt und davon, was wir vorhatten. Ich versuchte, möglichst cool zu bleiben. Sie sollte nicht merken, dass ich ihr Täuschungsmanöver durchschaut hatte.

»Du hast ja noch gar nichts getrunken.« Sie kniff erneut skeptisch die Augen zusammen.

Ich durfte mich jetzt nicht verraten. Daher schluckte ich den zähen Kloß in meiner Kehle hinunter und führte das Getränk an meine Lippen. Während ich so tat, als würde ich davon trinken, ließ ich ein gespieltes »Mmmmh« vernehmen.

Der Anflug eines selbstgefälligen Lächelns umspielte den Mund der Hexe, der zwischenzeitlich eine auffällig grüne Farbe angenommen hatte.

»Jetzt sag mir, Kind, wie steht es um den Schlüssel?« Ihre Stimme hörte sich übertrieben sanftmütig an, als sie sich mir gegenüber an den Tisch setzte. Einen Augenblick lang wunderte ich mich, dass sie ihn nun beim Namen nannte. Doch dann fiel mir die Schokoladenmilch ein, die keine war. Wahrscheinlich hatte sie mir einen Zaubertrank vorgesetzt, der mich zwingen sollte, ihr die Wahrheit zu sagen.

Sie sah mich scharf an, bereit, jede meiner Regungen zu erfassen.

Ich räusperte mich lautstark. »Schlüssel?« Ich versuchte, dabei angestrengt zu klingen, als stünde ich unter ihrem Zauber. Leider wusste ich nicht, wie man sich unter solchen Umständen anhörte, und zu allem Übel kam noch hinzu, dass ich in der Theaterklasse bei Mister Moore kläglich versagt hatte. »Was für ein Schlüssel?«, schob ich in dem verbissenen Bemühen nach, sie nicht merken zu lassen, wie sehr ich mich fürchtete.

Ich konnte dabei zusehen, wie ihre Miene erstarrte. Wutschnaubend saß sie vor mir. Der Zorn schien ihrem Verwandlungszauber nicht gutzutun. Die grüne Färbung breitete sich auf ihrem Gesicht aus, als hätte sie jemand mit einem Eimer Farbe übergossen. Mit jedem Atemzug erbebten ihre Schultern. An ihren Fingern, die sie vor mir auf dem Tisch ausgestreckt hatte, wuchsen lange spitze Fingernägel. Schwarze Adern traten aus der Haut hervor. Nun machte es keinen Sinn mehr, mich zu verstellen. Sie hatte ihre wahre Natur preisgegeben.

»Sag mir, wo der Schlüssel ist«, forderte sie und ihre Stimme klang auf einmal sehr dunkel und krächzend. Sie passte sich ihrem Aussehen an. Schon bald würde ich die Hexenfürstin vor mir haben, wie sie leibte und lebte.

Mein Herzschlag war dabei, die Schallmauer zu durchbrechen, doch das bremste mich nicht. Ich stemmte mich mit den Fäusten auf der Tischplatte hoch und richtete mich vor ihr auf. Ihre finsteren Augen folgten meiner Bewegung.

»Und du sagst mir jetzt, wo Marianne ist!«, verlangte ich entschlossen. Ich war froh, dass meine Hände aufgestützt waren. Ich spürte, wie sie vor Angst bebten. Das Zittern krabbelte förmlich meine Arme hinauf, wo es sich in meinen Schultern entlud.

»Was glaubst du, wen du vor dir hast! Du bist mir nicht gewachsen, kleine Mallory. Du weißt, dass es so ist.« Die Hexe sah mich hochmütig an. Unvermittelt erhob sie sich aus dem Sitz und wuchs zu solch einer Größe heran, dass ihr Kopf fast die hohe Zimmerdecke berührte. Gocindas Wut hatte ihre wahre Gestalt offenbart, die mehr einer Gottesanbeterin ähnelte als einem Menschen. Ihr schwarzes Kleid lag eng an ihrem knochigen Körper. Mit dem krummen Rücken und der spitzen warzenbewachsenen Nase hatte ich in meiner Vorstellung nicht falsch gelegen. Der Schopf, der nur ein paar wenige dunkelgrüne Haarsträhnen aufwies und einen überaus unschönen Blick auf die Kopfhaut der Hexe bot, sprengte hingegen meine Fantasie. Britanniens Hexenfürstin war wahrlich schaurig anzusehen.

»Du gibst mir jetzt sofort diesen Schlüssel«, donnerte sie. Das Licht in der Küche begann zu flackern.

»Niemals!« Hatte ich das wirklich gerade gesagt? Ich war selbst überrascht, dass ich ihr die Stirn bot. Hätte Dad mich so sehen können, er hätte mich mutig genannt, oder doch eher lebensmüde? Ich streckte meinen Rücken durch. Das ließ mich zwar nicht größer erscheinen, dafür aber entschlossener – das hoffte ich zumindest.

Gocinda sah mir wütend ins Gesicht. Ihr Mund erzitterte, als wollte sie mich mit aller Gewalt umstimmen. Sie zeigte mit ihrem knorpeligen Zeigefinger auf mich, um den sich sogleich lilafarbene Blitze wickelten. »Wenn du ihn mir nicht freiwillig gibst, dann werde ich dich eben dazu zwingen. Willst du es so weit kommen lassen?« Sie holte aus.

»Das wirst du nicht tun!«, rief plötzlich jemand. Gleichzeitig mit der Hexe sah ich zur Tür.

»Verräter«, brüllte Gocinda Igor entgegen, der mit einem Besen bewaffnet im Türrahmen stand. Sie richtete ihren Finger auf ihn. Ohne darüber nachzudenken, schüttete ich ihr das Glas mit dem Zaubertrank ins Gesicht. Ihre Blitze verdampften in der Luft wie Rauch nach einem gelöschten Brand.

Perplex sah sie erst an sich hinunter, dann starrte sie mich an. Ihre Augen funkelten zornig. Ein gellender Wutschrei folgte, bei dem die Gläser in der Küche zersprangen. Wie eine Sirene dröhnte er in meinen Ohren. Verzweifelt presste ich die Hände an meinen Kopf.

Gocinda verschwand in einem schwarzen Nebel, doch ihr Schrei hallte noch lange nach.

Erschöpft sank ich auf den Stuhl zurück und atmete tief durch. Ich hörte, wie Igor den Besen fallen ließ und hastig zu mir eilte. »Ist alles in Ordnung, Miss Dana?«

»Ja, ich denke schon«, antwortete ich mit flacher Stimme. »Ihre Kraft schwindet. Sie hat nicht länger Macht über Marianne und mich. Wir brauchen ihr nicht mehr zu gehorchen.« Er lächelte erleichtert.

»Marianne!«, schoss es aus mir heraus. »Wo ist sie?«

Ein dumpfes Klopfen ertönte. Es kam aus dem Ofen.

Schnell rannte ich darauf zu. Ich öffnete die Ofentür und da war sie: zusammengepfercht auf engstem Raum, die Beine wie ein sich tot stellender Käfer dicht an den Körper gezogen. Marianne sah aus wie ein fest verschnürtes Paket.

»Gott sei Dank«, sagte ich, als ich ihr hinaushalf.

»Um ein Haar hätte sie mich gebraten wie eine Weihnachtsgans.« Marianne klopfte sich den Ruß von der Schürze und richtete ihre Haube. Sie blickte mich und Igor an, während sie erleichtert ausatmete. »Was genau ist hier geschehen?«

Igor lehnte sich zu ihr vor. »Der Zauber, den sie gegen uns einsetzte, hat seine Wirkung gänzlich verloren. Wir können nun wieder frei reden und müssen uns nicht mehr vor ihr fürchten. Sie hat über niemanden mehr Kontrolle auf Mallory Manor.«

Marianne wirkte wenig beruhigt, das zu hören. »Dann ist sie jetzt umso gefährlicher.« Damit hatte sie leider recht. »Sie weiß, dass sie nichts mehr zu verlieren hat.«

Seufzend schaute Marianne zu Igor. Dieser nickte knapp. Dann wandten sich beide mir zu.

»Geh in die verbotene Bibliothek.« Igor legte eine Hand auf meine Schulter. »Finde den Stammbaum deiner Familie und suche darauf nach dir selbst.«

»Für Igor ist es nicht das erste Mal, dass er eine Erbin dorthin weist.« Marianne tat ungewohnt geheimnisvoll.

»Ich hätte es Ihnen bereits früher gesagt, wenn ich gekonnt hätte«, versicherte Igor mit Nachdruck.

»Schon klar!« Halb lächelnd zog ich eine Augenbraue hoch. »Ich soll also den Stammbaum suchen. Und dann?«

Marianne zuckte die Schultern. »Dann warte ab, was passiert.« Sie und Igor nickten im Gleichklang.

Abwarten? Das klang verdächtig nach Überraschungen. Überraschungen, von denen ich hier bereits zu viele erlebt hatte, als dass ich noch offen dafür sein wollte. Zumal ich Überraschungen noch nie sehr gemocht hatte. Trotzdem nickte ich. Ich würde tun, was Marianne und Igor sagten. Indem ich Gocinda versehentlich von unserem Plan erzählt hatte, war er für null und nichtig erklärt. Es wäre Selbstmord, noch daran zu denken, heute Nacht in den Ostflügel zu gehen. Ich war sicher, dass das der einzige Ort war, an den sich Gocinda zurückziehen konnte. Aber ich fragte mich auch, wie lange das noch so sein würde. Wenn sie ihre Kraft allmählich verlor, würde sie die Tür dann überhaupt noch verstecken können?

»Ich muss zu Will und ihn warnen!«, entfuhr es mir.

»Er weiß bereits alles«, antwortete Igor knapp.

»Woher?«

»Die Katze!«, erklärte er wie selbstverständlich. »Sie hat vom Flur aus alles mitgehört, was zwischen dir und Gocinda vorgefallen ist. Sie ist das Auge und das Ohr des Schlosses.«

»Und oft auch dessen Stimme«, fügte Marianne zwinkernd hinzu. Entmutigt sah ich in die Gesichter der beiden. »Ich weiß nicht, ob ich alldem gewachsen bin. Ich glaube, das ist eine Nummer zu groß für mich.«

Marianne legte mütterlich ihren Arm um mich und Igor schaute mich mitfühlend an.

»Ihr seid nicht allein, Miss Dana«, versicherte er mir. »Wir stehen hinter Euch und wir werden Euch helfen, Mallory Manor von dieser bösartigen Kreatur zu befreien.«

Ich musste lächeln. In meinen Augen sah er nicht länger aus wie der Glöckner von Notre-Dame. Wenn ich ihn jetzt betrachtete, blickte ich direkt in sein Herz hinein, und das schlug für dieses Schloss und seine rechtmäßigen Bewohner.

»Gocinda wird fürs Erste in ihren Gemächern bleiben. Sie muss ihre Kräfte wieder neu sammeln. Nachdem sie dank Ihnen ihren eigenen Zaubertrank abbekommen hat.« Igor lachte schadenfroh.

Mariannes Brauen schossen hinauf. »Hat sie das, ja?« Sie nickte amüsiert. »Dana, das war eine geniale Idee, die Hexe mit ihrem eigenen Gift-Gebräu auszutricksen.« Kichernd drückte sie mich an sich. »Ich wusste gleich, dass sich unsere Dana nicht täuschen lässt.« Sie rieb mir bestärkend über den Oberarm. »Du hast auf deine Intuition gehört. Das war genau das Richtige. Und nun geh. Die Katze wird dich in die Bibliothek bringen.«

Mein Blick fiel auf die Tür, in der Sissybell saß und auf mich wartete. »Ich danke euch beiden«, hauchte ich.

Auf dem Weg zur verbotenen Bibliothek dachte ich daran, wie ich diese zum ersten Mal mit Will betreten hatte. An den Schatten, der zwischen den Bücherregalen herumgehuscht war, an das Jammern und an die Fenster in Form der Phasen des Mondes. Plötzlich durchzuckte mich ein Gedanke. Gab es eine Verbindung zwischen ihnen und der Magie des Hauses? Will hatte gesagt, dass Gocinda eine Mondfinsternis für sich genutzt hatte. Konnte es sein, dass die Fenster eine Art Karte waren? So oder so, für mich stand fest, es war kein Zufall, dass sie den Mond zeigten.

Tief verwurzelt

An der Bibliothekstür angekommen, hielt ich inne. Ich starrte auf die Klinke und fragte mich, welche Überraschung hinter der Tür wohl auf mich wartete. Sissybell setzte sich auf ihre Hinterbeine. Ich wusste, dass sie mich nicht hineinbegleiten würde. Zum ersten Mal würde ich die Bibliothek alleine betreten. Ich musste an die finsteren Kreaturen denken, die dort in ihren Gemälden und Büchern nur darauf warteten, endlich freizukommen.

»Jetzt ist es wohl so weit.« Meine Stimme zitterte.

»Es hat schon längst begonnen«, antwortete Sissybell ernst.

Ich wusste, dass sie recht hatte. Angeführt von einem tiefen Seufzer umfasste ich mit beiden Händen die verschnörkelte Klinke und öffnete die Tür. Ihre Scharniere schrien förmlich nach ein wenig Schmieröl. Mit klopfendem Herzen betrat ich den Raum. Noch einmal warf ich Sissybell einen letzten Blick zu, dann fiel hinter mir die Tür krachend ins Schloss und ich zuckte erschrocken zusammen. Wenigstens war es diesmal nicht ganz so dunkel. Vorsichtig tastete ich mich zu dem ersten Regal vor. Ich schaute mich um, obwohl ich nicht einmal wusste, wie dieser Stammbaum aussah. Hing er an der Wand wie ein Bild oder war er etwa in einem der Bücher abgedruckt? Igor hätte sich ruhig etwas genauer ausdrücken können.

In einer Ecke entdeckte ich eine hübsche Miniatur von Mallory Manor, mitsamt seinem parkähnlichen Garten. Sie lag unter Glas, das nach oben hin spitz wie eine Pyramide zulief. Fasziniert betrachtete ich das kleine Schloss, das wie ein Puppenhaus aufgebaut war, und legte meine Hände auf das Glas. Ein sanftes Glühen durchfuhr mich. Es floss auf direktem Weg ins Innere der Miniatur. Feiner Goldstaub rieselte von oben herab, und nachdem er sich gelegt hatte, war es, als hätte er dem kleinen Mallory Manor Leben eingehaucht. Auf einmal waren sämtliche Formen und Farben genauso echt wie der winzige Mann, der gerade aus dem Haupteingang spazierte.

»Das kann doch nicht wahr sein«, wisperte ich, während ich Igor dabei beobachtete, wie er die Stufen vor dem Haus kehrte. Erstaunt ging ich um das Miniaturschloss herum. Auf der anderen Seite sah ich Marianne, die neben dem Kirschbaum mit seinen leuchtenden Früchten stand und zum verwunschenen Wald schaute. Sechs stecknadelkopfgroße Raben zogen ihre Kreise über den Satteldächern und der Wind bog die Äste der gigantischen Eichen auf dem Friedhof. Sogar Nebelschwaden waberten über den Boden. Es war zauberhaft anzusehen. Wahrscheinlich zeigte es genau das, was auf Mallory Manor gerade geschah.

Plötzlich hörte ich, wie jemand eine leise Melodie pfiff, und ließ von dem Modell ab. War das Bakwyn? Ich dachte daran, dass er sich von allen am besten in der Bibliothek auskannte, und ging der Melodie entgegen. Ich war so auf die Herkunft der Töne fixiert, dass ich gegen einen Globus stieß, der meinen Weg kreuzte. Er war mahagonifarben, stand auf drei goldenen Füßen und hatte wenig mit dem auf meinem Londoner Schreibtisch gemein. Denn er zeigte nicht unsere Erde, sondern die Sterne. Eine Himmelskugel. In Mums Büro hatte ein modernerer Himmelsglobus gestanden. Von ihr wusste ich, dass man sich beim Betrachten in den Globus hineinversetzen muss, um den Himmel richtig zu sehen. Himmelsglobusse waren selten und dieser war ein besonders wertvolles Stück. Er hätte Mum gefallen. Es wunderte mich nicht im Geringsten, dass Mallory Manor keinen gewöhnlichen Erdglobus besaß – jedenfalls hatte ich bisher noch keinen gesehen. Für den Urquell der Magie schien die Erde weit weniger interessant als die Himmelskörper – allen voran der Mond. Gedankenversunken schweifte mein Blick zu der einzigartigen Fensterreihe über mir. Das Glas des vollen Mondes glitzerte im fahlen Nachmittagslicht.

Ich senkte den Kopf und ging um den kostbaren Himmelsglobus herum. Das Pfeifen drang erneut an meine Ohren. Ich schaute mich suchend zwischen den Regalen um. Zufällig huschte gerade Bakwyns Schatten durch die Reihen. Obwohl mich Will ausdrücklich angewiesen hatte, ihn nicht zu belästigen, beschloss ich, ihm zu folgen. Es ging schließlich um das Wohl des Schlosses und war er nicht auch ein Teil davon? Er würde mir sicher nicht übel nehmen, dass ich nur versuchte, meinen Job als Hüterin ordentlich zu machen. Vorsichtig schlich ich ihm nach.

All meinen Mut zusammennehmend, fragte ich: »Du bist Bakwyn, nicht wahr? Bakwyn, der Wächter. Bitte verrate mir eins: Wo kann ich den Stammbaum der Mallorys finden? Ich muss es wissen!«

Ein Knarzen war zu hören und das Pfeifen erstarb. Kurz danach klatschten Bücher auf den Boden, erhoben sich in die Luft und tanzten vor meinen Augen. Sie fielen einfach aus den Regalen und wirbelten umher. Mein Herz raste. Zuerst dachte ich, Bakwyn würde mich damit angreifen und hinausjagen wollen, doch dann bildeten die Bücher einen Pfeil. Sie wiesen mir auf diese Weise die Richtung, in die ich gehen sollte.

»Danke, Bakwyn!« Erleichtert verbeugte ich mich knapp vor dem Hinweiszeichen aus Büchern, ging zielstrebig den angezeigten Weg entlang und strich durch die Reihen. In der Mitte des Raumes teilten sich die Regale unvermittelt. Hier reichten sie bis unter die pompöse Stuckdecke, die mit einem großen ornamentierten Mittelmedaillon und farbenfrohen Motiven verziert war. Sie war viel höher als in all den anderen Zimmern des Hauses, in denen ich bisher gewesen war. Von der Kuppel herab hing ein riesiger feuerroter Papierdrache, dessen Flügel mit massiven Haken an der Decke montiert waren. Eine schwere, mit Dornen gespickte Eisenkette lag um seinen Hals, deren Ende ebenfalls in die Decke eingehakt war. Von seiner Pranke baumelte ein Schild mit der Aufschrift: *Drache von St. George*. Mir lief ein kalter Schauer über den Nacken. Wer auch immer ihn gebannt hatte, wollte absolut sichergehen.

Ringsherum führten schmale Wendeltreppen aus Holz die Bücherregale hinauf. Die Geländer sahen aus, als wären es ineinandergeschlungene Lianen. Hoch oben fiel das Tageslicht durch das runde Fenster des vollen Mondes und hüllte die Bücher in einen goldenen Schimmer. Es war ein atemberaubender Anblick. Ehrfürchtig setzte ich meine Suche fort. Zwischen den einzelnen Regalen, die eine außergewöhnliche Breite besaßen, hingen Gemälde. Darauf waren hauptsächlich Personen zu sehen, aber auch Gebäude, Gewässer und Tiere. Bei dem Porträt einer alten Frau mit Kopftuch hielt ich inne, um es mir genauer anzuschauen. Ihre Hände ruhten auf einer Kristallkugel, deren Innerstes einen auffällig bewegten Eindruck machte. Ich las laut die Bildunterschrift: »Djara Sinti, Gypsi-Wahrsagerin. Gebannt am 1. Januar 1845 auf eigenen Wunsch durch Margery Mallory.«

Das war kurz nach Wills Tod, dachte ich. Doch bevor ich mich fragen konnte, ob ihre Verbannung etwas mit den Derules zu tun haben könnte, bewegte sich Djara in ihrem Bild. Sie gähnte lauthals, streckte die Arme über den Kopf und blinzelte ein paarmal hintereinander in meine Richtung, als wäre sie gerade aus einem tiefen Schlaf geweckt worden. Aufgrund der dicken Brillengläser wirkten ihre Augen überdimensional groß.

Aufmerksam blickte sie mir entgegen. »Oh«, schmatzte sie. »Ich muss wohl für eine lange Zeit geruht haben. Wer bist du, Kind, und was kann ich für dich tun?«

Verwirrt schaute ich sie an. Ich hatte zwar noch nie zuvor mit einem Gemälde gesprochen, aber vielleicht konnte sie mir ja dabei helfen, das zu finden, weshalb ich hergekommen war. »Mein Name ist Dana Mallory ...«

Ihre ohnehin schon großen Augen weiteten sich. »Eine neue Erbin also. Oder sollte ich besser sagen, *die* Erbin?«

Ich runzelte die Stirn und räusperte mich. Warum hatte sie mich so hervorgehoben? Ich schüttelte unmerklich den Kopf.

Jetzt stand erst einmal eine andere Frage im Vordergrund. »Ich bin auf der Suche nach meinem Familienstammbaum. Können Sie mir vielleicht sagen, wo ich ihn finden kann?«

»Der Stammbaum der Mallorys? Es wundert mich, dass du ihn noch nicht entdeckt hast. Eigentlich ist er nicht zu übersehen.«

Unwillkürlich ließ ich meine Augen durch die Bibliothek gleiten, ohne auch nur ansatzweise etwas zu bemerken, das Ähnlichkeit mit einer Ahnentafel hatte.

Djara zog eine Augenbraue hoch. »Unter der Quelle der Magie wirst du ihn finden«, raunte sie orakelhaft und ihre Finger kreisten um die Kristallkugel, in der sich ein leuchtender Nebel schneckenförmig drehte.

»Quelle der Magie?«, wiederholte ich nachdenklich. Djara deutete ein Nicken an. Ich dachte angestrengt nach. Mein Blick fiel auf die Fenster. Ich ließ meine Augen daran hinunterwandern, bis ich etwas entdeckte, das aussah wie ein Baum.

Ich ging näher darauf zu. Er war in das Holz der Regalwände geschnitzt und verband diese miteinander. In den Ästen, die zu den unterschiedlichen Mondphasenfenstern hinaufragten, standen Namen. Am Stamm, der die Mitte bildete, war Marmelia verewigt. Ich folgte den Umrissen des Baumes. Intuitiv richtete ich den Blick danach zuerst auf den Ast, der zum Vollmond führte. Dort stand in großen Buchstaben DANA. Als ich mit der Hand darüberfuhr, knirschte das Holz. Überall knackte es und ich machte einen erschrockenen Schritt zurück. Dann geschah etwas Unfassbares: Der Stammbaum löste sich lautstark vom Regal ab, unter ihm traten mächtige Wurzeln aus dem Boden. Erschrocken presste ich mich rückwärts gegen eines der mittleren Bücherregale und sah fassungslos dabei zu, wie der Baum mit großen Schritten an mir vorbeistapfte. Unter ihm erbebte der Fußboden. Die Regale erzitterten, sodass einzelne Bücher herauspurzelten und lärmend neben meinen Füßen landeten.

In der Mitte der Bibliothek, wo ein Kreis eine Stelle am Boden kennzeichnete, machte der Baum halt. Dort, wo seine dicken Wurzeln entlangrankten, wölbte sich ächzend der Marmor. Sie wirbelten wie Tentakel umher und wühlten sich in den steinernen Untergrund, als wäre er nichts als gepflügte Erde. Ein lautes Gepolter erfüllte die sonst mucksmäuschenstille Halle.

Mit pochendem Herzen sah ich, wie Bakwyn hinter seinen Regalen hervorkam und für den Bruchteil einer Sekunde seine Gestalt zeigte: ein zwergenhaftes, in Grün gekleidetes Männlein, mit spitzen Ohren und leuchtend rotem Haar. War es aus Neugierde? War es der Schock darüber, was ich in seiner Bibliothek anrichtete? Ich wusste es nicht. Krampfhaft hielt ich mich an der Regalwand fest, um nicht vom Beben umgeworfen zu werden. Überall tanzten die Bücher auf ihren Brettern. Nachdem sich der Baum fest verwurzelt hatte, wurde es wieder ruhig in der verbotenen Bibliothek.

Der Schweiß stand mir auf der Stirn. Ich sah den zerstörten Marmor, die Bücher, die in der ganzen Bibliothek verstreut lagen. »Oje«, flüsterte ich, weil ich mir nicht sicher war, wie ein ordnungssüchtiger Kobold auf ein solches Chaos reagierte. Ich schaute mich nach Bakwyn um, aber ich konnte ihn nirgends entdecken. Die Wahrsagerin war erneut in ihrem Bild erstarrt, als hätte sie nie mit mir gesprochen. Es war verrückt.

Vorsichtig ging ich auf den Stammbaum zu. Was bitte war da gerade geschehen? War das etwa die Überraschung, die Marianne und Igor angedeutet hatten? Ich besah mir den Baum und den neuen Platz, an dem er stand, näher. Aufmerksam ging ich um ihn herum. Irgendwie hatte er sich verändert. Natürlich hauptsächlich dadurch, dass er lebendig geworden und nun dreidimensional war. Aber auch durch die Namen in seinem Holz unterschied er sich von den Bäumen, die an den verwunschenen Wald grenzten. Bei genauerem Hinsehen entdeckte ich auf seinem Stamm etwas Neues. Etwas, das zuvor nicht da gewesen war. Es waren die Umrisse einer nach oben rund zulaufenden Tür. Behutsam streckte ich meine Hand nach dem goldenen Knauf aus. Sowie ich ihn berührt hatte, erstrahlten die Konturen der Tür in einem weißen Licht. Ich atmete tief ein und drückte sie vorsichtig auf. Sie ließ sich mühelos öffnen. Drinnen erstreckte sich eine lange Treppe.

Ich warf einen letzten Blick zurück in die Bibliothek, dann stieg ich die Stufen hinab. Die Treppe war von einem solch reinen Weiß, dass sie zu glühen schien wie die Sterne in der Nacht. Zu den Seiten wirkte alles glatt und glänzend, doch ich wagte nicht, meine Hand danach auszustrecken. Stattdessen konzentrierte ich mich auf die Stufen, die mit jedem Schritt, den ich machte, hinter mir verschwanden. Sie führten mich so tief hinunter, dass ich mir nach einiger Zeit nicht mehr sicher war, ob der Ort, an den sie mich brachten, überhaupt noch Mallory Manor war. Ich musste unwillkürlich an

Alice im Wunderland denken, die, nachdem sie durch einen Kaninchenbau in ein Loch gefallen war, die Entfernung bis zum anderen Ende der Welt abgeschätzt hatte.

Tausendmal lieber würde ich mich im Wunderland wiederfinden als in einem dunklen, stickigen Kellergewölbe, schloss ich und stieg mit zunehmender Beunruhigung weiter hinab. Immer tiefer und tiefer ging es hinunter.

Nach einer Weile sah ich endlich das Ende der Treppe. Sie ging über in einen gepflasterten Weg, der starke Ähnlichkeit mit dem Geheimgang hinter Mariannes Besenkammer hatte. Auch hier waren die Wände mit altmodischen Laternen geschmückt. Doch anders als in dem Geheimgang brannten sie bereits alle, noch bevor ich den Weg betreten hatte. Der Tunnel war nicht annähernd so lang wie der hinter der Besenkammer, er endete schon nach wenigen Schritten an einer zweiflügeligen Tür. Ich hörte, wie sich Leute dahinter unterhielten. Ich legte mein Ohr an das Holz und lauschte. Es waren mindestens drei unterschiedliche Stimmen.

»Du schaffst das«, machte ich mir selbst Mut, nachdem ich meine zitternden Hände betrachtet hatte. Ich war auch neugierig zu erfahren, wer sich hinter dieser Tür verbarg, das konnte ich nicht bestreiten, also klopfte ich vorsichtig an. Als ich von drinnen keine Unterhaltung mehr vernahm, umschloss ich den runden Griff mit meiner Hand und zog die schwere Tür auf. Ich spähte in einen riesigen Raum mit hohen Decken und einem lodernden Kaminfeuer, das ihn erhellte. Davor lag ein dunkelroter Teppich.

Ich ging hinein und musste zu meiner Verwunderung feststellen, dass der Raum vollkommen menschenleer war. Hatte ich die Leute etwa mit meinem Anklopfen vertrieben? Automatisch begann ich, nach einer zweiten Tür zu suchen, aber sehen konnte ich nur die, durch die ich auch hineingelangt war. Wie also hätten die Menschen hinauskommen sollen? Versteckte sich hier unten vielleicht ein weiterer Geheimgang?

Hinter mir fiel die Tür knarrend ins Schloss. Sie wirbelte dabei jahrhundertealten Staub auf, der sich am Boden festgesetzt hatte – den Eindruck hatte ich jedenfalls.

»Ist schon gut«, flüsterte jemand. »Sie ist es.«

Vor mir erschien Maggie und ich war überaus erleichtert, sie anzutreffen.

»Maggie!« Ich ging in die Hocke, um mit ihr auf Augenhöhe zu sein. »Wie froh ich bin, dich zu sehen! Du musst mir helfen. Was meintest du damit, dass der Schlüssel in einem sicheren Gefäß ist?« Ich musste es einfach wissen. »Weißt du, wo er ist?«

Sie sah mich mit ihren großen blauen Augen an, dann schüttelte sie den Kopf. »Ich weiß nur das, was Mama mir gesagt hat.«

»Tante Meg?«

Sie nickte und ihre blonden Locken hüpften dabei auf ihren Schultern. »Sie hat mich gebeten, es an dich weiterzugeben.«

»Du hast Kontakt zu ihr? Wo ist sie? Wie kann ich sie finden?«

»Erkenne den Schlüssel, dann findest du auch sie.«

»Was meinst du damit?« Ihre Formulierung hatte mich stutzig gemacht. Doch bevor ich weiter darüber nachdenken konnte, fegte ein kalter Windhauch umher und jagte mir eine

Gänsehaut über den Rücken. Das Feuer im Kamin flackerte. Nach und nach füllte sich der Saal. Und im nächsten Augenblick war ich von Menschen umringt, die wohl ebenfalls Gespenster zu sein schienen, wie ich mit deutlichem Unbehagen feststellte. Sie alle trugen Kleidung aus einer anderen Zeit. Interessiert schaute ich mich unter ihnen um. So ziemlich jede Epoche war vertreten, fast jede Berufs- und Gesellschaftsgruppe. Es war, als wäre ich auf einem Kostümball gelandet.

Eine überaus blass geschminkte Dame mit weißer Perücke und einem Kleid mit aufgesetztem Hinterteil fächerte sich neben einem Herrn in Uniform Luft zu. Sie betrachtete mich abschätzig, während sie ihm etwas zuflüsterte.

»Kann es wahr sein?«, hörte ich jemanden fragen.

»Natürlich, Stucklberry«, entgegnete ein Ritter. »Wie hätte sie sonst den Weg zu uns durch den Stammbaum nehmen können? Er ist nur den Erben vorbehalten, wie du weißt.«

Als er bemerkte, dass ich ihn ansah, kam er auf mich zu. Seine Rüstung scheppterte bei jedem Schritt. »Ihr seid es. Die Erbin Mallorys. Es ist mir eine Ehre, Eure Bekanntschaft zu machen.« Er beugte sein Knie vor mir.

Verunsichert machte ich einen leichten Knicks. Es fiel mir schwer, den Blick von seinem Kopf abzuwenden – immerhin trug er diesen unter seinem Arm wie eine Wassermelone.

»Das ist der kopflose Jack«, stellte Maggie ihn vor. »Einer der tapfersten Ritter des Mittelalters.«

Ich sah, wie Jacks Nase, die aus dem Helm unter seinem Arm herauslugte, einen rötlichen Teint annahm. »Ihr schmeichelt mir, Miss Maggie. Neben mir gab es noch andere erwähnenswerte Bewahrer Englands.«

Maggie kicherte hinter vorgehaltener Hand. »Ja, aber keiner war bereitwilliger, seinen Kopf dafür zu verlieren.«

Jack drehte die Augen zur Seite. »Nun … da mögt Ihr recht haben.« Er lachte herzlich.

Inzwischen waren auch die anderen Geister an mich herangetreten. Neugierig beäugten sie mich. Trotzdem entspannte ich mich langsam, sie schienen mir alle wohlgesonnen zu sein.

Die Frau mit der Perücke spitzte hochnäsig ihre grellroten Lippen. »Und sie soll unser aller Rettung sein? Sie ist nichts weiter als ein Kind.« Schnippisch warf sie das Kinn in die Luft.

Ein Raunen ging durch den Raum. Die Geister tuschelten untereinander. Scheinbar entsprach ich nicht ganz ihren Erwartungen.

»Lady Elisabeth Brown«, erklärte Jack mit gesenkter Stimme und deutete auf die Frau mit der Perücke. »Eine entfernte Cousine meiner Wenigkeit. Man darf es ihr nicht verübeln, dass sie misstrauisch ist.« Er schob seinen Kopf näher an mich heran und dämpfte nochmals die Lautstärke. »Gocinda vergiftete sie während des Halloween-Balls.«

»Oh, das ist ja schrecklich«, stieß ich leise hervor und bedachte sie mit einem mitleidsvollen Blick.

»Kein Wunder, wenn Sie mich fragen. Sie trug schon damals ihren Kopf zu hoch«, sagte Jack amüsiert.

»Diese Hexe hat wohl in der Vergangenheit einen ziemlichen Schaden angerichtet.« Ich seufzte betreten.

»Eine lange Zeit hat sie sich unerkannt unters Volk gemischt. Sie war Gast auf sämtlichen Festen der englischen Gesellschaft. Die rätselhaften Todesfälle in jener Zeit hat niemand mit ihr in Verbindung gebracht. Eines Tages aber wurde Marmelia misstrauisch. Und dann ging alles ganz schnell – wenn auch nicht einfach.«

Ich wollte ansetzen, um nach Marmelia zu fragen, da kam hinter Lady Elisabeth ein Mann in einer blauen Marinejacke und einem Spitzhut angerauscht.

Bevor ich mich wehren konnte, hatte er meine Hand ergriffen und mir einen angedeuteten Kuss aufgedrückt. »Ich hoffe, Euch hat die Fahrt auf der *Mary Lu* gefallen?«

»Kapitän Archibald Mallory!«, begrüßte ich ihn, unbekannterweise. »Wie soll ich sagen? Sie kam sehr … überraschend.«

»In der Tat. Ich kann mich erinnern, dieselben Worte auch schon von einigen Ihrer Vorgängerinnen gehört zu haben.« Er grinste in seinen schwarzen Bart hinein und ich rang mir ein Lächeln ab.

Neben ihm tauchte plötzlich ein Mann im geschniegelten Frack auf. Seine dunklen Haare standen ungebändigt zu allen Seiten. Ein wenig erinnerte mich sein Aufzug an Beethoven. »Verzeiht«, sagte er und senkte den Kopf vor mir. »Wenn ich mich vorstellen darf: Cornelius Mallory. Es ist mir eine Ehre.«

Ich lächelte verlegen. »Ich freue mich auch, Sie kennenzulernen.«

Direkt vor ihm erschien ein Mann mit einer scharlachroten Schärpe. »Oh, Pardon«, sagte er mit Blick auf Cornelius.

Dieser nickte höflich. »Kein Grund zur Sorge. Ich wollte mich ohnehin noch meiner Sinfonie widmen.« Cornelius verbeugte sich und verschwand.

Jetzt wandte sich der Mann mir zu. Andächtig neigte

er den Kopf und zwinkerte mit einem Auge. »Der Arme schreibt bereits seit fast einhundertfünfzig Jahren an dieser Komposition.«

Ich lachte verhalten.

»Nun aber möchte auch ich mich vorstellen, Lady Dana. Mein Name ist Mortimer Mallory, zweiter Herzog von Mallory. Ich muss Euch sagen, wie froh wir alle darüber sind, Sie wohlauf zu sehen.«

»Mortimer? Dann sind Sie Marmelias Ehemann?«

»Der bin ich.«

»Wo ist sie? Ist sie hier bei Euch?« Ich wollte nicht unhöflich wirken, aber sie schien meine einzige Rettung zu sein. »Ich muss dringend mit ihr sprechen. Nur sie kann mir sagen, wie ich den Schlüssel zur Magie finde und damit die Hexe in das Gemälde verbannen kann.«

Mortimer machte ein besorgtes Gesicht. »Unglücklicherweise ist sie kein Geist wie wir. Ihr werdet sie hier nicht finden. Die Erben Mallorys kommen an einen anderen Ort, wenn ihre Lebenszeit vorüber ist.«

Enttäuscht ließ ich die Schultern hängen. Ich sah meine letzte Hoffnung dahinschwinden. »Ich weiß nicht, wie ich es ohne sie schaffen soll«, gab ich entmutigt zu.

Die Geister betrachteten mich ratlos.

»Hah«, stieß Lady Elisabeth hervor. »Habe ich es nicht gleich gesagt? Nicht einmal sie glaubt daran, dieser Hexe gewachsen zu sein.«

»Ruhig Blut, Elisabeth.« Mortimer bedachte sie mit einem warnenden Blick. »Bisher war sich noch keine Erbin von Anfang an ihrer Kraft bewusst. So etwas braucht Zeit.«

»Aber Mallory Manor hat keine Zeit«, warf Cornelius besorgt ein. Er war urplötzlich neben ihm in Erscheinung getreten. »Die Magie des Hauses muss vor der Hexe in Sicherheit gebracht werden, bevor der dreizehnte Vollmond untergeht.« Wildes Durcheinanderreden begann. Mortimer versuchte, die aufgewühlten Gespenster zu besänftigen, doch seine Stimme wurde nicht gehört.

Ich kam mir furchtbar vor. Ich war nicht das, was sie erwartet hatten. Sie wollten eine tatkräftige, selbstbewusste Erbin. Ich war nichts weiter als ein unsicheres Mädchen aus London.

Da spürte ich, wie Maggies kleine Hand die meine ergriff. Aufmunternd sah sie mich an. Sie schien die Einzige in diesem Saal zu sein, die noch an mich glaubte.

»Du brauchst Marmelia nicht«, rief auf einmal jemand. Er klang so sicher, dass alle sofort verstummten.

Ich reckte den Hals, um zu sehen, wer für mich gesprochen hatte. Die Menge teilte sich für Will.

»Marmelias Kraft steckt in dir, Dana. Du musst es nur endlich zulassen. Sei eine Mallory und das mit Überzeugung.« Er stand neben dem kopflosen Jack und lächelte ermutigend.

Sein Vertrauen in mich steckte die anderen an. Einige nickten, andere warfen mir wohlwollende Blicke zu. Scheinbar hatte Wills Urteil bei ihnen Gewicht.

»Hört, hört«, sagten sie. »Mit einem Mallory sollte man sich nicht anlegen.«

»Ihr werdet siegreich sein«, sagte der kopflose Jack.

»Diese teuflische Hexe muss dorthin zurückgeschickt werden, wo sie herkam«, forderte Lady Elisabeth verhalten und drückte entschieden ihr Kinn zur Brust, sodass ihr Haarersatz bedrohlich wackelte. Offensichtlich hatte sie ihre Meinung über meine Eignung noch einmal überdacht.

Will suchte unter den umherstehenden Gespenstern nach Zustimmung. »Und wir werden ihr dabei helfen! Sind wir nicht alle ein Teil dieses Schlosses?«

Der letzte Satz ließ mein Herz schneller schlagen. Es war nicht das erste Mal, dass ich ihn hörte. Ich fühlte mich längst mit dem Schloss verbunden.

»Das sind wir!«, jubelte Lady Elisabeth und reckte den Kopf in die Höhe.

»In der Tat.« Mortimer kniete vor mir nieder, als erwartete er einen Ritterschlag. »Wir werden an der Seite unserer neuen Erbin kämpfen bis zum Schluss.«

Freudiges Jubelgeschrei erfüllte den Saal.

»Aber wie sollen wir das anstellen?« Maggies kindlicher Eifer brachte eine nicht zu umgehende Tatsache ans Licht.

Einen Moment lang herrschte Ruhe im Saal tief unter der Erde. Ratlose Blicke wurden ausgetauscht.

»Nur nicht den Kopf verlieren«, scherzte Jack. »Maggies Frage ist durchaus berechtigt. Doch wir haben einen Vorteil: Die Hexe kann uns nicht sehen.«

Gemurmelte Zustimmung ging durch den Raum. Dann erhob sich Mortimer vor mir. »Genau das werden wir zu unserem Vorteil machen«, erklärte er und stemmte tatkräftig die Hände in die Hüfte.

»Ein Spuk! Grandiose Idee.« Lady Elisabeth korrigierte entzückt den Sitz ihrer Turmfrisur, die ihr in die Stirn gerutscht war.

Die Geister nickten überzeugt.

»Das haben wir ja seit Jahrhunderten nicht mehr gemacht«, warf Kapitän Archibald ein.

»Tja, dann wird es aber Zeit«, erwiderte Jack.

Alle klatschten vorfreudig in die Hände.

»Dann gilt es als beschlossen«, verkündete Mortimer. Mit einem verschmitzten Lächeln beugte er sich zu mir. »Am stärksten sind wir Geister in Verbindung mit den Dingen, die uns im Leben beschäftigten. Wir lassen es echt aussehen!« Wieder zwinkerte er.

Ich nickte, denn ich glaubte zu wissen, was das bedeutete. Von einer Hexenjagd mittels Spuk hingegen hatte ich bis zu diesem Zeitpunkt noch keine Vorstellung. Ich glaubte mich jedoch daran zu erinnern, das Wort Spuk von Will schon einmal gehört zu haben. Hatte er ihn von vornherein miteingeplant?

Eines stand fest: Ich konnte jede Hilfe beim Kampf gegen Gocinda gebrauchen. Also stellte ich keine Fragen mehr. Ich war sicher, die Geister von Mallory Manor wussten, was sie taten. Ich würde mich auf sie verlassen können und ich würde einfach mitspielen. Sissybell hatte es gesagt: Der Kampf um Mallory Manor hatte längst begonnen. Jetzt gab es kein Zurück mehr.

Das Geheimnis der roten Tür

Und dann kam der Tag vor meinem Geburtstag. Fieberhaft hatte ich noch bis in die Morgenstunden nach dem Schlüssel gesucht. Ich hatte gehofft, ihn in letzter Minute zu finden, hatte sämtliche Ecken des Schlosses durchforstet – vergeblich. Der Schlüssel zur Magie des Hauses blieb verschwunden, was meine Nervosität ins Unermessliche ansteigen ließ. Die Zeit schien gegen mich zu arbeiten. Als ich nach Sonnenaufgang aus dem Zimmer trat, erschrak ich: Große Teile des Schlosses waren auf einmal mit einer klebrigen grünen Schicht überzogen. Morpus Monius? Ein sicheres Zeichen dafür, dass Gocindas Tarnung, die sie nicht nur über sich selbst, sondern über ganz Mallory Manor gelegt hatte, allmählich verschwand. Das Böse, das sie aus dem Gemälde mitbrachte, kam nun überall zum Vorschein. Mit einem beklemmenden Gefühl in der Magengrube setzte ich meine Suche nach dem Schlüssel fort. Sprang über Lachen von Morpus Monius hinweg und flüchtete vor aufdringlichen Krötenhorden.

Im Salon roch es nach verfaulten Eiern, Frösche hüpften in Scharen über die Flure. Ihr Quaken hallte durch die Hallen. Möbelstücke fielen in sich zusammen und wurden zu einem glitschigen Berg von Nacktschnecken. Marianne verschanzte sich vor ihnen in der Küche, während Igor versuchte, den Krötenschwarm einzufangen. Einige kehrte er einfach zur Tür hinaus.

Am Nachmittag glich das Schloss einer Moorlandschaft, und vom Schlüssel fehlte noch immer jede Spur. Auch Will hatte sich mir noch nicht gezeigt. Wo steckte er nur? Panik breitete sich in mir aus. Ich hatte alle Mühe, sie im Zaum zu halten. Sie durfte mich jetzt nicht lähmen! Als die Dämmerung kam, überzog feuchtes Moos die Freitreppe, das Geländer und die darauf sitzenden Gargoyles. Rundblättriger Sonnentau schoss aus dem Boden hervor und verwandelte die Empfangshalle in ein Gewächshaus. Die fingerartigen Ausstülpungen der Pflanze rollten sich um den Kopf von einer der Steinfiguren. In diesem Moment erinnerte er mich an mich selbst. Mallory Manor schien von der dunklen Macht überrannt zu werden, und alles, was ich tun konnte, war dabei zuzusehen, wie es geschah.

Doch damit wollte ich mich nicht abfinden! Ich ging näher an den Gargoyle heran und versuchte, ihn von den klebrigen Blatträndern zu befreien. Sobald ich ihn berührt hatte, gab er einen leisen Laut von sich, dann reckte er seinen Kopf.

Überrascht zuckte ich zurück. Ich landete auf meinem Hintern, inmitten einer glitschigen Pfütze aus Matsch und Unrat. Der Wasserspeier gab klägliche Töne von sich. Er schüttelte sich, um das Grünzeug von sich abzuwerfen, doch es breitete sich wie die Fangarme eines Seemonsters auf ihm aus. Rasch stemmte ich mich hoch, putzte die Hände an meiner Jeans ab und half ihm, die Schlingpflanzen loszuwerden. Erst jetzt erkannte ich, dass er eine wundersame Mischung aus Greifvogel und Löwe war. Nachdem ich ihn befreit hatte, presste er seinen nun weichen Kopf dankbar gegen meine Hand. Dann breitete er die Flügel aus und flog kreischend davon.

Mein Blick fiel auf den anderen Gargoyle, der gegenüber vom ersten das Geländer besetzte. Er war bereits über und über von Moos überzogen. Die Rankengewächse waren dabei, ihn unter sich zu begraben.

»Hab keine Angst!«, rief ich und sah hinauf zur Decke, wo das erste steinerne Wesen seine Kreise zog. Ich war sicher, er wartete auf die Rettung seines Freundes. Eine Kreuzotter schlängelte sich zwischen meinen Beinen hindurch und ich zuckte angewidert zusammen. Die Schlangen waren im Moment allerdings meine geringste Sorge.

Ich ließ die Kreuzotter ziehen und spurtete ohne Umwege auf den anderen Gargoyle zu. Ich riss das Gestrüpp von ihm herunter, bis er sich schüttelte. Er krähte lautstark wie ein Hahn, bevor er zum Abflug ansetzte. Seine ausgebreiteten Flügel schimmerten rot wie die untergehende Sonne. Er erinnerte mich an einen Feuervogel. Warum hatte ich mir die beiden nicht schon früher genauer angesehen? Sie waren wunderschön. Meisterliche Figuren der Fantasie und sie waren so lebendig, als wären sie Tiere, deren Vorkommen in der Natur selbstverständlich war. »Du bist frei«, sagte ich zu dem vogelartigen Gargoyle. Er blickte mich unverwandt an, dann schnellte er zur Flurdecke hinauf, dorthin, wo sein Freund bereits kreiste.

Meine Augen suchten Igor, der in der Vorhalle unaufhörlich die Kröten zusammenkehrte, als wären sie hereingetragener Schmutz. Aufmunternd nickte er mir zu. Aber in seinem Gesicht stand die Furcht vor dem, was uns erwartete.

Ich wollte gerade den Weg in mein Zimmer fortsetzen, als es donnerte. Kurz darauf erfasste eine unsichtbare Macht das Haus. Sie ließ den Boden unter meinen Füßen erbeben. Auf der Treppe stehend, wandte ich mich aufgeschreckt zu Igor um. Er hatte gerade erst einen weiteren Krötenhaufen aufgetürmt, doch die Erschütterung hatte diesen einfach in sich zusammenfallen lassen. Zu allen Seiten hüpften die Tiere davon und verbreiteten munter ihr Quakkonzert. Wieder donnerte es. Langsam hob Igor seinen Kopf.

»Was war das?«, wollte ich wissen. Wir warfen einander unsichere Blicke zu. Dann folgte das Geräusch ein weiteres Mal und ein noch stärkeres Beben ließ das Schloss erzittern. Ich hielt mich mit beiden Händen am Geländer fest, um nicht von der Treppe zu stürzen.

Die Anspannung stand Igor ins Gesicht geschrieben. »Gocinda! Sie versucht, den Schutzschild des Schlosses zu durchbrechen. Sie will sich den Schlüssel mit Gewalt aneignen.« Noch während Igor sprach, verhärtete sich der Krötenschleim, in dem er stand. Blitzschnell kletterte er an seinen Beinen empor und machte Igor bewegungsunfähig. Der Besen polterte auf den Boden und wurde sofort vom Schleim verschluckt. Igor streckte eine Hand nach mir aus. »Lauf!«, schrie er, bevor die glibbrige Masse auch sein Gesicht überdeckte und ihn unter sich einfror wie eine Statue.

Der Schleim breitete sich in rasender Geschwindigkeit aus und kroch direkt auf mich zu. So schnell ich konnte, rannte ich die Treppe hinauf. Oben auf dem Absatz rutschte ich auf dem glitschigen Sekret aus. Ich rappelte mich aber sofort wieder hoch und hastete zu meinem Zimmer. Auch hier war die dunkle Magie der Hexe deutlich zu erkennen. Der Flur glich einem finsteren Wald. Unwirkliche Schatten tanzten an den Wänden, furchterregende Stimmen schwebten durch die Luft. Ich konnte nicht verstehen, was sie sagten, sie klangen widernatürlich und düster. Als würden sie eine fremde Sprache sprechen. Eine dunkle Sprache. Sie schien nicht von dieser Welt zu sein. Was geschah hier? Mir wurde eiskalt. Schlangen und Eidechsen bahnten sich ihren Weg entlang des Teppichs, dessen rote Farbe unter einer dicken Dreckschicht hindurchschien. Bedrohliche Schlingpflanzen umrankten den Kronleuchter, sodass er, trotz der Erschütterungen, starr wie eine Fliege in einem Spinnennetz an der Decke hing. Die Personen auf den Gemälden machten erschrockene Gesichter. Einige Bilder waren gänzlich verlassen.

Ein ohrenbetäubender Lärm hinter mir ließ mich ruckartig herumfahren. Neben mir tauchte Lady Elisabeth auf.

»Ich dachte, du könntest ein wenig Gesellschaft gebrauchen.« Sie wirkte mindestens so nervös wie ich. »Jetzt, wo die Hexe alle Kraft aufwendet, um an den Schlüssel zu kommen, kann sie ihr Zugegensein im Schloss nicht länger verbergen.« Sie senkte die Stimme. »Mallory Manor passt sich der stärksten Magie an, die in der Nähe ist.«

Ich schluckte schwerfällig. »Und das ist Gocinda?«

»Im Moment ja. Aber warte, bis der Mond aufgeht, dann ändern sich die Machtverhältnisse. Spätestens wenn du den Schlüssel hast, ist ihre Kraft so gut wie gebrochen.«

Kalte Angst bohrte sich in mein Herz. Was mit Mallory Manor geschehen würde, wenn ich den Schlüssel bis morgen früh nicht gefunden hatte, war deutlich – ich brauchte mich nur umzuschauen. Seufzend stapfte ich durch Sumpflöcher, die sich mitten im Teppich aufgetan hatten. Während ich fast darin versank, schwebte Lady Elisabeth einfach darüber hinweg. Wieder drangen die Furcht einflößenden Stimmen an uns heran.

Lady Elisabeth hakte sich mit ängstlichem Blick bei mir ein. »Es ist recht unheimlich hier, meinst du nicht?«

Ich nickte und versuchte mich in einem dankbaren Lächeln. »Ich weiß es zu schätzen, dass Sie hier sind.«

»Mortimer hielt es für eine gute Idee, dass ich dir mit meiner Anwesenheit zeige, dass wir bei dir sind. Und wir Frauen müssen schließlich zusammenhalten. Es tut mir leid, dass ich anfänglich an dir gezweifelt habe. Ich bewundere deinen Mut. Das tue ich wirklich.«

Wieder lärmte es hinter uns. Ich blieb wie versteinert stehen.

»Scheint so, als würde sich alles und jeder aus dem Staub machen wollen.« Beunruhigt wedelte Lady Elisabeth sich mit ihrem übergroßen Fächer Luft zu.

Ich drehte mich um und traute meinen Augen nicht. Die Aufgänge in die anderen Etagen waren verschwunden. Verwirrt ging ich zurück zur Abzweigung und blickte in die dritte und vierte Etage hinauf, die nun unerreichbar geworden waren. Abermals donnerte es, sodass ich ins Wanken geriet.

Lady Elisabeth ließ einen erschrockenen Aufschrei hören und fächerte umso wilder. Sie sah aus, als würde sie jeden Augenblick in Ohnmacht fallen – sofern das für einen Geist möglich war. »Ich glaube, das ist wohl doch nichts für zartbesaitete Damen wie mich«, gab sie mit einem gezwungenen Lächeln zu. »Ich wünsche dir viel Glück.« Mit einem theatralischen Gesichtsausdruck löste sie sich in Luft auf. So viel zum Thema *Wir Frauen müssen zusammenhalten*. Nun war ich wieder ganz allein.

Ein lautes Grollen ertönte und das Beben wurde erneut heftiger. Ich stand mit hüftbreit geöffneten Beinen auf dem Flur, als der Boden unter mir zu wackeln anfing. Fassungslos sah ich dabei zu, wie sich ein Riss die Wand entlang bis hin zum höchsten Punkt des Hauses bildete. Ich war unfähig, mich zu bewegen. Was hier vor sich ging, übertraf alles, was ich mir zuvor in meinen schlimmsten Fantasien ausgemalt hatte. Plötzlich löste sich ein Balken des Obergeschosses und drohte auf mich herabzufallen.

»Vorsicht!«, hörte ich noch. Im nächsten Moment stieß mich jemand zur Seite. Der Balken verfehlte mich um Haaresbreite. Er krachte neben mir auf den Boden und rutschte anschließend bis zur Mitte der Freitreppe. Die Kröten sprangen einfach über ihn hinweg wie beim Hürdenlauf.

»Bist du verletzt?«, fragte Will, über mich gebeugt. Seine Arme hatte er links und rechts neben meinen Ohren aufgestützt.

Noch schockstarr schüttelte ich den Kopf. »Alles okay. Mir geht's gut. Danke.«

Er sah mir tief in die Augen, als wollte er sichergehen. »Du kannst jetzt von mir runtergehen«, murrte ich halbernst und unheimlich froh, sein vertrautes Gesicht zu sehen.

Er lächelte ein wenig. »Oh, ja, sicher.«

»Was passiert hier, Will?«

Er reichte mir die Hand und half mir, aufzustehen. »Kampf der Giganten.« Gleich darauf klang er sehr beunruhigt. »Gocinda greift das Schloss an, und … es wehrt sich.«

»Es zerbricht daran«, schlussfolgerte ich anhand des herabgefallenen Balkens und dem Riss im Gemäuer. Will blickte mich mit bedrückter Miene an und bestätigte somit meinen Verdacht.

»Mallory Manor ist eine mächtige Festung, es kann eigenständig denken, und wenn es gezwungen ist, auch handeln. Aber diesem Angriff kann es ohne die Hilfe seiner Erbin nicht standhalten. Du musst diesen Kampf für uns ausfechten.«

War dies etwa der alles entscheidende Augenblick? Das Schicksal von Mallory Manor lag nun in meinen Händen. Der Kampf um die Magie des Schlosses hatte begonnen und Gocinda war mir haushoch überlegen. Ohne den Schlüssel, den ich als Waffe gegen die mächtige Hexe einsetzen konnte, waren wir chancenlos. Ich hatte alles versucht. Trotzdem drohte ich jetzt zu scheitern. Die Verzweiflung raubte mir nicht nur meinen Mut, sondern auch die Hoffnung, dass sich alles irgendwie doch noch zum Guten wenden würde.

Will legte mir die Hand auf die Schulter und ich fing mich wieder. Ich ließ meine Augen durch das Schloss gleiten. Es war ein Bild der Verwüstung, ein Bild des Grauens. Ich war wütend auf Gocinda und wütend auf mich. Ich durfte mich jetzt nicht fürchten, weil ich für das einstehen musste, für das ich geboren worden war.

Entschlossen machte ich mich auf den Weg in mein Zimmer. Die rote Tür wölbte sich nach außen, als wäre der Raum dahinter voller Wackelpudding, der sie zu zersprengen drohte.

»Sie versucht, die Türen zu kontrollieren«, erklärte Will, der dicht hinter mir war. »Sie hofft, dadurch zu erfahren, hinter welcher der Schlüssel steckt.«

Jetzt wusste ich auch, woher die donnernden Geräusche kamen. Nacheinander blähten sich alle Türen auf. Im Gegensatz zu meiner wurden sie regelrecht auf den Korridor gesogen, wo sie mit einem lauten Knall zerbarsten. Zurück blieben kahle Wände – türlose Räume.

Hinter uns ertönte plötzlich ein dröhnendes Lachen. Langsam drehte ich mich danach um. Gocinda stand unweit von uns entfernt, die Hände vor sich ausgestreckt. »Siehst du nicht, was du anrichtest?«, fragte sie mit rauer Stimme, ohne, dass sich ihre Lippen dabei bewegten. »In einer einzigen Nacht zerstörst du, was deine Vorfahren über Jahrhunderte hinweg aufrechterhielten.« Ihre Augen waren von einer giftgrünen leuchtenden Farbe. Um ihre kantigen Schultern schwirrten graue Libellen.

Ich starrte sie wie gebannt an und sie blickte mir herausfordernd entgegen. Ohne zu überlegen nahm ich die Beine in die Hand. Ich sah mich nicht um, aber ich hörte ihre eiligen Schritte hinter mir. Mein Plan, sie von meiner Tür abzulenken, gelang. Sie hatte die Verfolgung aufgenommen und ließ somit von meinem Zimmer und allem, was sich darin befand, ab. Wie wild jagte sie mir nach.

Ein bösartiges Lachen schallte aus ihrem Innern. »Du bist nichts weiter als ein feiges kleines Kind.«

Ohne zu wissen, wohin, lief ich über den Flur davon. Will bediente sich zum ersten Mal in meiner Gegenwart einer Geisterfähigkeit. Er schwebte mühelos neben mir her. In diesem Moment wünschte ich mir, ich wäre ebenso unsichtbar für die Hexe. Doch was sollte ich tun? Ich musste Gocinda irgendwie in die Irre führen – Zeit gewinnen.

»Vertrau deinen Ahnen, Dana!« Will deutete auf das Musikzimmer, das in unmittelbarer Nähe lag.

»Die Geister«, murmelte ich. Ein vorfreudiger Ausdruck huschte über sein Gesicht. »Bühne frei für den Spuk.«

Unmerklich nickte ich ihm zu, als ich völlig außer Atem vor dem Musikzimmer stehen blieb.

»Lass es echt werden, Dana!« Will fasste mich an den Schultern. »Es liegt in deiner Macht.«

»Ich weiß nicht, wie!«, versuchte ich ihm klarzumachen, doch sein Optimismus schien keine Grenzen zu kennen.

»Lass einfach los. Du bist so weit, Dana. Ich weiß es.«

»Das ist es also.« Die krächzende Stimme der Hexe riss uns aus der Unterhaltung. Ich wandte mich Gocinda zu. Mit einem hämischen Grinsen näherte sie sich mir. »Dort hast du ihn versteckt?«

Ich nickte bestätigend und machte einen Schritt zur Seite.

»Bist ja doch nicht so dumm, wie ich dachte. Sobald ich den Schlüssel in meinen Händen halte, wirst du meinen Platz im Gemälde einnehmen. Dann siehst du, wie das ist, dort gefangen zu sein. Verflucht seien die Mallorys für das, was sie mir und den meinen angetan haben.« Sie ließ ein garstiges Lachen hören. »Du wirst meine Trophäe sein, kleine Dana.« Gocinda rieb sich die Hände und spazierte in den Raum. Sobald sie drinnen war, begann lautes Klavierspiel. Cornelius' Hände flogen nur so über die Tasten.

»Böse Hexen hassen Musik ebenso wie Freundlichkeit!«, erklärte Will.

Ich sah, wie Gocinda verzweifelt die Hände auf ihre Ohren presste.

»Sie reagieren allergisch auf die Liebe und die Leidenschaft, die zum Spielen des Klaviers notwendig sind. Das stört ihre Zauberkraft – jedenfalls eine Zeit lang.« Die Instrumente schossen unter den Laken hervor. Sie begannen von allein zu spielen, während sie die Hexe umkreisten, als wäre sie ein Maibaum.

Ich schlug die Tür hinter Gocinda zu und verbarrikadierte sie anschließend mit einem Stuhl. Fluchend hämmerte sie dagegen.

»Lass mich sofort hier raus, du verlogenes Weibsstück.« Ihr Geschrei vermischte sich mit der lauten Musik der Instrumente, die munter durcheinanderspielten. Gocinda kratzte unterdessen von innen an der Tür wie eine wild gewordene Bestie.

»Jetzt weg hier, bevor sie wieder zu Kräften kommt!« Will zischte über den Flur.

Eilig rannte ich ihm nach, den Gang hinunter. Ich war sicher, dass die Hexe nicht lange gefangen sein würde. Instinktiv machte ich mich auf den Weg in Sir Reginalds Arbeitszimmer. Doch in der Hektik hatte ich eine Sache nicht bedacht.

»Die Treppe!« Ich starrte von unten auf die dritte Etage. Von hier führte kein Weg mehr hinauf.

»Vertraust du mir?«, fragte Will.

Ich sah in seine Augen und nickte.

Im nächsten Moment legte er die Arme eng um mich und schaute nach oben. Gemeinsam schwebten wir in den dritten Stock. Es war ein merkwürdiges Gefühl – diese Schwerelosigkeit. Will war wie mein Sicherheitsgurt, mein Seil, das mich davor bewahrte, abzustürzen. Er trug mich hinauf in den zugangslosen Flur.

Wäre die Situation nicht so bedrohlich gewesen, hätte ich diesen Augenblick sicherlich genossen. Doch jetzt warf ich Will lediglich einen dankbaren Blick zu, dann rannte ich los. Er folgte mir. Wie durch ein Wunder war auch die Tür zu Sir Reginalds Arbeitszimmer bisher von Gocindas Zauber verschont geblieben. Ein durchdringendes Krachen war zu hören, als die Hexe vor Cornelius' Sinfonieversuch floh. Schon sah ich sie erneut direkt auf mich zufliegen.

Von weiter oben erklang ein ohrenbetäubendes Grollen. Als ich mich danach umschaute, bemerkte ich, wie eine riesige Flutwelle heranrollte.

Wieder riss mich Will zur Seite. Er drückte mich ins Arbeitszimmer, sodass die Welle mitsamt den darin schwimmenden Meeresbewohnern an uns vorbeirauschen konnte. Alles, was wir hörten, war ein erstickter Schrei, als die Flutwelle die Hexe mit voller Wucht erwischte.

Nachdem die übernatürliche Flut abgeebbt war, riskierte ich einen Blick auf den Flur. Der Teppich war mit Seesternen und Krebsen übersät. Gocinda rappelte sich gerade fluchend vom Boden hoch. In ihrer hässlichen Fratze klebte ein schwarzgrauer Krake. Verzweifelt zog sie an dem Tier, das seine Tentakel fest um sie geschlungen hatte. An ihren Waden hatten sich Krebse festgeklammert, sodass sie aussah wie eine gut behangene Wäscheleine. Während sie blind umherwankte, baute sich vor ihr erneut eine Wand aus Wasser auf. Sie festigte sich zusehends und formte sich schließlich zu einem altbekannten Seefahrer.

»Mit besten Grüßen von der *Mary Lu*«, jauchzte Kapitän Archibald. Vor Gocinda stehend machte er eine aufwendig inszenierte Verbeugung, bevor er sich in eine Fontäne verwandelte und mit ihr zerfloss. Das Wasser peitschte gegen die Wände, es schwappte an der gebrechlich wirkenden Hexe hinauf und riss sie von den Beinen. Mit einem kreischenden Wutschrei befreite sich Gocinda von dem Kraken und warf ihn unsanft zu Boden. Dort löste er sich auf, als wäre er nie da gewesen.

»Schluss mit dem Unfug!«, schrie sie, stemmte sich hoch und stampfte auf mich zu. »Fliehst vor deiner Pflicht«, krächzte sie. »Was für eine Erbin, was für eine Erbin! Du weißt dich nicht einmal allein zu verteidigen. Kennst die Magie der Hüter nicht. Hat dich etwa niemand auf deine Aufgabe vorbereitet? Armes kleines Mädchen. So hilflos. Und so allein.«

Obwohl ich es nicht wollte, stieg mir die Hitze ins Gesicht. Hastig schlossen wir die Tür von Sir Reginalds Arbeitszimmer und versteckten uns. Ich spürte, wie mir die Verärgerung über ihre Worte den Hals hinaufkletterte. Ich ballte die Fäuste und schnaubte.

Will suchte meinen Blick und fasste mich am Arm. »Lass dich nicht von ihr provozieren. Das ist genau das, was sie will.«

Wahrscheinlich hatte er recht. Das Dümmste, was ich machen konnte, war, mich von ihr aus der Reserve locken zu lassen. Ich atmete tief durch und wartete, bis Gocinda die Tür aufgestoßen und den Raum betreten hatte.

Schnaufend wie ein tollwütiger Hund fuhr sie herum. »Es hat keinen Zweck, sich zu verstecken«, gab sie in einem Singsang von sich. Ihre schlangenähnlichen Augen spähten in jede

Ecke. Mir gingen ihre Beleidigungen durch den Kopf und ich biss die Zähne aufeinander. Sie irrte sich: Ich war weder allein noch unvorbereitet. In dem Moment vertraute ich meinem Instinkt. Und plötzlich wurde mir klar, dass ich ein wichtiges Hüterwerkzeug stets bei mir getragen hatte. Mariannes Worte hallten in mir wider. Ich umfasste den Salzstreuer in meiner Tasche mit einer Hand. Blitzschnell zählte ich eins und eins zusammen.

»Komm raus, komm raus«, trällerte Gocinda.

Mit angehaltenem Atem schraubte ich das Salz auf.

Die Hexe spähte um die Ecke und blickte mir direkt in die Augen. »Jetzt kannst du nirgendwo mehr hin. Es ist vorbei!« Sie streckte ihre knorrigen Hände nach mir aus.

»Noch nicht«, versprach ich. Ohne weiter zu überlegen, schüttete ich das Salz auf meine flache Hand und schleuderte Gocinda die volle Ladung direkt ins Gesicht. Schreiend taumelte sie zurück auf den Flur. Mit beiden Händen versuchte sie, die feinen Körnchen wegzuwischen.

»Das wirst du bitter bereuen, du Göre!« Dort, wo das Salz ihre Haut berührt hatte, schälte sie sich wie eine gekochte Tomate.

Rasch rannte ich an ihr vorbei. Will blieb dicht neben mir. Wieder begann der Boden unter meinen Füßen zu beben. Diesmal ging es mit einem Galoppieren einher, das sich auf uns zubewegte. Will und ich sahen einander an, dann drückte er mich erneut gegen die Wand – und das war auch gut so. Auf einmal säumten ganze Herden wilder Tiere den Gang. Allen voran eine Elefantenfamilie. Sie trabte aus Sir Reginalds Arbeitszimmer.

»Glaubt ihr, ich habe Angst vor euch?« Gocinda rührte sich nicht vom Fleck. »Ihr seid nicht real, also könnt ihr mir auch nichts anhaben.«

Die Elefanten näherten sich ihr unter donnerndem Getrampel.

»Darauf würde ich mich nicht verlassen!«, rief ich, in der Hoffnung, damit ihre Zweifel an der Echtheit der Tiere zu zerstreuen. In Wahrheit waren sie nichts als eine sehr lebhafte Illusion, ein eindrucksvoller Teil des Spuks. Wie konnte ich daran etwas ändern? Ich wusste nicht, was Will von mir verlangte. Selbst wenn ich Magie in mir trug – wie sollte ich sie aktivieren? Ratlos schaute ich auf meine Hände. Marmelia hätte gewusst, was zu tun war. Ebenso Tante Meg. Ich war deren Nachfahrin, die neue Erbin.

Entschlossen ballte ich die Hände zu Fäusten, ein leichtes Glimmen ging von ihnen aus. Ich hob perplex den Kopf und Gocindas und mein Blick trafen sich. Ich glaubte, Unsicherheit in ihren Augen aufblitzen zu sehen. Kurzerhand entschied sie sich, die Flucht zu ergreifen.

Ich konnte mir ein ungläubiges Lachen nicht verkneifen, als sie über einen mit Zebrafell überzogenen Hocker stolperte, den Mortimer ihr in den Weg geschoben hatte.

»Ups«, machte er und zwinkerte mir zu, bevor er sich wieder auflöste. Die Hexe lag auf dem Boden und drohte von einer Horde Elefanten zertrampelt zu werden, deren Farben plötzlich kräftiger wirkten. Zwischen den Dickhäutern lief das Breitmaulnashorn. Angriffslustig preschte es auf die am Boden liegende Hexe zu. Gocinda riss sich panisch die Arme vors Gesicht. Bevor sie begreifen konnte, was geschah, hörten wir lautes Gebrüll. Die Herde teilte sich und auch das Nashorn machte Platz.

Bibbernd krabbelte Gocinda rückwärts über den Teppich. »Bleib mir ja vom Leib, du widerliches Untier«, fauchte sie, als der Löwe aus dem Zimmer stolzierte und seine scharfen Zähne präsentierte. Er brüllte so laut, dass die Bilder an den Wänden wackelten. Mit seinen mächtigen Pranken setzte er zum Sprung auf Gocinda an. Sie sah in sein weit aufgerissenes Maul, die gefletschten Zähne glänzten. In diesem Moment hätte ich alles dafür gegeben, wäre der Löwe echt gewesen. Leider war er nichts als ein blasses Abbild seiner selbst – ein Spuk. Er konnte ihr genauso wenig etwas anhaben wie Cornelius' Sinfonie, Kapitän Archibalds Flutwelle oder der Rest der Geister aus Sir Reginalds Arbeitszimmer. Eins musste ich den Tieren aber lassen: Sie wirkten lebendig und waren wirklich erschreckend, bedauerlicherweise jedoch nicht mehr. Und das hatte nun auch Gocinda endgültig begriffen. Sie lachte bösartig auf. In dem Moment wünschte ich mir umso energischer einen lebendigen Löwen herbei. Mit aller Kraft konzentrierte ich mich auf die Raubkatze, als plötzlich kleine, glimmende Funken um mich herumwirbelten. Sie folgten meinem Blick und legten sich über den Löwen.

Gocinda zog überrascht die Stirn kraus, als das Tier sich auf sie stürzte und sich in ihrem Kleid verbiss. Es war nicht länger eine Illusion. Der Löwe war da und er konnte ihr schaden. Hatte ich das etwa bewirkt? Ich suchte Wills Blick. Bestätigend nickte er mir zu. Ich spürte frischen Mut in mir. Wir hatten eine Chance!

»Runter von mir!«, brüllte Gocinda, verpasste dem Löwen

einen Tritt und rollte sich zur Seite weg. Mit einem zuckenden lilafarbenen Blitz in der Handfläche ging sie in Angriffsstellung. Der Löwe tat es ihr unerschrocken nach, setzte zum Sprung an und ließ seine Pranken auf die Hexe herabfahren. Die schickte den Blitz in seine Richtung, ehe er sie erreichen konnte, und der Löwe schrie jaulend auf. Erschrocken sah ich dabei zu, wie er sich auflöste.

»Du hast deine Magie entdeckt«, brummte Gocinda, mit Zornesröte im Gesicht. »Doch es ist zu spät. Du bist eine blutige Anfängerin und mir nicht gewachsen.« Ihre langen Finger spreizten sich, als würde sie damit sämtliche Kräfte sammeln. »Dieses Haus ist vergiftet«, knurrte sie und spuckte neongrünen Schleim vor meine Füße, der ein Loch in den Teppich brannte. »Das ist keine echte Zauberkraft. Nichts im Vergleich dazu, was ich vollbringen kann.« Sie lachte höhnisch. »Und so etwas ist Marmelias Erbin. Du weißt nicht, mit wem du dich hier anlegst!«

Wieder ballte ich unwillkürlich die Fäuste. Will entging meine ansteigende Wut auf die Hexe nicht. Ich war dabei, die Kontrolle zu verlieren. Doch was würde dann passieren?

»Dana, bleib ruhig.«

Ich warf ihm einen lodernden Blick zu. Seine Augen waren wie ein Spiegel, in dem ich mich aber nicht wiedererkannte. Will wich mir nicht von der Seite. Entschlossen ergriff er meine Hand. Seine Berührung bewirkte etwas Merkwürdiges. Meine Hand begann zu glühen. Fast war es, als würde sie Feuer fangen. Dann ging das Glühen auf Will über. Kurz darauf wurde es zu einem Glitzern. Als hätte man über ihm Diamantenstaub ausgeschüttet, schimmerte er nun neben mir.

Sofort weitete sich Gocindas Blick. Auf einmal ruhten ihre unheimlichen Augen auf ihm und ich ahnte Schreckliches. Aus einem mir unerfindlichen Grund war Will nun für sie sichtbar geworden. Hatte ich das unabsichtlich bewirkt?

Ein diabolisches Grinsen breitete sich auf Gocindas eckigem Gesicht aus. »William Derule!«, begrüßte sie ihn wie einen alten Freund. »So sieht man sich wieder. Einige wird man wohl nie wirklich los, was? Aber auch du wirst Mallory Manor nicht vor mir retten können. Genauso wenig wie deine kleine Freundin, die dich mir so leichtsinnig ausgeliefert hat.« Sie richtete ihren Zeigefinger auf mich und aus ihm schoss ein Wirbel aus blauen Lichtblitzen hervor. Ehe ich wusste, was geschah, hatte Will sich vor mich geworfen und Gocindas Fluch abgefangen. Die Erkenntnis überkam mich wie ein Fieberschub: Sie hatte gar nicht mich mit dem Blitz treffen wollen. Will hatte genau das getan, was sie erwartet hatte. Seine funkelnde Gestalt lag nun am Boden. Dort, wo der Lichtblitz eingeschlagen hatte, schlängelte sich eine Rauchwolke in die Höhe.

Ich stand unter Schock. Aus dem Augenwinkel blickte ich zu Will hinunter, der leblos zu meinen Füßen lag.

Gocindas schallendes Gelächter ging mir durch Mark und Bein. »Eure Freundschaft wird euer Untergang sein«, fauchte sie hallend. »Ihr törichten Menschen vernichtet euch selbst, indem ihr einander vertraut.«

Meine Gedanken überschlugen sich. Ich beugte mich zu Will hinunter, dessen Körper wieder normal aussah, und für mich fühlte er sich auch so an. Vorsichtig drehte ich ihn auf den Rücken und bettete seinen Kopf auf meine Knie. Endlich öffnete er die Augen. Ich strich ihm das Haar aus dem Gesicht. »Für einen Moment hatte ich den verrückten Gedanken, du könntest tot sein.«

Er lächelte mühsam. »Du wirst lachen, aber das hat sich irgendwie auch so angefühlt.«

»Wie rührend!«, unterbrach uns Gocinda abrupt. »William hatte ja schon immer eine Schwäche für die Armseligen. Wie ich sehe, hat sich daran nichts geändert. Bis auf eine kleine Tatsache – du bist nichts weiter als ein Gespenst. Es tut mir leid, euch enttäuschen zu müssen, aber ...«

Will richtete sich auf und schaute ihr entgegen.

»Du kannst dieser Erbin nicht helfen«, belehrte Gocinda ihn. »Wir sind noch nicht fertig miteinander, junge Mallory. Vielleicht solltest du aufhören, dich auf irgendwelche Spukgestalten zu verlassen.«

»Hm, da hast du gar nicht so unrecht.« Entschlossen stemmte ich mich auf die Beine, ich musste Zeit schinden. Da erinnerte ich mich daran, was Will vor ein paar Tagen über meine Gabe gesagt hatte. Ich sehe, was ich sehen will, aber wieso war dies nun auch Gocinda mit Will gelungen? Ich starrte vor mich und überlegte krampfhaft. Lag es wirklich an mir? Hatte ich unterbewusst eine Entscheidung getroffen? Wahrscheinlich hatte ich ihr beweisen wollen, dass nicht nur ich gegen sie kämpfte. Ich war nicht allein!

Plötzlich wusste ich, was zu tun war. Ich streckte meinen Rücken durch und zeigte auf die Hexe. »Ich werde nicht kampflos aufgeben, Gocinda!«, warnte ich sie. Ich versuchte, jegliche Angst aus meiner Stimme zu verbannen, während ich darauf hoffte, dass Marmelias ganze Kraft sich endlich bei mir zeigen würde. »Den Schlüssel zur Magie bekommst du niemals!«

Die Hexe machte kurz ein verwirrtes Gesicht, sie schien abzuwarten.

Doch meine drohende Bewegung blieb völlig magielos. Seufzend senkte ich die Hand. »Einen Versuch war es wert«, stammelte ich enttäuscht an Will gewandt. Mein angsterfüllter Herzschlag dröhnte mir in den Ohren.

Die gescheiterte Machtdemonstration schien Gocinda zu erheitern. Sie grinste fratzenhaft, dann streckte auch sie ihren Finger nach mir aus. »Man merkt, dass du nicht unterrichtet wurdest, kleine Göre«, jauchzte sie. »So ahnungslos. Fast habe ich Mitleid mit dir.« Für eine Sekunde betrachtete sie mich. »Aber nur fast!« Gocinda drehte ihren krallenähnlichen Finger in der Luft. »Komm zu mir«, raunte sie lockend und Will schwebte ihr entgegen.

»Dana«, rief er. »Ich kann mich nicht bewegen.«

Ich versuchte Wills Arm zu fassen, doch die Hexe hatte auch mich in eine Art Starre versetzt. Meine Füße waren auf einmal wie einbetoniert.

Mit der anderen Hand ließ Gocinda eine Tür hinter sich erscheinen.

Entsetzt starrte ich zwischen ihr und der Tür hin und her. Ich musste hilflos mit ansehen, wie sie sich öffnete und Will ins Innere gesogen wurde. Gocinda hatte ihn eingesperrt, so wie sie es zuvor bereits mit Tante Meg getan hatte.

»Wenn du deinen Freund je wiedersehen willst, gibst du mir den Schlüssel, bevor die Nacht vorüber ist.«

Ich biss die Zähne aufeinander, während sich die Tür vor

meinen Augen in Luft auflöste und ich nur noch auf die blanke Wand dahinter starren konnte.

»Jetzt bist du ganz allein. Du hast niemanden mehr!«, zischte die Hexe.

Meine Kehle war wie zugeschnürt. Allein?, hallte es in meinen Ohren wider und ich schüttelte unmerklich den Kopf. Sie irrte sich. Wills Gefangennahme war der Tropfen, der das Fass zum Überlaufen brachte. Wahre Freundschaft konnte alles besiegen. Selbst eine böse Hexe. Gocinda würde nicht gewinnen!

Ich fühlte, wie sich die Wut in mir ausbreitete, und plötzlich verwandelte sie sich in nichts anderes als Entschlossenheit. Ich lauschte dem aufbrechenden Boden unter mir. Wie trockener Sand löste er sich von meinen Füßen und gab mich frei.

Gocinda sah ungläubig dabei zu, wie ich mich ihrem Zauber widersetzte.

»Das ist unmöglich«, brüllte sie und wollte mir einen weiteren Fluch aufhalsen, doch sie verfehlte mich.

In Windeseile lief ich davon und kletterte an einer der Schlingpflanzen eine Etage tiefer. An meinem Zimmer angekommen, drückte ich die rote Tür auf, die sich unter meiner Berührung entspannte und direkt hinter mir knarrend wieder zuschlug. Die Hexe war ausgesperrt.

»Nein!«, schrie Gocinda mir hinterher. Aus irgendeinem Grund konnte sie sich dieses Raumes nicht bemächtigen, genauso wenig wie den Räumen der Geister. Ich hörte, wie ihre Blitze von außen gegen das Holz schlugen, wie Gocinda an der Tür kratzte und dagegenhämmerte. Im Innern meines Zimmers war es noch genauso wie immer – keine Kröte oder auch nur ein Blatt einer Schlingpflanze waren zu sehen. Als würde außerhalb kein Krieg um die Magie ausgefochten.

Keuchend blickte ich mich um. Fellary stand am Kamin und scharrte aufgeregt mit den Hufen.

»Was hast du jetzt vor?« Sissybell saß kerzengerade auf dem Bett und schaute mich erwartungsvoll an.

Nervös fuhr ich mir übers Haar. »Wenn ich das nur wüsste. Was soll ich jetzt machen?« Ich ging einige Schritte im Zimmer umher.

Sissybells Augen verfolgten mich aufmerksam. Sie sahen irgendwie größer und funkelnder aus als sonst. »Du bist eine Mallory, dir fällt schon etwas ein.«

»Wenn ich nur mehr Zeit hätte. Oder Marmelia oder Tante Meg bei mir wären.«

»Natürlich, es wäre einfacher, dieses Gefecht mit einem von ihnen zu bestreiten.« Sie drückte sich seelenruhig das Kissen zurecht. »Aber manche Kämpfe können wir nur alleine gewinnen. Du brauchst sie nicht. Ihre Kraft ist in dir. Hör auf dein Herz. Hör auf die Instinkte einer Hüterin der Magie. Sie werden dir sagen, welcher Weg zum Sieg über Gocinda führt.«

»Ich soll auf meine Instinkte hören? Sissybell, ich bin ein Mensch. Wie nützlich können in mir Instinkte sein, die wir vor Jahrtausenden verloren haben?«

»Du bist ein Mensch, das stimmt schon, aber andererseits bist du nicht wie die anderen. Deine Intuition ist deine Gabe. Das hast du vorhin auch schon unter Beweis gestellt. Also mach es nicht so spannend. Werde dir bewusst, wo du stehst. Blicke hinter die Masken der Welt. Nichts ist, wie es scheint. Das solltest du allmählich wissen.«

Gocindas Schreie wurden lauter.

»Hast du noch das magische Werkzeug?«

Ich wühlte in meiner Tasche und zog den leeren Salzstreuer heraus, danach die Palette mit dem Pinsel.

»Behalte die Palette bei dir. Du wirst sie schon sehr bald brauchen.«

»Aber wie funktioniert sie denn?«, hakte ich nach.

»Das wirst du wissen, wenn es so weit ist.«

Ich glaubte Will zu hören. Hatte er nicht dasselbe zu mir gesagt, als ich ihn auf die Palette angesprochen hatte? Stirnrunzelnd steckte ich das Werkzeug zurück in die Tasche und ließ mich aufs Bett fallen. »Will ist fort. Gocinda hat ihn eingesperrt und es ist allein meine Schuld«, jammerte ich.

Sissybell beugte sich zu mir und verpasste mir einen sanften Pfotenhieb gegen die Wange. »Dann hast du einen weiteren guten Grund, um sie zu besiegen.«

»Aber ohne den Schlüssel schaffe ich es nicht.«

»Denk nach, Dana. So schwer ist es nicht, die Augen zu öffnen. Vielleicht kann ein bisschen Glück nicht schaden.« Sie machte einen Buckel.

»Ich muss irgendetwas übersehen haben«, murmelte ich, während ich ihr über den Rücken strich. »Aber was?« Erneut hallten Wills Worte über die Gabe der Erben von Mallory Manor in mir wider und ich wiederholte sie leise: »Sie kommt aus unseren Herzen.« Ich fasste mir an den Brustkorb und erfühlte mein hastig schlagendes Herz. »Wir sehen das, was wir sehen wollen.« Langsam richtete ich mich auf. Ich blickte zu Sissybell, die nun aufgeregt mit beiden Vorderpfoten auf der Decke tappte. In ihren großen blauen Augen sah ich den Vollmond aufgehen. Maggies Lied kam mir wieder in den Sinn:

Der Schein, er trügt, das Schloss erstarrt
Ein sich'res Gefäß ihn aufbewahrt.

Plötzlich wurde um mich herum alles still. Das Gepolter und Geschrei vor der Tür erstarb von einem auf den anderen Moment. Ein feiner Schleier fiel vor mein Gesicht und ich blinzelte vor mich hin. Die Bilder, die das Buntglasfenster zeigte, waren zum Leben erwacht. Das Einhorn sprang graziös auf die Hinterbeine, sein Horn strahlte im Licht des aufgehenden Vollmondes, genau wie in Sissybells ungewöhnlichen Katzenaugen. Die Pfosten meines Himmelbettes wurden durchsichtig und gaben den Blick frei auf das vollkommene Sternenzelt darüber, das sich mit der Zimmerdecke verband und zu einem großen Ganzen verschmolz. Ich war mir nicht sicher, ob sich das Schloss um mich herum verändert hatte. Vielmehr glaubte ich, endlich begriffen zu haben, was es mit meiner Gabe auf sich hatte. Jetzt sah ich die Welt so, wie sie wirklich war. Jeder neue Tag auf diesem Schloss hatte mich ein Stück weit näher an mich selbst herangebracht. Ich war es, die sich verändert hatte. Ich war eine Mallory.

Einer Eingebung folgend schaute ich zum Kamin. Und tatsächlich, unter dem Gemälde vom Derule-Haus erblickte ich ihn: den Schlüssel zur Magie. Versteckt in einem so sicheren Gefäß, dass niemand darauf kommen würde, ihn dort zu suchen: in einem weißen Pferd mit silberner Mähne – für niemanden sichtbar, außer für den Hüter des Hauses. Er leuchtete aus dem Innern des Pferdes heraus, das ebenso wenig eine Stute war wie Sissybell eine normale Hauskatze.

Andächtig schritt ich auf Fellary zu. Sie glühte unter dem Gewicht der Magie wie der hellste Stern.

»Du bist es«, hauchte ich und legte freudig die Stirn an den Hals des Tiers. »Natürlich, bist du es. Du bist es die ganze Zeit über gewesen. Ich hätte es wissen müssen.«

Fellary wieherte leise, als stimmte sie mir zu. Ohne darüber nachzudenken, schwang ich mich auf ihren Rücken. Ich vergrub meine Hände in ihre Mähne und sie richtete sich auf wie das Einhorn im Fenster. Ich war noch nie zuvor auf einem Pferd geritten, aber auf einmal kam es mir seltsam vertraut vor. Wie konnte das sein? Hatte es etwas mit meiner Hüterrolle zu tun? Mit meinem dreizehnten Geburtstag? Ich wusste es nicht, aber es fühlte sich gut an. Richtig. Vermutlich hatte Fellary nur darauf gewartet, dass ich sie endlich richtig ansah. Dass ich den Schlüssel in ihr erkannte. Zu dumm, dass die Katze das einzige sprechende Tier auf Mallory Manor war – jedenfalls bis jetzt.

Wie aufs Stichwort sprang Sissybell vor mich auf den Pferderücken. »Siehst du?« Sie schnurrte. »Du hast die Fähigkeiten. Deine Augen sind nun geöffnet, jetzt bist du eine wahre Hüterin der Mallorys.«

»Danke sehr, Sissybell.« Ich legte die Hand um sie und drückte sie liebevoll an mich.

»Im Gegensatz zu dir habe ich nie daran gezweifelt. Und jetzt machen wir, dass wir hier wegkommen, und dann zeigst du dieser Hexe, wer das Sagen hat.«

»Einverstanden!«

Mit einem lauten Wiehern galoppierte Fellary auf das geschlossene Fenster zu.

»Fellary!«, stieß ich erschrocken hervor.

»Hab Vertrauen, Dana.« Sissybell ließ sich von mir halten, während ich die andere Hand in der Mähne des Pferdes vergrub. Unwillkürlich schloss ich die Augen, als Fellary zum Sprung ansetzte und einfach durch das Glas hindurchglitt.

Was folgte, überraschte mich über alle Maßen: kein Zersplittern, kein Poltern, kein lebensgefährlicher Aufprall auf dem harten Boden des Schlossgartens. Wir hatten das Unmögliche möglich gemacht. Zum ersten Mal in meinem Leben fühlte ich mich wahrhaft frei.

Vom Himmel geholt

Vorsichtig öffnete ich die Augen, als ich die kühle Nachtluft auf meinem Gesicht spürte. Die Sterne funkelten am Firmament. Der Himmel war wolkenlos. Wunderschön stand der Vollmond über uns und schaute auf Mallory Manor herab. Er wirkte so nah, dass ich am liebsten meine Arme nach ihm ausgestreckt hätte, um ihn zu berühren. Unter uns lagen der Garten und der Friedhof im dichten Nebel. Nur vereinzelt stachen die Formen von Grabmälern daraus hervor. Kalkweiße Lichter erhellten die Nacht vom Boden aus. Sie zischten durch den bleichen Dunst wie übergroße Glühwürmchen und vollführten einen Laternentanz, der bezaubernd anzusehen war.

Ich blickte mich nach meinem Fenster um, von dem wir uns immer weiter entfernten. Ein Lichtschein drang durch das bunte Glas, das völlig unversehrt geblieben war.

Fellary glitt durch die Lüfte, als wäre sie ein Vogel. Eine wahre Meisterin der Flugkunst, geschmeidig und sicher brachte sie uns mit jedem Schritt näher zum Mond. Das Glitzern des Vollmondes erinnerte mich daran, wie Will ausgesehen hatte, bevor Gocinda ihn gefangen genommen hatte. Es war dasselbe Funkeln, das sich auch in Fellary niederschlug. Daran hatte ich sie letztendlich auch erkannt. Der Mond spielte für Mallory Manor eine entscheidende Rolle. Vielleicht stand er uns auch in dieser Nacht zur Seite. Ich wollte glauben, dass er mir dabei half, mein Schicksal anzunehmen und das Schloss von der dunklen Magie der Hexe zu erlösen. In der Nacht meiner Geburt hatte eine Mondfinsternis besondere Kräfte freigesetzt. Womöglich würde das wieder passieren – zu meinen Gunsten. Ich hoffte, dass der Vollmond die Macht von Mallory Manor verstärken würde.

»Sieh nur, Sissybell«, hauchte ich, denn die Aussicht war überwältigend. Von hier oben konnte ich den verwunschenen Wald überblicken und ich sah die Vergissmeinnicht im Mondschein schimmern. Denn dort, wo das alte Cottage einst gestanden hatte, lichtete sich der Nebelschleier. Die Äste der Eichen, die auf dem Friedhof die Zeit überdauerten, bogen sich im Wind. Eine Eule begleitete uns eine Weile auf unserem Flug über Mallory Manor. Erst als Fellary zur Landung ansetzte, verließ sie uns. Wir verloren so schnell an Höhe, dass mir schwindelig wurde. Ich klammerte mich an Fellarys Mähne fest und duckte mich. Vor uns teilten sich die Mauersteine, sie stoben zu beiden Seiten auseinander und bildeten ein Tor, durch das wir zurück ins Innere des Schlosses gelangten. Fellary trabte die letzten Schritte auf dem dunklen Flur entlang.

»Wir sind da«, mauzte Sissybell und sprang munter hinab, während ich mehr oder minder von Fellarys Rücken rutschte, weil sich meine Beine nach dem Sturzflug wie Pudding anfühlten.

An den schmalen Fensterschächten erkannte ich, wo sie uns hingeführt hatte. Wir waren im Ostflügel. Hier versteckte Gocinda die Türen, hinter denen sich Tante Meg und Will befanden. Der älteste Teil von Mallory Manor glich einem

Gruselkabinett. Grauenerregende Schreie erfüllten den langen Korridor, sie drangen aus den Mauern, aus jeder Ecke und jedem noch so kleinen Winkel. Ein eisiger Wind pfiff durch die Burgfenster und verlieh dem ohnehin bereits gruseligen Ostflügel eine Horrorfilmatmosphäre.

»Sei vorsichtig«, flüsterte eine Stimme ganz in meiner Nähe. Es war Maggie. Sie stand in der Mitte des Flurs und zeigte auf eine Wand, deren Mauersteine vibrierten. Ich schloss fest meine Lider, bereit, alles zu sehen, was der Ostflügel verbarg. Erwartungsvoll und mit angehaltenem Atem öffnete ich wieder die Augen. Sofort weitete sich mein Blick. Dort, wo eben noch die Steine auf eine seltsame Art gezittert hatten, war nun eine grüne Tür. Wie die meisten Zugänge im Schloss war auch diese nach oben hin abgerundet. Ich war sicher, dass sie in Gocindas Gemächer führte. Doch wo war die Hexe? Lauerte sie dort bereits auf mich? Ich musste Tante Meg und Will finden, bevor sie wusste, dass ich hier war. Schnell schärfte ich meine Sinne. Es half, mich hinter geschlossenen Lidern auf die verschwindenden Türen zu konzentrieren. Ich sah, wie sie in meinen Gedanken aufflackerten, hörte das Heulen des Schneesturms, in dem sich Tante Meg befand. Mir war, als spürte ich sogar die winterliche Kälte. Die Tür war ganz nah.

»Du musst hier entlang.« Ich ließ mich von Maggies Stimme bis hin zu einer blanken Wand leiten. Vorsichtig tastete ich die Mauern ab und öffnete erst die Augen, als ich das Holz unter meinen Fingern spürte. Mit der Hand fuhr ich die Umrisse nach. Einen Moment später hatte ich die Klinke erreicht. Mit flatterndem Herzen drückte ich sie hinunter.

Aber nichts geschah, sie war verschlossen. Ich schaute mich fragend nach Maggie um. »Sie geht nicht auf.«

Die Kleine legte den Kopf schief und blickte mich mit großen Augen an. Der volle Mond schickte einen Lichtstrahl durch eines der Fenster, direkt auf das hübsche Geistermädchen. »Aber du hast doch den Schlüssel«, antwortete sie ruhig.

Natürlich hatte ich den. Fellary sonnte sich hinter mir vor einem Fenster im Mondlicht. Ihr Fell funkelte dabei wie ein Kristall. Als sie bemerkte, dass ich sie ansah, trabte sie neben mich.

»Und was jetzt?« Ich schaute unsicher in die mich anstarrenden Gesichter.

»Du musst ihr sagen, was sie tun soll«, erklärte Maggie. Fellary leuchtete so hell, dass ich befürchtete, Gocinda herzulocken.

»Fellary«, begann ich mit zittriger Stimme, »bitte öffne diese Tür.«

Die Stute machte einige Schritte rückwärts, als wollte sie Anlauf nehmen, dann stemmte sie sich auf die Hinterhufe. In dem Augenblick, als sie den Kopf nach oben riss, erschien ein strahlendes Horn auf ihrer Stirn, dessen Spitze heller leuchtete als das Mondlicht. Sofort hatte ich das Bild auf dem Buntglasfenster in meinem Zimmer vor Augen. Fellary war kein einfaches Pferd, sie war nicht nur der Schlüssel. Sie war ein waschechtes Einhorn. Natürlich war sie das.

Ergriffen betrachtete ich, wie sie den Kopf senkte und mit dem Horn voran auf die Tür zuging. Und sobald es das Schlüsselloch berührt hatte, glühten dessen Umrisse.

Fellary trat einen Schritt zurück. Staunend sah ich zu, wie sich die Tür langsam öffnete. Dahinter tobte ein heftiger Schneesturm.

»Das hast du großartig gemacht.« Ich klopfte Fellary lobend auf den Hals. Sie schnaubte und trat vor dem frostigen Wind zurück, der uns entgegenwehte.

Zaghaft blickte ich zunächst in den undurchlässigen Dunst. Weißer Dampf stieg daraus empor und wenig später trat jemand aus dem wolkenähnlichen Geflecht heraus. Es war eine Frau. Ihre schmale Gestalt zitterte vor Kälte. Sie sah mitgenommen aus. Aus ihrem schneebedeckten Dutt ragten struppige Haarsträhnen hervor. Das blassrosafarbene Kleid war unten ausgefranst und voller Löcher. Mit einer Hand hielt sich die Frau am Türrahmen fest und blinzelte mir ungläubig entgegen. Sie sah erschöpft aus, als hätte sie eine halbe Ewigkeit hinter jener Tür verbracht – und das hatte sie ja auch. Hüstelnd trat sie auf den Flur hinaus. Ich war überglücklich, sie endlich zu sehen. »Tante Meg?«

Verwirrt schaute sie sich um.

Nach all der Zeit stand sie vor mir – in Fleisch und Blut und sie gefiel mir schon jetzt. In ihren Augen erkannte ich die Frau, die Dad so am Herzen lag. Ohne darüber nachzudenken, umarmte ich sie.

Zuerst war sie etwas überrascht von meiner stürmischen Begrüßung, dann lachte sie leise. »Du musst Dana sein. James' kleine Tochter.« Sie löste sich von mir, um mich genauer zu betrachten. »Na ja, ich sehe schon, ich habe viel zu lange hinter dieser Tür verbracht. Klein bist du auf jeden Fall nicht mehr.« Sie hob mein Kinn mit ihrer Hand an, um mir ins Gesicht sehen zu können. »Vielmehr eine junge Dame. Alt genug, um dein Erbe anzutreten.«

»Tut mir leid, dass es so lange gedauert hat.«

Sie lächelte mich an. »Die Hauptsache ist, dass du mich noch rechtzeitig gefunden hast. Es erfordert viel Geschick, die verschwindenden Türen überhaupt zu sehen. Sie sind Teil der Magie des Hauses, um etwas zu verstecken oder zu bannen. Nachdem Gocinda mich ausgetrickst hatte, verwendete sie meinen eigenen Zauber gegen mich.« Sie seufzte bedauernd. »Es ist meine Schuld, dass Mallory Manor seit nahezu dreizehn Jahren in den Fängen dieser Hexenfürstin ist.«

»Das ist wahrscheinlich ein Berufsrisiko«, sagte ich und schenkte ihr ein mitfühlendes Lächeln. »Ich verspreche dir, wir kriegen das wieder hin und holen uns Mallory Manor zurück.« Ich war selbst über meine Zuversicht verwundert. Doch jetzt, da ich die wahre Tante Meg an meiner Seite hatte, fühlte ich mich stärker.

Tante Meg beugte sich zu Sissybell hinunter und kraulte sie hinter den Ohren. »Und du, meine treue Freundin. Wie schön es ist, dich zu sehen. Es muss furchtbar gewesen sein, das Schloss mit dieser Hexe zu teilen.«

»Wir sind lange genug hier, um zu wissen, dass so etwas geschehen kann, Meg«, sagte Sissybell unter wohligem Schnurren. »Wir kennen die Gefahren.«

Tante Meg lächelte, richtete sich auf und strich Fellary über den Hals. An der Art und Weise, wie Sissybell und Fellary sie ansahen, erkannte ich, dass beide sie sehr achteten. Mir wurde bewusst, dass es für mich nicht leicht werden würde, in ihre Fußstapfen zu treten.

»Mama?!«, meldete sich ein zartes Stimmchen. Kurz darauf tauchte Maggie vor mir auf und ich sah, wie die Augen meiner Tante zu leuchten begannen.

»Mein liebes Kind.« Sie schloss ihre Tochter in die Arme und sobald sie sie berührt hatte, festigte sich Maggies Körper. Nun sah sie lebendig aus – genauso lebendig wie Will für mich.

»Du hast es also geschafft, es Dana auszurichten.« Tante Meg küsste ihre Tochter auf den Schopf.

Ich runzelte die Stirn. »Wie hat sie dich hinter der Tür erreichen können?« Maggie blickte zu ihrer Mutter auf, als wollte sie die Antwort auf meine Frage von ihr hören.

»Das Band zwischen einer Mutter und ihrem Kind ist stark. Und es lässt sich nicht aussperren, selbst dann nicht, wenn wir uns in unterschiedlichen Welten bewegen.«

»Dann wusste sie, wo Gocinda dich versteckt?«

Sie schüttelte den Kopf. »Wir waren stets getrennt durch eine Mauer, doch unsere Herzen blieben miteinander verbunden. Der Türenzauber ist mächtig, doch die Liebe zwischen Mutter und Kind ist mächtiger. Deshalb war es Maggie möglich, dir einen Hinweis zu geben, der nur für Hüter bestimmt ist. Du bist die Erbin Mallorys und du allein kannst die Türen finden und öffnen – mithilfe des Schlüssels, versteht sich.« Sie bedachte Fellary mit einem wohlwollenden Blick. Ich musste an Mum denken und Wehmut stieg in mir auf. Tante Meg und Maggie blieben eine Weile fest umschlungen. Ein bisschen traurig betrachtete ich sie, bis Tante Meg sich aufrichtete. Entschlossen sah sie mir ins Gesicht.

»Und jetzt werden wir diese Hexe dahin zurückschicken, wo sie hingehört!«

Ich nickte beherzt. »Ja, das werden wir. Doch vorher muss ich noch eine andere Tür finden. Gocinda hat auch Will eingesperrt.«

»William Derule?« Tante Megs Brauen schnellten hoch.

Ich nickte bekümmert.

»Verstehe. Dann mach schnell.« Tante Meg drückte mich noch einmal kurz. »Wenn du so weit bist, komm in die Bibliothek. Ich werde dort alles für die Verbannung von Gocinda vorbereiten. Wir müssen uns beeilen.«

»In Ordnung«, raunte ich. Jetzt klang ich nicht mehr so mutig, aber es war zu spät, um umzukehren. Ich musste auch Wills Tür finden. Wehmütig sah ich dabei zu, wie Tante Meg und Maggie in Richtung Bibliothek aufbrachen. Währenddessen wurde das Schloss auf ein Neues von einem mächtigen Poltern erschüttert, sodass der Putz von der Decke bröckelte. Zu beiden Seiten des Flügels gruben sich breite Risse ins Gemäuer. Der gesamte Trakt schien vom restlichen Teil des Schlosses abzubrechen. Aus dem Boden drang ein grässliches Dröhnen. Es knirschte und krachte. Schließlich tat sich vor mir ein Abgrund auf, aus dem schwarzer Rauch stieg. Fellary und Sissybell konnten gerade noch zur Seite springen. Ein Rattern ertönte hinter mir und Fellary wieherte nervös, gleich darauf erlosch ihr Glühen und sie versteckte sich in den Schatten der Mauern. Das Rattern wurde zu einem ohrenbetäubenden Knall. Hastig fuhr ich herum. In dem Moment schwang die grüne Tür auf. Eine Dampfwolke strömte daraus hervor, dicht gefolgt von einem Libellenschwarm, der sich zischend auf den Korridor verteilte. Wenig später erschien Gocinda. Aufgebracht schnaubte sie durch die geweiteten Nasenlöcher und preschte sofort auf mich los. Ihre langen, dürren Beine schritten mühelos über den Abgrund hinweg. »Du bist des Todes, Dana Mallory!«, verkündete sie mit dunkler Stimme.

Ich wich zurück, doch bevor ich wusste, was geschah, hatte sie ihren rechten Arm wie ein Seil um meine Kehle gewickelt. Gewaltsam presste sie mich mit dem Rücken gegen die Wand. Ich kam so hart auf, dass mir für einen Moment die Luft wegblieb. Weißer Staub rieselte von der Decke auf mich herab. Über uns bildete sich ein Loch im Dach, das den Nachthimmel zeigte. Ziegel knallten hinter Gocinda auf den Boden. Ganze Balken fielen in den dampfenden Abgrund.

Davon unbeeindruckt zog sie den Arm enger um meinen Hals. »Du wirst mir Mallory Manor nicht wegnehmen«, knurrte sie. »Dreizehn verdammte Jahre habe ich in dieser gebrechlichen Menschengestalt verbracht. Jetzt bin ich dran. Gib mir den Schlüssel oder du wirst sterben.«

Vergeblich versuchte ich, den Boden unter meinen Füßen zu fühlen, meine Kräfte heraufzubeschwören, so wie ich es nach Wills Gefangennahme getan hatte. Doch ich war wie gelähmt. Verzweifelt zappelte ich in der Luft wie ein Fisch am Haken, während die Hexe den Griff um meine Kehle weiter verstärkte. Hilfe suchend und keuchend richtete ich den Blick hinauf zu den Sternen. Da hörte ich, wie ein Gewitter heranrollte. Es schien wie aus dem Nichts zu kommen. Der lauter werdende Donner hallte in meinen Ohren. Ich röchelte, mein Gesicht begann unter der abgeschnürten Blutversorgung zu kribbeln. Kraftlos schaute ich hinter Gocinda. Stand dort jemand? Für den Bruchteil einer Sekunde glaubte ich, eine Frau zu sehen. Doch es war nicht Tante Meg, es war auch nicht Marianne.

Es war ... meine Mum! Für mich sichtbar zählte sie an den Fingern die Entfernung des Gewitters ab. Und stumm tat ich es ihr nach. Als sie sieben Finger hochhielt, geschah es: Ein Blitz drang durch das Loch im Dach und fuhr direkt in die Hexe hinein. Sie schrie auf und löste ihren Griff.

Japsend umfasste ich meine Kehle. Der Blitz hatte der Hexe zugesetzt, mich aber verschont. Konnte es wahr sein? Hatte Mum ihn geschickt, um mir zu helfen? War dies das Band zwischen Mutter und Kind, von dem Tante Meg gesprochen hatte? Als ich wieder zu Atem gekommen war, blickte ich mich nach Mum um, doch sie war fort. Der Blitz hatte Gocinda auf die Knie gezwungen. Er entlud sich langsam in ihrem Haar, das nun elektrisiert abstand. Schnaufend hatte sie das Gesicht zum Boden gerichtet. Funken sprühten aus ihr heraus, während sie sich auf die wackeligen Beine stellte. »Jetzt habe ich endgültig meine Geduld verloren!«, krächzte sie und ging erneut auf mich los. Doch der Blitzschlag hatte sie verwundet. Ihre Haut war verbrannt. Sie wirkte viel kraftloser als zuvor, aber auch ich hatte meinen Atem noch nicht wiedererlangt. Meine Kehle brannte.

Ich presste mich schützend mit dem Rücken an die Wand. Bevor Gocinda mich erreichen konnte, ertönte ein bedrohliches Fauchen. Sissybell sprang auf die Schulter der Hexe und krallte sich darin fest. Gocinda brüllte und taumelte zurück. In dem Versuch, die Katze von sich abzuschütteln, drehte sie sich fluchend mehrmals um die eigene Achse. Eine Mischung aus Katzengeschrei und wütendem Jaulen durchzog den Ostflügel – oder das, was von ihm noch übrig war.

»Runter von mir, du streunendes Mistvieh!«, schrie sie, als sie Sissybell mit beiden Händen zu packen bekam und sie von sich wegschleuderte.

Sissybell überschlug sich in der Luft und prallte anschließend wie eine Stoffpuppe gegen die Mauern.

Erschrocken hielt ich die Hände vor den Mund, um einen Aufschrei zu unterdrücken. Doch es gelang mir nicht. »Oh mein Gott, Sissybell!« Die Katze sank auf dem Boden reglos in sich zusammen.

Gocinda fuhr sich zufrieden mit den Fingern über den zerkratzten Hals, aus dem schwarzes Blut strömte. Sie sah ramponiert aus. Zerstreut zupfte sie sich ihr schwarzes Kleid zurecht und fuhr sich vergeblich durch ihr dünnes, strähniges Haar, das nach dem Blitzschlag nach wie vor abstand und dampfte. Hämisch lachte sie auf und wandte sich mir zu, um dort weiterzumachen, wo sie aufgehört hatte.

Bevor ich mich wehren konnte, wickelte sich ihr Arm erneut um meinen Hals. Sie drückte mir die Luft ab und allmählich wurden meine Augen glasig. Ich schlug verzweifelt um mich, doch sie war zu stark. Wieder hörte ich das Gewitter grollen. Blitze erhellten den Nachthimmel, oder war es diesmal etwas anderes? Mit letzter Kraft schloss ich meine Augenlider. Ich konzentrierte mich auf Fellary, auf den Schlüssel der Magie des Hauses. Er war zu mir gekommen und deshalb sollte er auch nur mir gehorchen und nicht ihr.

In Gedanken rief ich nach ihm, und bevor mir die Luft zum Atmen gänzlich wegblieb, kam ein Leuchten aus den Schatten des Ostflügels. Es war so hell, dass es durch meine geschlossenen Lider drang. Gocinda heulte auf. Sie ließ von mir ab und ich schnappte nach Luft. Erleichtert umfasste ich meine schmerzende Kehle und öffnete die Augen.

Fellary erhellte mit ihrem Glanz den gesamten alten Schlosstrakt. Ihr Leuchten blendete die Hexe, sodass sie sich verzweifelt die Hände vors Gesicht warf. Das Licht des Einhorns schien sie zu lähmen. Und dann sah ich es: Die Hexe begann zu schrumpfen, zuerst auf Menschengröße, dann wurde sie immer kleiner und kleiner, je näher Fellary an sie herankam. Als sie nur noch einen halben Meter maß, ging ich auf sie zu. Mit piepsender Stimme verfluchte sie mich und meine Ahnen ein weiteres Mal, aber das rührte mich nicht. Sie hatte keine Macht mehr über uns – nicht mehr. Sie hatte verloren.

»Jetzt bekommst du, was du verdienst«, sagte ich heiser. Kaum hatte ich das zu ihr gesagt, spürte ich die Palette in meiner Tasche. Sie war warm und vibrierte leicht, als wollte sie herausgeholt werden. Langsam zog ich sie hervor und hielt den Atem an. Da war ein Flüstern, nein, eine innere Stimme. »Marmelia«, hauchte ich. Kurz betrachtete ich die Farbpalette ehrfürchtig. Ich lauschte Marmelias Stimme, die mir verriet, was mit der Palette und dem Pinsel zu tun war.

In Gocindas Augen spiegelte sich pures Entsetzen. »Das wagst du nicht«, polterte sie. »Das wirst du nicht tun, du ungezogene Göre.« Sie versuchte zu fliehen, aber Fellary beugte den Kopf und ihr Horn strahlte umso intensiver. Gocinda, die nun nichts weiter war als ein klägliches Häufchen Elend, war vom Licht der weißen Magie eingeschlossen. Wütend stampfte sie mit dem Fuß auf den Boden und sah dabei aus wie ein trotziges Kind. »Das wirst du noch bereuen!«, versprach sie, als ich sie mit dem Zauberpinsel berührte. »Ich komme wieder. Ich werde nicht ruhen und immer wiederkehren!« Mit diesen Worten zersetzte sie sich in die Farben, aus denen sie bestand.

Ich zog die grünbraune Pfütze, die sich auf dem Boden gebildet hatte, mit dem Pinsel auf die Palette.

»Dort kannst du keinen Schaden mehr anrichten.« Ich atmete erleichtert auf. Noch konnte ich es nicht richtig fassen. Die Hexe war besiegt. Ich hatte es tatsächlich geschafft. Es war vorbei.

Erleichtert atmete ich durch, bis mein Blick auf Sissybell fiel. Schnell sprang ich über den Abgrund hinweg, um nach ihr zu sehen. Vor ihr ging ich auf die Knie. Sie lag auf der Seite und atmete nicht. Vorsichtig drehte ich sie um und fühlte ihren Herzschlag. Verzweifelt presste ich mein Ohr auf ihren pelzigen Bauch. Nichts. »O nein«, wimmerte ich. »Sissybell!« Ich umschloss sie mit meinen Armen und hielt sie ganz fest. »Du darfst nicht tot sein.« Ich drückte sie an mich und Tränen quollen aus meinen Augen. Sie hatte versucht, mich zu beschützen, und dabei ihr Leben verloren. Ich fühlte mich unsagbar traurig und schuldig zugleich. Sissybell, ein wichtiger Teil von Mallory Manor, hatte meinetwegen ihr Leben gelassen. Weinend sank ich in mich zusammen. »Es tut mir so leid, Sissybell.« Ich streichelte sie am Kopf und küsste sie zwischen den flauschigen Ohren, dort, wo ihr Fell besonders weich war. Hastig wischte ich mir die Tränen aus dem Gesicht. Mit der tränennassen Hand stützte ich mich von der Wand ab, um aufzustehen, während meine andere Sissybell fest umschlossen hielt. Schniefend ging ich zu Fellary, auf deren Rücken ich

Sissybell bettete. Anschließend lehnte ich meinen Kopf an den Hals des Einhorns. »Ohne dich wären wir alle verloren gewesen. Ich danke dir!« Fellary ließ ein leises Schnauben hören. Ihr Leuchten war blasser geworden. Dafür erhellte nun ein anderes Licht den Ostflügel. Zaghaft blickte ich aus einem der schmalen Fenster. Ich sah zum Mond hinauf, der allmählich vom Firmament verschwand. Der Morgen dämmerte bereits und draußen, hinter den hohen Bäumen des verwunschenen Waldes, strebten die ersten Sonnenstrahlen den Himmel hinauf. Sie fielen auf die Wand, gegen die Sissybell geprallt war und die ich gerade mit tränenbenetzter Hand berührt hatte. Erst war es nicht deutlich zu erkennen, doch dann nahm die Silhouette einer Tür klare Formen an. Bald darauf gab sie den Blick auf ein Tor frei. Und inmitten des Bogens stand Will. Er lächelte mir entgegen. Zuerst konnte ich nicht glauben, was ich sah. Hatten meine Tränen ihn etwa befreit?

Ich rannte los und warf mich ungestüm in seine Arme, sodass er ins Schwanken geriet. »Ich dachte, ich würde dich nie wiedersehen«, murmelte ich in sein Hemd.

»So schnell wird man mich nicht los.« Ich hörte sein charmantes Lachen und stimmte mit ein.

»Und?«, fragte er bedächtig und nahm dabei die Verwüstung hinter mir zur Kenntnis. »Was habe ich verpasst?«

»Och, nur den Kampf auf Leben und Tod gegen die mächtigste böse Hexe des Landes.«

»Wow! Dann ist es also vorbei?«

Ich nickte.

»Das muss ich den anderen Geistern erzählen. Du hast das geschafft ... ohne mich. Hut ab!« Einen Moment lang sah er mich verunsichert an, dann tat er enttäuscht. »Konntest wieder nicht auf mich warten, was?«

Ich zuckte grinsend mit den Schultern. »Du warst ja andernorts beschäftigt.«

»Und wie! Das war echt gruselig da drin.«

Das ausgerechnet von einem Geist zu hören, ließ mich schmunzeln.

»Was ist mit Tante Meg?«

»Ihr geht's gut. Sie ist mit Maggie in der Bibliothek und bereitet alles vor, um die Hexe wieder ins Gemälde zu bannen.« Ich konnte ein Seufzen nicht unterdrücken.

Will kniff seine Augen zusammen. »Was ist denn? Es sind doch wohl keine Opfer zu vermelden?« Seine Frage sollte aufmunternd klingen, aber in mir rief sie einen traurigen Gedanken wach, der sich sogleich in meinem Gesicht widerspiegelte.

Will wurde ernst. Er hob mein Kinn an. »Es sind doch alle unverletzt, oder?«

Ich brachte es nicht übers Herz, ihm von Sissybell zu erzählen. Ich wusste, wie wichtig sie ihm war. Auch mir war sie in den vergangenen Wochen sehr ans Herz gewachsen, aber Will und Sissybell hatten viele Jahre zusammen auf Mallory Manor geteilt – vielleicht sogar Jahrhunderte?

»Ist etwas mit Marianne oder Igor? Dein Dad?« Ich verneinte wortlos. Er packte mich sanft an den Oberarmen und rüttelte mich auf. »Raus mit der Sprache!«

Ich fasste mir an die Stirn und schluchzte. »Sie wollte mich beschützen. Sie hat sich auf Gocinda gestürzt. Sissybell war eine wahre Heldin!«

Wills Gesicht entspannte sich. Seine Augenbrauen schnellten hinauf und er ließ mich los. »Die Katze also.«

»Ja«, bestätigte ich in einem jammervollen Ton.

Will hob die Hand und zeigte hinter mich. »Ähm ... meinst du diese Katze da?«

Schniefend drehte ich mich um. Vor Staunen fiel mir die Kinnlade hinunter. Auf Fellarys Rücken saß Sissybell, putzmunter wie eh und je. Ich wusste nichts mehr zu sagen, außer: »Das ... das ist ein Wunder.« Fahrig blickte ich abwechselnd zu Will und Sissybell. »Ich schwör's dir, sie war tot.«

Will musterte mich und lächelte verschmitzt. »Unwissenheit ist die Nacht des Geistes, eine Nacht ohne Mond und Sterne.«

»Würdest du mich bitte mit deinen Weisheiten verschonen. Was redest du da schon wieder?«

»Konfuzius.«

Er zuckte mit den Schultern. »Hast du etwa noch nie etwas davon gehört, dass Katzen neun Leben haben?«

»Ja ... doch, habe ich. Aber ich dachte ... ach, ist schon gut.«

Wie ich mich doch getäuscht hatte. Aber ich war noch nie zuvor glücklicher darüber gewesen, falschgelegen zu haben.

Ich ging zu Fellary, stieg auf ihren Rücken und kraulte Sissybell über den Kopf. »Ich danke dir von ganzem Herzen. Und ich danke auch dir, Fellary.« Liebevoll strich ich über den Hals des Einhorns.

»Und was ist mit mir?« Will trat an uns heran und gab sich gekränkt.

Ich lächelte verhalten. »Dazu komme ich noch, aber jetzt

muss ich ganz schnell in die verbotene Bibliothek. Ein Gemälde wartet dort auf mich.«

»Dann solltest du es nicht länger warten lassen. Die Sonne geht schon langsam auf.«

Ich war gerade dabei, loszureiten, als mich Will zurückrief. »Dana?«

Gespannt wandte ich mich im Sattel um.

»Herzlichen Glückwunsch zum Geburtstag!«

»Danke«, hauchte ich. Fast hätte ich es vergessen. »Wir sehen uns unten?«

Er nickte freudig.

Fellary lief über die Flure und schwebte die große Freitreppe hinunter. Das Moos und der Sonnentau klebten vertrocknet am Geländer. Unten hatte sich Igor aus seinem Schleimgefängnis befreit. Er wischte gerade die verbliebene glibbrige Masse von sich und machte sich, als wäre nichts gewesen, wieder daran, die restlichen Kröten und Schnecken aus dem Haus zu jagen. Im Licht der Sonne lösten sie sich auf, sodass nichts mehr von ihnen übrig blieb. Das Schloss war dabei, sich von Gocinda zu erholen. Die unheimlichen Stimmen waren verstummt. Wo auch immer Fellarys Hufe auf den Marmor auftrafen, war es wie ein heilender Balsam. Die dunkle Farbe wich einem glänzend weißen Boden. Ein leichter Wind trug uns in die verbotene Bibliothek. Er war wie das behagliche Aufatmen einer Welt, die viel zu lange gefangen gewesen war.

Zeit der Hüter

Die Tür zur verbotenen Bibliothek öffnete sich vor uns wie von Zauberhand. Sissybell sprang von Fellarys Rücken und setzte sich vor den Eingang. Sie erinnerte mich in diesem Moment an eine ägyptische Statue. Ich ritt bis zum Stammbaum, der immer noch tief verwurzelt in der Mitte des Raumes aufragte. Eilig stieg ich ab. Ich hatte die Fenster genau im Blick, als ich zu dem leeren Gemälde rannte, wo Tante Meg mit Maggie auf mich wartete. Nach allem, was sie mit Gocinda durchgemacht hatte, war es für mich immer noch wie ein Wunder, sie so quicklebendig zu sehen. Ich war unendlich froh, dass ihr nichts geschehen war. Hinter mir betraten nun auch Marianne und Igor die Bibliothek. Auf Mariannes Haube prangten noch grüne Schleimkleckse.

»Morpus-Monius-Flecken«, schimpfte sie, während sie einen glibbrigen Faden von ihrer Schürze entfernte. »Die kriege ich nie wieder raus.« Offenbar hatte die Hexe auch sie mit dem Schleim außer Gefecht gesetzt. »Endlich hat das alles ein Ende.« Marianne fiel meiner Tante überglücklich in die Arme. »Miss Meg! Es geht Ihnen gut.«

»Dank unserer Dana. Sie hat sich als wahre Hüterin bewiesen«, lobte mich meine Tante und ich spürte, wie meine Wangen erröteten.

»Schön, dass Sie wieder da sind, Madame.« Igor verneigte sich förmlich vor ihr.

»Dann kann die Verbannung ja losgehen.« Tante Meg strich sich eine Haarsträhne aus dem Gesicht.

Marianne kicherte. »Das will ich mir auf gar keinen Fall entgehen lassen.«

Igor nickte zustimmend. »Ein bedeutsamer Moment!«

Ich lächelte die beiden an, als sie sich um das leere Gemälde versammelten. Demütig machte ich einen Schritt darauf zu. Der Duft von Lavendel und Rosmarin lag in der Luft und ich sah die rauchenden Zweige in Tante Megs Hand. War das die Vorbereitung, von der sie gesprochen hatte?

»Wir wären dann so weit«, sagte sie an mich gewandt. »Bereit?« Maggie hatte sich zärtlich an ihre Mutter gekuschelt.

Ich biss nervös die Zähne aufeinander, während ich in die Gesichter der Umstehenden blickte. Marianne, Igor, Tante Meg und Maggie – sie alle sahen mich erwartungsvoll an. Vorsichtig holte ich die Palette aus meiner Tasche hervor und betrachtete sie stirnrunzelnd. Die grünbraune Farbe schien getrocknet zu sein, zumindest war noch alles auf seinem Platz. »Eigentlich weiß ich gar nicht, was ich jetzt tun soll«, gab ich leise zu.

Tante Meg schenkte ihrer Tochter einen liebevollen Blick, dann trat sie an meine Seite. »Du weißt es. Es liegt dir im Blut. Marmelia hat dich für diese Aufgabe vorgesehen. Sie wird dich auch dieses Mal führen.« Sie berührte meine Hand. Und automatisch griff ich nach dem magischen Pinsel.

»Horch in dich hinein. Dort findest du die Antwort«, hörte ich Marmelias Stimme in meinem Kopf. Ich wusste, dass sie es war. Sie war mir vertraut, weil sie mich bereits seit langer Zeit begleitete. Das war mir jetzt klar.

Ich holte tief Luft, dann tunkte ich den Pinsel in Gocindas Grün und Braun. Erst als ich sie mit dem Pinsel berührte, erhielten sie ihre flüssige Konsistenz zurück. Sogleich sogen sich die Borsten damit voll. Ich ließ mich von Marmelia führen und strich mit dem Pinsel über das leere Gemälde. Was dann geschah, war einfach unglaublich. Die Farben gingen auf die Leinwand über und verteilten sich selbstständig. Es war, als würde jemand Gocinda erneut porträtieren. Strich für Strich fügte es sich am Ende zum perfekten Bildnis zusammen. Nach kurzer Zeit war es fertig und Gocinda blickte uns grimmig entgegen.

»Nur noch eine winzige Kleinigkeit fehlt.« Tante Meg deutete Marianne an, vorzutreten.

»Oh ja, kleinen Moment noch«, sagte diese und begann, fieberhaft in ihrer Schürzentasche zu wühlen. »Du hast nicht zufällig noch etwas übrig?« Ihre Frage war an mich gerichtet, doch ich wusste nicht recht, worauf sie hinauswollte. »Wo hab ich's denn, wo hab ich's denn«, nuschelte sie, während sie den gesamten Inhalt ihrer Tasche in Igors ausgestreckte Hände entleerte. Zum Vorschein kam ein Handfeger, ein kleines Stückchen Schweizer Käse, ein paar Kronkorken und eine Maus. »Upsala.« Mit Zeigefinger und Daumen hielt Marianne das Nagetier am Schwanz in die Höhe. »Seit wann trag ich dich denn mit mir rum?« Achtsam setzte sie die Maus auf den Boden. Sofort verschwand sie hinter den Regalen. Marianne suchte weiter und wurde endlich fündig. »Ah, da ist er ja.« Sie zwinkerte mir zu. »Wie gesagt, man sollte immer etwas davon griffbereit haben.«

Marianne hielt Tante Meg einen kleinen Salzstreuer hin.

Diese jedoch hob ablehnend die Hand und tat einen Schritt zur Seite. »Ich überlasse dir den Vortritt, liebe Marianne.«

Gespannt sah ich zu, wie Marianne näher an das Gemälde heranging und entschlossen den Salzstreuer zückte. »In diesem Fall übernehme ich das besonders gern.« Sie lehnte sich zu mir. »Und dabei hat die Hexe gedacht, alles Salz aus dem Haus geschafft zu haben.« Amüsiert seufzte sie. Mein kritischer Gesichtsausdruck schien sie zu belustigen. »Da fehlt noch die Würze«, stellte sie klar, dann streute sie eine nicht unerhebliche Menge Salz über das Gemälde. »Das ist für die widerlichen Gerichte, die ich kochen musste.« Es folgte ein lautes Puff. Marianne kam so richtig in Fahrt. Sie streute weiter. »Und das ist für die Sache mit dem Ofen.« Gelblicher Rauch stieg aus dem Bild empor. »Und das für die Unordnung im Schloss, die ich dreizehn Jahre lang mit ansehen musste.« Das Gemälde ruckelte kurz an der Wand, dann kam es zum Stillstand. Das Bild wirkte so unscheinbar, und doch ging von ihm eine starke Aura aus. Ich konnte sie spüren.

»Das Salz hat ihr den Rest gegeben«, erklärte Will, der sich unbemerkt zu uns gesellt hatte.

»Hallo William«, begrüßte ihn Tante Meg mit einem Lächeln.

Er verneigte sich vor ihr.

»Salz ist das natürliche Mittel gegen allerhand dunkle Kreaturen«, erklärte Tante Meg mir.

»Ja, so was Ähnliches dachte ich mir schon.«

»Mallory Manor wird sich von ihrer Anwesenheit erholen. Gocinda ist gebannt und wird es bleiben. Von jetzt an werden wir jedoch besondere Vorkehrungen treffen, wenn eine Mondfinsternis naht.« Tante Meg betrachtete das Gemälde eingehend.

Gemeinsam starrten wir noch eine Weile zur Wand. Vor uns hing ein künstlerisches Meisterwerk. Niemand hätte geglaubt, dass es mehr war als nur das harmlose Abbild einer der gefährlichsten Frauen Englands. Aber es war ihr persönlicher Kerker. Von jetzt an und für alle Zeiten.

Der Pinsel glomm ein letztes Mal auf und die Palette blieb reinweiß in meiner Hand zurück. Sie war leer.

Tante Meg trat noch einmal nah an das Bild heran. »Sieh an, sieh an. Gerade mal dreizehn und schon hast du eine der heimtückischsten Kreaturen der Welt gebannt. Wenn das kein guter Start als Hüterin der Magic ist.« Sie nickte lobend. »Und bei dieser Gelegenheit: Alles Gute zum Geburtstag, Dana.« Tante Meg umarmte mich fest, danach drückten mich auch Igor und Marianne an sich.

»Herzlichen Glückwunsch«, sagte Igor mit seinem rumänischen Akzent, der mir bereits so vertraut war.

Marianne hielt mir freudig den Salzstreuer hin. Rasch kramte sie in ihrer Schürze und zog ein rosa Bändchen daraus hervor. Flink wickelte sie es um das kleine Glas. »Mein Geschenk an dich. Als Hüterin kannst du nie genug davon haben. Es hilft verlässlich gegen Hexen, Dämonen, böse Geister, Gremlins und … fades Essen.« Sie kicherte gelöst.

Verlegen nahm ich den Salzstreuer in meine Hand. »Das … ähm … wäre doch nicht nötig gewesen«, bedankte ich mich.

»Oh doch. Jede Erbin braucht ausreichendes Werkzeug.«

»Ja, ja«, betonte Igor. »Es ist an der Zeit. Sieh doch, du

hast bereits deine erste Nennung.« Er deutete auf die kleine Tafel unterhalb des Gemäldes.

Nun trat auch ich an das Bild heran und las die Worte laut vor: »Gocinda, Hexenfürstin von Britannien. Gebannt am 02. August 2019 von ...« Ich stockte, denn dort stand in fetten schwarzen Buchstaben mein Name: »Dana Mallory!« Ich war sprachlos. Marianne legte den Arm um mich und Igor verneigte sich sogar vor mir.

Will las die Worte nochmals mit schmalen Augen. »Aber da steht ja nur die halbe Wahrheit.«

Mit einem Stirnrunzeln schaute ich Will an, der sofort nachlegte. »Wo bitte wird erwähnt, dass dir ein mutiger, junger Geist dabei geholfen hat, die Hexenfürstin zu bezwingen?« Er grunzte halblaut. »Schon gut, war nur ein Witz. Den wichtigsten Teil hast du ja ganz gut allein geschafft, Dana. Ich meine, für ein Mädchen aus der Stadt – gar nicht mal so schlecht.«

»Ach, William.« Tante Meg lachte kopfschüttelnd. »Einfach unverbesserlich.«

Auch ich konnte mir ein Lachen nicht verkneifen. »Aber eigentlich hat er da nicht ganz unrecht.« Ich wandte mich ihm zu. »Ohne dich hätte ich es wirklich nicht geschafft.« Mein Blick glitt zu Marianne und Igor, zu Tante Meg und Maggie. Zum Schluss ruhten meine Augen auf Sissybell, die sich im Türrahmen sitzend teilnahmslos das Schnäuzchen leckte, und auf Fellary, die unweit davon entfernt eines der Bücher zwischen ihrem Kiefer zermalmte.

»Oje«, klagte Tante Meg und sprintete zum Einhorn. »Ich hoffe, das ist nicht schon wieder die Lektüre über den florentinischen Meerjungfrauenfluch. Die schmeckt ihr nämlich besonders gut.« Sie versuchte, Fellary das Buch zu entreißen. Kurz sah ich ihr dabei zu, dann schaute ich wieder in die mich umgebenden Gesichter. Ich war glücklich, solche Freunde gefunden zu haben. Glücklich und dankbar. »Ohne euch alle wäre Mallory Manor verloren gewesen. Ihr seid ein Teil dieses Schlosses und seiner Erlösung ... genau wie ich.«

»Genug der Worte, jetzt wird erst mal Geburtstag gefeiert.« Beschwingt scheuchte Marianne Igor aus der Bibliothek. »Punsch und Muffins im Salon, in fünf Minuten«, kündigte sie noch an. »Es ist bereits alles vorbereitet, denn ich habe zu keiner Zeit an unserer Dana gezweifelt.«

Tante Meg nickte mit hochgezogenen Augenbrauen, während sie mit dem angekauten Buch in den Händen zu mir kam. Erschrocken schaute sie an sich hinunter. »Ich sehe ja furchtbar aus. Für eine Feier bin ich nicht standesgemäß gekleidet. Wenn ihr mich also noch kurz entschuldigt.« Sie lächelte mir zu, verstaute die Lektüre in einem der oberen Regale und verschwand dann ebenfalls zur Tür hinaus.

Maggie verflüchtigte sich mit einem leisen Kichern. Ihr Lachen hallte noch eine Weile nach. Es klang viel glücklicher als zuvor. Leichter und frei.

Die Sonne tauchte die Bibliothek allmählich in ein sanftes Licht. Wie ein Scheinwerfer traf es auf die hohen Bücherreihen.

»Lass es uns einfangen«, rief Will, und bevor ich michs versah, zog er mich am Arm die geschwungene Wendeltreppe hinauf. Dorthin, wo das Licht die Bücher golden färbte.

Wir waren auf der Höhe des runden Fensters angekommen

und ich blickte sehnsüchtig hinaus. Ich spürte, wie Wills Augen auf mir ruhten, und mir stieg unvermittelt die Hitze ins Gesicht.

»Ich hab dich gar nicht gefragt, was du dir zum Geburtstag wünschst«, sagte er reuig.

In dem Moment wurde mir bewusst, dass ich zum ersten Mal seit Mums Tod wunschlos glücklich war. Denn jetzt hatte ich die Gewissheit, dass sie mich nie wirklich verlassen hatte. Sie war immer bei mir gewesen – so auch vergangene Nacht im Ostflügel. Endlich hatte ich meine ständige Angst vor Enttäuschungen abgelegt. Nicht nur, weil ich auf Mallory Manor wahre Freunde gefunden hatte, sondern auch, weil das Vertrauen in mich selbst zurückgekehrt war. Und zu wissen, wer ich wirklich war, gab mir eine Vorstellung davon, wer ich noch sein konnte. Bei dem Gedanken musste ich lächeln.

Will deutete meinen Gesichtsausdruck. »Dann ist also kein Wunsch offen geblieben?«

Ich schmunzelte. Langsam drehte ich mich zu ihm um, sodass ich ihm direkt in die Augen schauen konnte. »Hm«, machte ich geheimnisvoll und legte den Kopf schief. »Nicht für mich selbst, und irgendwie doch.« Ich dachte dabei an die traurige Tatsache, dass Will viel zu früh gestorben war. Er würde nie erwachsen sein. Niemals älter werden – im Gegensatz zu mir. »Nun ja, da gibt es schon das ein oder andere, das ich mir wünschen würde«, verriet ich, nachdem ich den Gedanken zu Ende geführt hatte.

»Ach ja?« Er hob erwartungsvoll die Augenbrauen und beugte sich vor. »Zum Beispiel?«

Zögernd schüttelte ich den Kopf. »Vielleicht erzähl ich's

dir irgendwann.« Ich lächelte verschmitzt, dann näherte ich mich ihm bis auf wenige Zentimeter und küsste ihn auf die Wange.

Im ersten Moment schien er überrascht. Als ich aufsah, bemerkte ich, wie er puterrot anlief.

»Wofür war der denn?«, fragte er verdutzt und fuhr sich verlegen über die Wange.

Ich lächelte breit. »Ach, mir war einfach danach.«

Zusammen standen wir für einen Moment gegen die Bücher gelehnt und schauten aus dem runden Fenster.

»Glaubst du, dass es etwas gibt, dass das Unmögliche möglich macht?«, fragte ich.

»Ich glaube fest daran, dass nichts unmöglich ist.«

Ich musterte ihn lächelnd von der Seite, denn ich teilte seine Meinung. Wie könnte ich nach allem, was ich auf Mallory Manor erlebt hatte, noch daran zweifeln? Das Schloss beherbergte sämtliche Magie der Erde, warum sollte es nicht auch eine Macht geben, die stark genug war, Will wieder lebendig zu machen? Ich sprach es nicht laut aus, aber für mich stand fest: Ich würde alles versuchen, damit Will eine zweite Chance erhielt. In unsere Gedanken vertieft, blieben wir noch eine Weile auf der Treppe stehen und blickten gemeinsam dem neuen Tag entgegen, der uns einen wolkenfreien Himmel zeigte.

Zum ersten Mal seit meiner Ankunft auf Mallory Manor war der Sommer spürbar. Durch das Fenster konnten wir die frischen grünen Blätter der Eichen erkennen. Auf der Wiese davor einen Teppich aus gelben Blumen, so prächtig, als wären sie nie fort gewesen. Dreizehn lange Jahre hatte Mallory

Manor auf seine Befreiung gewartet. Dreizehn Jahre, in denen ich keine Ahnung von meiner Berufung gehabt hatte. Wir konnten dabei zusehen, wie das Sonnenlicht die Bibliothek und die Ländereien flutete. Es war atemberaubend.

»Wunderschön, nicht?« Wills Augen wanderten fasziniert umher.

Ich nickte stumm.

»Fast hatte ich vergessen, wie schön es hier ist – so ohne schwarze Magie, die alles beherrscht.«

»Da hast du recht. Schade, dass jetzt erst mal alles vorbei ist.«

»Was meinst du?«

»Die Sommerferien sind fast vorüber. Ich muss zurück nach London.« Ich ließ bedrückt die Schultern hängen.

»Wie lange wirst du weg sein?«

Mein Blick schweifte über die verbotene Bibliothek, dann richtete ich mich auf und lächelte. »Oh, ich denke, ihr werdet mich schon sehr bald wiedersehen.«

Offene Tore

Nachdem Gocinda wieder in das Gemälde gebannt worden war, konnten wir miterleben, wie sich Mallory Manor veränderte und wieder erholte. Die dunklen Farben verschwanden, genau wie der Krötenschleim. Das Moos und auch der Staub, der alles unter sich bedeckt hatte, verflüchtigten sich. Es war, als fegte ein kräftiger Windstoß den Schmutz der dunklen Magie, unter der das Schloss in den vergangenen Jahren verborgen gelegen hatte, einfach davon. Die Risse im Mauerwerk wuchsen zusammen, die herabgefallenen Balken waren wieder dort, wo sie hingehörten, und auch der Abgrund, der sich im Ostflügel aufgetan hatte, schloss sich, genau wie das Loch im Dach.

Als im Innern des Schlosses alles wieder seinen ursprünglichen Platz gefunden hatte, kehrten auch die beiden Gargoyles auf die Freitreppe zurück und wurden wieder zu Stein.

Am Morgen nach dem Sieg über Gocinda sah Mallory Manor aus, als hätte es jene alles entscheidende Nacht nie gegeben. Vor dem Haupteingang füllte sich der Teich mit frischem Wasser, auf dem rosafarbene Seerosen schwammen. Zusammen mit dem Gezwitscher der Vögel, die in den alten Eichen nisten, verband es sich zu einem fröhlich klingenden Lied.

Ich saß am Tischende im Speisezimmer, an dem Platz, an dem mir an meinem ersten Abend im Schloss Maunk serviert wurde. Es war beruhigend zu wissen, dass es diese Suppe wohl nicht mehr geben würde.

Jetzt freute ich mich darauf, Mariannes wahre Spezialitäten kennenzulernen – Brathähnchen, Scones, Plumpudding und all die anderen Leckereien, die sie in ihrer Küche zauberte. Auch im Speisesaal drang nun helles Licht durch die hohen Fenster hinein und brachte die silbernen Kerzenleuchter auf dem langen Esstisch zum Strahlen.

»Ich habe keine Mühen gescheut«, verkündete Marianne, nachdem sie die dreistöckige Torte auf dem Tisch abgestellt hatte und sich leise kichernd zu uns setzte.

»Wann hast du die denn gemacht?«, fragte Sissybell.

Marianne zuckte die Schultern. »Zwischendurch.«

»Sie sieht umwerfend aus«, lobte Tante Meg.

»Danke sehr.« Marianne sah geschmeichelt aus. »Nun greift zu, in der Küche wartet noch ein Karamellpudding.«

Igor zündete ein überlanges Streichholz an, damit entflammte er die schmalen bunten Kerzen auf der Torte. Das Streichholz war fast abgebrannt, als er bei der dreizehnten ankam.

Marianne stimmte ein Geburtstagsständchen an und ich spürte, wie meine Wangen rot anliefen. Es war lange her, dass jemand für mich zum Geburtstag gesungen hatte. Seit Mums Tod hatte dieser Tag in mir immer nur die Erinnerung wachgerufen, dass sie nicht mehr da war, um mit mir zu feiern. Jetzt fühlte ich mich von dieser Last befreit.

Ein einigermaßen im Takt gesungenes *Happy Birthday* erfüllte den Speisesaal. Tante Meg sang so hoch, dass ich befürchtete, die Trinkgläser würden jeden Moment zerspringen.

Für einen Augenblick verlor sich mein Blick im dreiarmigen Silberleuchter neben der Torte. Kurz dachte ich, darin das Gesicht meiner Mutter zu erkennen, die mich anlächelte. Als ich genauer hinsah, verblich es und ich entdeckte nur mein eigenes, verzerrtes Spiegelbild.

Das Lied verhallte und ich sah in die freudigen Gesichter von Tante Meg, Igor und Marianne. Sissybell schleckte ungerührt ihre Sahne vom Teller. Ich musste grinsen, weil ihr die Schlagsahne wie feine Wattebällchen in den Schnurrhaaren hing.

Marianne lehnte sich vor und machte eine flotte Handbewegung. »Worauf wartest du? Puste die Kerzen aus und wünsch dir was.« Tief einatmend schloss ich die Augen und schickte wortlos meinen Herzenswunsch los. Dann blies ich die Kerzen in einem Zug aus.

»Wunderbar« jauchzte Marianne. »Was hast du dir gewünscht?«

»Bloß nichts verraten!« Igor hob warnend die Hände. »Wenn man es sagt, dann geht es nicht in Erfüllung.«

»Na, so abergläubisch sind wir aber auch nicht, oder?«, winkte Marianne ab.

»Du darfst nicht vergessen, wo wir sind«, wandte Tante Meg ein.

Während Sissybell ihren Teller schrankfertig putzte und sich Marianne, Igor und Tante Meg ihren Kuchen bereits im Munde zergehen ließen, wartete ich noch. Mir fehlte Dad. Ich fragte mich, was ihn wohl so lange aufhielt. Gedankenverloren sah ich Fellary dabei zu, wie sie unweit von mir einen Strauß roter Rosen verspachtelte.

»Was hast du, Liebes?«, fragte Marianne behutsam. Auch Tante Meg sah interessiert zu mir auf.

»Ach, es ist nur … ich hatte gehofft, dass es Dad zu meinem Geburtstag schaffen würde.«

Marianne legte die Gabel neben ihren Teller und seufzte mitleidig.

Tante Meg beugte sich ein wenig zu mir vor. »Ich bin sicher, er hat alles in seiner Macht Stehende versucht, um heute bei dir sein zu können.«

»Zweifellos«, stimmte Igor schmatzend zu.

»Er wird schon noch kommen«, versicherte Tante Meg.

»Jetzt iss aber mal etwas«, befahl Marianne. »Sonst fällst du noch vom Fleisch.«

In diesem Moment schwang die Speisesaaltür auf.

»Ihr wollt doch nicht etwa ohne mich feiern!«

Überrascht blickten wir zur Tür.

Ich erhob mich so hastig vom Stuhl, dass er polternd hinter mir umfiel. »Dad!« Ich rannte um den Tisch herum und direkt in seine Arme.

Er drückte mich ganz fest an sich. »Es tut mir so leid, dass es nicht schon früher geklappt hat. Ständig wurden Flüge gestrichen. Wegen Unwetterwarnungen. Stell dir vor, ein Schneegestöber mitten im Sommer. Ist das zu fassen? Total verrückt! Heute Morgen habe ich den ersten Flug genommen, den ich kriegen konnte.«

»Jetzt bist du ja da«, sagte ich. »Alles andere ist unwichtig.« Ich war mir sicher, dass Gocinda, die alte Hexe, bei den Unwettern ihre Finger im Spiel gehabt hatte. Nicht auszudenken, wenn Dad etwas passiert wäre.

Prüfend fasste er mich am Kinn und hob meinen Kopf hoch, um mir ins Gesicht zu sehen. »Und? Hast du dich sehr gelangweilt?« Er grinste ein bisschen.

»Och ...« Ich schaute in die Gesichter am Tisch. Sie alle waren gespannt auf meine Antwort. »Wenn ich ehrlich bin ... schon ein bisschen«, log ich und musste lachen. Die Wahrheit wäre einfach zu verrückt gewesen. Marianne hatte es gesagt: Er wusste genug. Zumindest alles, was es für ihn zu wissen galt. Mehr ließ Mallory Manor nicht zu.

Dad musterte mich skeptisch. Merkte er, dass ich ihn angeflunkert hatte? Zögernd griff er in seine Jackentasche. »Wenn das so ist, dann hab ich genau das richtige Geburtstagsgeschenk für dich.« Er holte einen Prospekt hervor und drückte ihn mir in die Hand.

»Was ist das?«

»Das ist ein Wellnessurlaub für die nächsten Ferien.« Er nickte begeistert. »Extra für Mädchen in deinem Alter. Da gibt es Schminkworkshops, Reitunterricht, Ballettstunden und solchen Kram – alles, was ihr Mädchen mögt. Jede Menge Spaß unter Gleichgesinnten. Und: es ist in Paris.« Er zwinkerte mir mit einem Auge zu.

Sprachlos wendete ich das Papier in meiner Hand. »Ach, weißt du, Dad, so was brauche ich gar nicht. Ich hab hier jede Menge Spaß. Und unter Gleichgesinnten bin ich auch.«

Marianne seufzte gerührt und wischte sich eine Träne aus dem Augenwinkel.

»Okay?« Dad hob verblüfft eine Augenbraue. »Wer bist du und was hast du mit meiner Tochter gemacht? Denn das klingt so gar nicht nach meiner Dana.«

»Ich denke, ich hab allmählich begriffen, was wirklich wichtig ist im Leben«, sagte ich, fest entschlossen, all meine zukünftigen Ferien auf Mallory Manor zu verbringen.

»Na, hör sich das einer an.« Dads Augen sprühten förmlich vor Stolz.

»Sie wird eben erwachsen, James.« Tante Meg kam auf uns zu. Sie legte die Hand auf meine Schulter und lächelte ergriffen. Dann wandte sie sich an Dad und umarmte ihn herzlich. »Ach, mein Junge, so lange ist es her!«

Im ersten Moment wirkte er von ihrer Freundlichkeit überrascht, dann jedoch lockerte er sich und erwiderte ihre Umarmung.

»Nun«, sagte er lachend, »eigentlich waren es ja kaum drei Wochen.«

Sie betrachtete ihn eingehend. »Ja, aber ich glaube, ich war zu diesem Zeitpunkt nicht ganz ich selbst.«

»Ach, das macht doch nichts, Tante. Wir hatten uns eben viele Jahre nicht gesehen.«

»Nichts da«, protestierte sie mit einer ausladenden Geste, »dafür gibt es keine Entschuldigung. Ich verspreche dir, es wird nie wieder vorkommen.« Noch einmal umarmte sie ihn.

Dad sah aus, als wüsste er gar nicht, wie ihm geschah. Aber man konnte sehen, dass er sich freute, seine vertraute Tante Meg wieder vor sich zu haben.

Marianne kicherte leise. »Schön, dich zu sehen, James«, sagte sie. Dann blickte sie zu Igor, der aufstand, um Dad ebenfalls zu begrüßen.

»Es ist eine Freude, Sie wieder auf Mallory Manor zu haben, Master James. Aber …«, er stockte, »wie seid Ihr hineingekommen? Ich habe kein Läuten gehört.« Seine Augen wanderten nachdenklich durchs Zimmer. Ratlos rückte er Dad den Stuhl neben meinem zurecht.

»Nun«, sagte Dad und schaute dabei gespielt tadelnd. »Das Tor stand offen.«

»Ach ja?« Tante Meg sah verwundert zu Igor. Auf ihrem Gesicht zeichnete sich der Anflug eines Lächelns ab.

»Ich kann es mir nicht erklären, Master James.« Igor lud Dad ein großes Tortenstück auf den Teller und hüstelte. »Das Tor stand schon seit Jahren nicht mehr offen.«

»So ungefähr dreizehn Jahre lang?«, vermutete ich.

Dad betrachtete mich irritiert.

Tante Meg räusperte sich lautstark. »Tja, ich sehe darin kein Problem. Schließlich haben wir ja nichts zu verbergen.«

Tante Meg schenkte Dad ein strahlendes Lächeln. Gemeinsam tranken wir Punsch und ließen uns die Torte schmecken. Jedes Stockwerk war mit farbigem Fondant überzogen. Die Vanillebuttercremefüllung schmeckte einfach unglaublich lecker. Unsere Freude war so groß, dass ich nach der schlaflosen Nacht keine Müdigkeit verspürte. Selbst Tante Meg, die noch wesentlich Schlimmeres hinter sich hatte, ließ sich ihre Erschöpfung nicht anmerken.

»Nun, es ist an der Zeit für mich zu gehen. In der Küche wartet noch haufenweise Arbeit.« Marianne tupfte sich den Mund mit der Serviette ab und machte sich daran, ihr Gedeck aufzustapeln. Igor tat es ihr wortlos nach.

»Bitte macht euch keine Mühe.« Dad erhob sich protestierend von seinem Platz. »Das ist der Geburtstag meiner Tochter. Es ist das erste Mal seit vielen Jahren, dass wir bei-

sammensitzen. Wir gehören alle auf dieses Schloss und deshalb sollten wir auch gemeinsam feiern.« Er hob sein Glas. »Lasst uns anstoßen.« Sein Blick traf auf mich. »Auf Dana!«
Jetzt nahm auch Tante Meg ihren Punsch in die Hand. »Auf Dana.«
Igor und Marianne prosteten mir selig lächelnd ebenfalls zu.
»Auf Dana«, wiederholten alle noch einmal im Chor.
Ich fühlte, wie erneut meine Wangen erröteten. Will stand an der Tür, hinter ihm Maggie und die anderen Geister von Mallory Manor. Sie nickten mir zum Gruß und klatschten Beifall. Es war seltsam zu wissen, dass nur Sissybell, Fellary, Tante Meg und ich sie sehen konnten.
Ein bisschen wehmütig verlor sich mein Blick auf Will. Und ich dachte noch einmal daran, was ich mir für ihn vorgenommen hatte. Es musste einen Weg geben, ihn von seinem Geisterdasein zu befreien. Er war mir ein wertvoller Freund geworden, ohne den ich mir in der ersten Zeit hier ziemlich verloren vorgekommen wäre. Ich war es ihm schuldig, diesen Weg für ihn zu suchen. Allerdings war der Sommer schon bald zu Ende und ich musste in mein normales, langweiliges Leben zurück. Ich hatte keine Ahnung, wie ich das anstellen sollte. Es würde unmöglich für mich sein, so zu tun, als ob alles beim Alten wäre. Doch ich wollte mich nicht mit London befassen. Noch nicht. Für jetzt war alles gut, so wie es war. Alle waren ausgelassener Stimmung. Auch wenn Dad es für eine einfache Geburtstagsparty hielt – in Wahrheit gab es so viel mehr zu feiern. Mit der Rettung von Mallory Manor sahen wir einer neuen Zeit entgegen.

Vergissmeinnicht

Ich schlenderte mit offenen Augen durch den Schlosspark. Die Luft war frisch und warm. Jedes noch so kleine Detail wollte ich mir einprägen, denn obwohl ich noch nicht abgereist war, vermisste ich das alte Gemäuer schon jetzt. Das Haupthaus aus grauem Backstein, die beiden romanischen Türme mit der anliegenden Burg.

Ehrfürchtig betrachtete ich unseren Familiensitz und war stolz, dass es meine Geschichte war, die darin lebte. Ich war froh, eine Mallory zu sein, denn erst jetzt wusste ich, was es bedeutete, diesen Namen zu tragen.

»Es ist unvergleichlich, nicht wahr?« Tante Megs Stimme erklang hinter mir.

»Das ist es!«, wisperte ich. Ich hatte nicht gemerkt, wie sie gekommen war. Viel zu sehr war ich mit meinen Gedanken beschäftigt gewesen. Gemeinsam genossen wir den Anblick des Schlosses.

»Gehen wir ein Stück?«, fragte sie. Schweigend liefen wir nebeneinanderher, den knirschenden Kies unter unseren Füßen. Tante Meg führte mich über die große Wiese neben dem Friedhof, die nun voller Margeriten stand.

Ich wollte den Augenblick nutzen, denn viele Fragen brannten mir noch auf der Seele.

»Ist es schwer, eine Hüterin zu sein?«, brach es aus mir heraus. Tante Meg wirkte auf mich irgendwie einsam. Hatte sie die Hüterrolle davon abgehalten, Beziehungen einzugehen – Menschen an sich heranzulassen? Oder war die Zeit daran schuld, die sie eingesperrt hinter der Tür verbracht hatte?

»Nicht schwerer als andere Aufgaben, die mit Verantwortung einhergehen«, antwortete sie, während wir über die Wiese liefen. »Wir entscheiden selbst, was wir aus den Aufgaben machen, die uns das Schicksal aufgetragen hat.«

Ich dachte noch über ihre Worte nach, als wir uns einer Büste näherten, die zwischen anderen in einer Reihe auf einem Gartenschachbrett stand. Die Blicke der steinernen Gesichter waren allesamt auf das Schloss gerichtet.

Bei der Büste, vor der wir standen, überkam mich ein vertrautes Gefühl. Ich betrachtete sie genauer und blinzelte erstaunt. »Ist sie das? Marmelia?«

Tante Meg nickte. »Sie war eine Schönheit, meinst du nicht?«

»Ja«, hauchte ich. Ihr Haar war lockig, sie hatte hohe Wangenknochen und ihre Augen schauten freundlich und wachsam auf Mallory Manor. Genau so hatte ich sie mir vorgestellt.

»Sie lebte für dieses Schloss, und ihre Nachfahrinnen taten es ihr gleich«, erklärte Tante Meg und deutete auf die anderen Frauengesichter aus Stein.

»Tante Meg«, begann ich zaghaft.

Sie sah mich an. Ihre Augen waren von einem zarten Hellbraun, sie strahlten fröhlich und versprühten dabei die Liebenswürdigkeit, von der mir Dad immer erzählt hatte.

»Ich weiß nicht, wie ich meiner Aufgabe gerecht werden soll, wenn ich in London bin.«

Sie musterte mich lächelnd. »Du wirst merken, dass du die Welt nun anders siehst, Dana. Dein Blick hat sich verändert, er ist nun der einer Hüterin der Magie.«

Ich runzelte die Stirn.

»Sieh auf Marmelia!«, befahl Tante Meg sanft.

Ich tat, was sie sagte. Und tatsächlich geschah etwas: Marmelias Abbild begann zu glühen.

»Und jetzt streck deine Hand danach aus.«

Vorsichtig näherte ich mich Marmelias Büste und bemerkte, wie sich die Kette, die sie trug, aus dem Stein hervorhob. Sie ließ sich mühelos abnehmen. Sobald ich sie in meiner Hand hielt, hörte das Glühen auf.

Verwundert starrte ich nun auf den Anhänger. Er war oval, funkelte im Licht und war von einer dunkelblauen Farbe.

»Marmelias Stimmungsstein«, erklärte Tante Meg. »Er gehört jetzt dir. Er wird dir helfen, dich zurechtzufinden, egal wo du bist. Wenn ein magisches Wesen in deiner Nähe ist, verfärbt er sich. Grün für etwas Gutes. Bei Gefahr wird er dunkelrot. Und wenn Mallory Manor dich braucht, dann wird er weiß. Mit ihm stehst du mit dem Schloss in ständigem Kontakt.«

»Gibt es in London denn magische Wesen?«, fragte ich unsicher.

»Es kommt schon mal vor. Und dann ist es deine Aufgabe, zu entscheiden, ob sie ins Schloss gebannt werden müssen oder nicht. Für den Fall der Fälle hast du ja dein Werkzeug. Dann brauchst du nur noch eine Leinwand. Wenn du keine hast … ich denke, ein einfaches Stück Papier tut es auch.« Sie zwinkerte mir zu und wandte sich zum Gehen.

»Und wie bringe ich sie danach ins Schloss?«

»Verwahr sie sicher bis zu deiner baldigen Rückkehr.« Sie klang, als hätte sie keinerlei Zweifel, dass ich Mallory Manor nicht lange fernbleiben würde.

Ich warf einen letzten, intensiven Blick um mich. Besah mir Marmelias steinernes Gesicht und die dahinterliegende Grenze zum verwunschenen Wald. Was mochte sich wohl darin befinden? Für mich war das ganze Land, auf dem Mallory Manor stand, verwunschen. Doch ich wurde das Gefühl nicht los, dass der Wald ein weiteres Geheimnis hütete. Ich freute mich schon darauf, es aufzudecken. Wo die Schatten der dicht aneinandergewachsenen Birken die Wiese berührten, schaukelte das kleine Feld mit den Vergissmeinnicht im Wind. Von hier wirkte es wie ein See aus azurblauem Wasser. Ich schloss meine Faust um Marmelias Anhänger. Tante Meg hatte schon den Kiesweg betreten.

»Ich werde jetzt besser zu Dad gehen«, sagte ich wehmütig, während ich ihr folgte. »Mit dem Kofferpacken ist er manchmal etwas überfordert. Ich will nicht, dass er denkt ...«

Tante Meg hob die Hand und unterbrach mich. »Er wird es verstehen, dass du dich nur in Ruhe vom Schloss verabschieden möchtest. Auch wenn du nicht lange fortbleiben wirst.« Sie lächelte verschwörerisch.

Ich gab nach, setzte mich auf eine Steinbank mit Blick auf die Blumenwiese und schaute Tante Meg hinterher.

Dann legte ich die Kette um, die mich von jetzt an mit Mallory Manor verbinden würde. Gedankenverloren drehte ich den Anhänger zwischen meinen Fingern. Ich hielt ihn ins Licht. Noch immer schimmerte er dunkelblau. Sissybell streifte auf einmal um meine Beine. Wo war sie nur so plötzlich hergekommen?

»Dunkelblau bedeutet, dass alles in bester Ordnung ist«, sagte sie schnurrend, als wüsste sie, dass ich vor ihrem Erscheinen über die Bedeutung der derzeitigen Farbe des Steins gerätselt hatte. Sie hüpfte neben mich, kletterte auf meinen Schoß und machte es sich dort gemütlich.

»Ich werde dich vermissen, Sissybell!« Ich kraulte sie unterm Kinn und sie reckte genüsslich ihren Hals. Doch kurz darauf setzte sie sich auf und blickte mir tief in die Augen.

»Eigentlich bin ich aus einem anderen Grund zu dir gekommen, als nur gestreichelt zu werden. Machen wir uns doch nichts vor. Du willst hier nicht weg und wir wollen nicht, dass du gehst. Also, was können wir tun, um dieses Problem zu lösen?«

Ich seufzte verdrossen. »Da können wir nichts machen. Dad hat das Sagen. Wir kommen erst in den Ferien wieder.«

»Hört sich so an, als könntest du einen Glücksbringer gebrauchen. Jetzt, da die Hexe besiegt ist, müsste meine Kraft wieder zuverlässiger funktionieren. Nur zu.«

Ich runzelte die Stirn. »Was meinst du damit?«

»Sieh es einfach als mein Geburtstagsgeschenk an dich.« Sie streckte sich wieder auf mir aus. »Los«, forderte sie. »Ich hab nicht den ganzen Tag Zeit.«

Ich lachte leise, als ich begriff, was sie von mir wollte.

»Und denk dran, deinen Wunsch logisch zu formulieren und sprich ihn auf keinen Fall laut aus. Hin und wieder hat Igor auch mal recht. Nicht, dass es nachher heißt, die Katze ist schuld, dass was schiefgegangen ist.«

Angestrengt überlegte ich. Logisch sollte es sein. Logisch und präzise. Ich dachte an London und an das, was uns dort hielt. Dann hatte ich den entscheidenden Einfall. Ich legte meine Hand auf Sissybells Fell, schloss die Augen und schickte meinen stillen Wunsch los, noch einmal sprach ich die magischen Worte: »Mallory-Mallory-Mallory-Manor!« Ich blinzelte mehrmals. »Hat es funktioniert?«

Sissybell sprang auf den Boden. »Das wirst du bald wissen.«

Kirschblüten im Wind

Noch bis vor einhundert Jahren fand sich der englische Adel regelmäßig zu Gartenfesten im Schlosspark von Mallory Manor ein. Das wusste ich von Dad, der sich sehr für die Geschichte des Hauses interessierte. Natürlich konnte er nur den Teil an mich weitergeben, von dem er auch wusste.

Nachdenklich streifte ich durch die weitläufige Anlage. Ein Crocket-Feld mit Spieltafel erinnerte an die früheren Amüsements. Ich fragte mich, ob auf Mallory Manor irgendwann wieder solche Feste stattfinden würden. Wie gern würde ich das erleben!

Der Rosengarten neben dem Feld stand in voller Blüte. Bei den unzähligen roten Rosen musste ich schmunzeln und an Fellary denken. Waren sie wegen ihr derart üppig angepflanzt worden?

Ich verwarf meine Frage, als ich zwischen den Blumen Dutzende Wesen von winziger Größe umherschwirren sah. Zunächst dachte ich, es seien Schmetterlinge, doch bei genauerer Betrachtung erkannte ich ihre menschenähnlichen, feingliedrigen Körper. Sie hatten niedliche Gesichter und spitz zulaufende Ohren. Waren das Elfen? Und hatte ich ihre wahre Gestalt nur deswegen erkannt, weil ich eine Mallory-Manor-Erbin war?

Allmählich begriff ich, was es bedeutete, die Welt mit anderen Augen zu sehen. Die Elfen glitzerten im gleißenden

Sonnenlicht. Sie umkreisten mich und gaben dabei seltsam helle Töne von sich, die wie vom Wind gebogenes Schilf klangen. Es war einfach wunderschön. Interessiert beobachteten die kleinen Wesen, wie ich durch den Garten spazierte. Ein Bogen aus weißen Kletterrosen bildete den Abschluss, dahinter lag wieder der Weg aus Kies.

»Ich komme bald wieder«, versprach ich den Elfen und winkte zum Abschied. Dann ging ich in Richtung Haupteingang. Zurück zu dem Punkt, an dem alles für mich begonnen hatte. Noch einmal ließ ich den Anblick des Schlosses auf mich wirken. Ich wollte hier nicht mehr weg. Es fühlte sich an, als würde sich alles in mir dagegen wehren, es zurückzulassen. War es, weil ich es erst jetzt richtig sah? Oder weil mir nun, da meine Abreise unmittelbar bevorstand, klarwurde, wie wichtig es mir schon immer gewesen war, eine Mallory zu sein? Denn die war ich – mit allem, was dazugehörte. Und jetzt war Mallory Manor endlich wieder der einladende Familiensitz, der es immer gewesen war. Der ganze Schmutz der Hexen-Herrschaft war wie weggewischt und Mallory Manor strahlte in seinem eigentlichen Glanz. Es war ein Prunkbau, in dem viel Liebe steckte.

Ich stand am Teich und sah die lang gestreckte Einfahrt hinunter bis zum Tor. Noch vor wenigen Wochen hatte es in mir eine verborgene Angst hervorgerufen. Und wie ich es so betrachtete, wurde mir klar, dass ich sie, anders als zunächst gedacht, nicht mit hineingenommen hatte. Ohne es zu wissen, hatte ich sie vor dem Tor gelassen. Womöglich hatte ich zu dieser Zeit unterbewusst bereits eine Ahnung gehabt, was mich auf Mallory Manor erwarten würde.

Die Auffahrt hatte sich ebenso verändert wie der Rest des Anwesens. So stoben die hölzernen Säulen zu den Seiten nicht länger ziellos hinauf, sondern waren durch einen Bogen miteinander verbunden. Ich ging näher an sie heran und erkannte, welche Tiere in das Holz geschnitzt waren. Ein Pferd, eine Katze, ein Löwe und ein Wal. Mir wurde warm ums Herz, denn ich war jedem von ihnen bereits begegnet – auch wenn keins das war, was es zu sein vorgab. Nicht im Entferntesten. Auf dem äußeren Bogen, der zum Schloss hinführte, sah ich noch ein kleines Äffchen.

»Okay«, flüsterte ich zu mir selbst. »Dich kenne ich jetzt nicht.«

»Das kommt noch.«

Ich musste mich nicht erst umdrehen, um zu wissen, wer das gesagt hatte. Will war wieder wie aus dem Nichts bei mir aufgetaucht.

»Du hast ja noch 'ne Menge vor dir.«

»Ja?« Ich war gespannt zu erfahren, was das sein würde. »Ja«, sagte ich dann wie selbstverständlich und ließ meinen Blick ein weiteres Mal über das Schloss gleiten. »Ich denke, das hab ich.«

»Heute also«, sagte er und klang ein wenig betrübt.

Tante Meg hatte anscheinend bereits mit ihm über meine Abreise gesprochen. Ich sah ihn an und nickte betreten.

»Müsst ihr denn wirklich schon fahren?«

»Ich fürchte ja.«

»Es lässt sich überhaupt nicht aufschieben?«, fragte er hoffnungsvoll.

Ich schüttelte niedergeschmettert den Kopf. »Leider nein.

Dad muss zurück in sein Londoner Büro und ich ... in die Schule.« Bei dem Gedanken, ab morgen wieder in mein altes Leben zurückzumüssen, wurde mir schlecht.

Verlegen rieb sich Will über sein Kinn.

»Aber ich komme ja wieder«, sagte ich schnell, um den unangenehmen Moment des Abschieds zu durchbrechen. »Es gibt noch so viel, das ich lernen muss ... als Hüterin von Mallory Manor.«

Er warf mir einen merkwürdigen Blick zu. »Ja, das ist natürlich ein Grund.« Er sah etwas beleidigt aus.

Ich gab ihm einen Hieb gegen den Arm. »Hey, das ist einer ... einer von vielen Gründen«, schob ich augenzwinkernd nach.

»Besteht vielleicht die Möglichkeit, dass ich auch zu diesen Gründen gehöre?« Er beäugte mich grinsend.

Ich grinste ebenfalls und ging einige Schritte in Richtung Schloss, um ihn zappeln zu lassen. »Schon möglich«, sagte ich, bevor ich einen tiefen Atemzug nahm. Die Luft war so rein und frisch, wie ich sie noch nie zuvor wahrgenommen hatte.

Gemeinsam gingen wir bis zum Hintereingang. Dorthin, wo die japanische Kirsche stand und über den Garten mit dem anliegenden Friedhof wachte. Selbst die Gräber empfand ich nun nicht mehr als unheimlich. Ohne die Nebelschwaden sah der Friedhof aus wie ein weiterer Teil des Gartens, der mit steinernen Denkmälern versehen war. Unter dem Kirschbaum blieben wir stehen.

»Du kennst die Geschichte dieses Baums?« Will deutete zur Baumkrone hinauf.

Ich schüttelte den Kopf. »Erzähl sie mir.«

»An diesem Platz hier trafen sich vor vielen Jahren immer ein junger Mallory und ein Mädchen aus dem Dorf. Das Mädchen liebte das Schloss. Es war fasziniert von dem imposanten Gebäude und dem Garten. Besonders mochte es diesen Ausblick hier. Beide wurden erwachsen und blieben einander verbunden, genau wie diesem Ort. Es heißt, dass sie sich an dieser Stelle verlobt haben.«

Ich lächelte. »Eine schöne Geschichte.«

»Ja, diese Stelle sollte für immer besonders sein«, fuhr Will fort. »Also pflanzte der Junge, der mittlerweile ein Mann geworden war, diese japanische Kirsche und schenkte sie seiner Frau. Und seitdem wächst der Baum, blüht und trägt seine Früchte, selbst in den dunkelsten Stunden. Nicht einmal Gocinda konnte ihn davon abhalten. Man sagt, die Macht, die dem Baum innewohnt, kann alle Grenzen überwinden.«

Ich betrachtete den Baum aufmerksam.

»War das Paar glücklich bis an sein Lebensende?«, hakte ich nach.

»Natürlich. In diesem Baum steckt unbeschreiblich viel Kraft. Wahre Liebe überdauert ja bekanntlich bis in alle Ewigkeit. Diese Form der Magie vergeht nie.«

»Ist das von Konfuzius?«, wollte ich mit einem schiefen Lächeln wissen.

»Nein, diese Weisheit ist schon viel älter.«

Ich war von seinen Worten ergriffen. Nur am Rande nahm ich Dad wahr, der mich zum wiederholten Mal rief. Ich drehte mich halb zu ihm um. Er stand auf der Veranda und winkte hektisch. »Dana, wir müssen langsam los!«

»Ich komme gleich.«

Als ich mich wieder zu Will umdrehte, war er weg. Jetzt lehnte ich gegen den schmalen Stamm des Baumes. War dies unser Abschied gewesen? Ich seufzte tief und meine Augen wanderten ein letztes Mal über den Friedhof, auf dem Will begraben lag, dann schaute ich den Kirschbaum hinauf. Durch das Blätterdach sah ich, wie die wenigen Wolken über mich hinwegzogen. Ich wusste, dass mir Will mit der Geschichte etwas mitteilen wollte, das weit über das Schicksal des Mannes hinausging, der den Baum einst pflanzte.

Das Schicksal wiederholte sich, irgendwie und immer. Auch wenn wir es nicht gleich erkannten. Es folgte einem Weg, es folgte einer Bestimmung. Ich hatte meine gefunden. Und ich war bereit, den Weg zu gehen, den ich gehen musste. Vielleicht war es der einzige, den es für mich gab – den es je gegeben hatte. Für jeden von uns hat das Leben einen Plan, dessen war ich mir jetzt sicher. Ob es auch vorgesehen hatte, dass Will und ich Freunde wurden? Ein Geist und ein Stadtmädchen? Was für eine Konstellation! Ich hatte nicht die geringste Ahnung. Leider können wir nicht wissen, warum etwas geschieht. Wir wissen nur, dass es passiert, und ich glaubte fest daran, dass es auch geschehen sollte.

»Ich wusste doch, dass du es hier mögen würdest«, sagte Dad, als wir die Auffahrt hinunterfuhren. Ich kniete verkehrt herum auf dem Rücksitz und winkte Tante Meg, Marianne, Igor und Sissybell zum Abschied. So lange, bis wir den Hügel hinuntergefahren waren und ich sie nicht mehr sehen konnte. Ein bisschen wehmütig wandte ich mich in Fahrtrichtung.

Ich nahm meinen Rucksack auf den Schoß und kramte darin nach meinem Handy.
Dad beäugte mich vorwitzig im Rückspiegel. »Was war denn dein schönstes Geburtstagsgeschenk?«
Stirnrunzelnd holte ich ein in rotes Papier verpacktes Päckchen aus dem Rucksack. Gespannt wickelte ich es auf.
»Dana?« Dad wartete noch immer auf eine Antwort.
Vorsichtig hielt ich Maggies Spielzeugkarussell hoch, damit er es sehen konnte.
»Das ist sehr hübsch!«, lobte er. »Ein Geschenk von Tante Meg?«
Ich las die kleine Karte, die dem Paket beilag:

Für Dana,
um keine wertvolle Zeit mehr zu verlieren und das Warten auf die wirklich wichtigen Erfahrungen im Leben zu erleichtern.

Alles Liebe zum 13. Geburtstag wünschen Maggie und Tante Meg.

»Ja!«, hauchte ich gerührt und drückte das kleine Karussell fest an mich. Dass Maggie es mir überlassen hatte, bedeutete mir sehr viel. Ich wusste, wie sehr sie es mochte.
Nachdenklich schaute ich aus dem Fenster, wo die dichten, grünen Wiesen neben der Straße an uns vorbeirauschten. Stolz umfasste ich Marmelias Stimmungsstein. Es fühlte sich gut an, ihn zu tragen. Schon jetzt freute ich mich auf meine Rückkehr.
Bald, ganz bald, dachte ich und strich mit der anderen Hand liebevoll über das Karussell. Schon bald kehre ich zu-

rück nach Hause. An den Ort, an den ich gehöre: Mallory Manor. Und vielleicht bleibe ich dann ja auch für immer. Denn, wer weiß – manchmal gehen Wünsche eben doch in Erfüllung.

Danksagung

Ein Buch ist das Ergebnis von Erfahrungen, Begegnungen, Ängsten und Sehnsüchten. Lassen wir der Fantasie freien Lauf, verknüpft sie alles zu einer Geschichte, in der wir uns wiederfinden können.

Der Prozess des Schreibens, angefangen mit einer fixen Idee, bis hin zur Veröffentlichung lässt sich am besten mit einer Geburt vergleichen. Die, im Fall von Dana Mallory, ohne meine Agentin wohl niemals stattgefunden hätte. Alisha, du hast das Potenzial dieser Geschichte erkannt und mich aufgefordert, sie zu schreiben. Dafür kann ich dir nicht genug danken. Manchmal braucht es eben nur einen besonderen Menschen, der die Richtung weist und an dich glaubt, wenn du es gerade nicht tust. An der Stelle darf meine liebe Agenturkollegin Susann Anders nicht fehlen. Es ist schön, mit dir zu leiden, zu lachen, zu hoffen – auch wenn uns viele Kilometer voneinander trennen.

Unter anderem ist dieses Buch meinem Vater gewidmet, der mich mit seiner Leidenschaft für Bücher und der Malerei angesteckt hat. Du warst ein Künstler, Papa, in jeder Hinsicht. Danke für die Magie der Worte, die du an mich weitergegeben hast und die Gabe, Geschichten zu erschaffen. Schade, dass du diese hier nicht mehr lesen kannst.

Ganz persönlich möchte ich auch meiner langjährigen Freundin Sarah danken. Du hast Dana als Erste gelesen und warst von Anfang an dabei. Vielen Dank für deine Freundschaft, deine Mühe, Geduld und Ehrlichkeit.

Von Herzen möchte ich auch meiner Mutter danken. Du hast ziemlich viel richtig gemacht und bist ein wundervoller Mensch! Danke, dass du immer hinter mir stehst und an mich glaubst.

Im Leben eines Autors gibt es immer Personen, die dessen Arbeit maßgeblich beeinflussen. Diese wichtige Aufgabe übernehmen bei mir meine Kinder, die sich alle meine Ideen anhören und sie mit wertvollen Tipps und Anmerkungen bereichern. Deshalb muss ich vor allem euch danken. Ihr seid mein Grund zu schreiben! Nur durch euch wurde eine markante Figur Teil des Buchs, die eigentlich nicht geplant gewesen war. *Miau*

Zu guter Letzt richte ich noch einen besonderen Dank an meine beiden Lektorinnen Franziska Bräuning und Birgit Herrmann, die Dana entdeckt und ihr ein Zuhause gegeben haben. Vielen, vielen Dank für die wunderbare Zusammenarbeit!

Schaurig-Schön
Die Welt von Lilith Parker

Kalte Nebelschwaden tasten sich durch die Gassen. Schatten lauern hinter den Fenstern. So gruselig hatte sich Lilith ihr neues Zuhause nicht vorgestellt. Als sie dem Geheimnis der Insel auf den Grund gehen will, wird schnell klar: Liliths Schicksal ist eng mit dem der Insel verwoben ...

Janine Wilk
Lilith Parker
Band 1: Insel der Schatten

368 Seiten · Gebunden
ISBN 978-3-522-50142-2

Band 2: Der Kuss des Todes
ISBN 978-3-522-50254-2

Band 3: Das Blutstein-Amulett
ISBN 978-3-522-50325-9

Band 4: Die Rache der Dämonen
ISBN 978-3-522-50379-2

Band 5: Der Fluch des Schattenreichs
ISBN 978-3-522-50462-1

www.planet-verlag.de

NACHTS, WENN ALLES SCHLÄFT ...

Gesa Schwartz
Emily Bones
Die Stadt der Geister

416 Seiten · Gebunden
ISBN 978-3-522-50565-9

Emily glaubt zu träumen, als sie sich eines Nachts in einem Grab wiederfindet. Aber es ist kein Traum. Entsetzt stellt sie fest, dass sie gestorben ist und nun als Geist auf dem Friedhof Père Lachaise herumspuken muss. Aber sie denkt gar nicht daran, sich damit abzufinden. Denn sie ist keines natürlichen Todes gestorben, und fortan hat Emily nur noch ein Ziel: Sie will ihren Mörder finden und sich das Leben zurückholen, das er ihr gestohlen hat. Doch das ist selbst für einen Geist viel gefährlicher, als Emily es je für möglich gehalten hätte ...

www.planet-verlag.de

Spannung, Abenteuer und die richtige Portion Grusel

Judith Rossell
Stella Montgomery und die bedauerliche Verwandlung des Mr Filbert

272 Seiten · Gebunden
ISBN 978-3-522-18489-2

Stella hat sich heimlich aus dem Hotelzimmer ihrer drei schrulligen Tanten geschlichen. In der Eingangshalle schlafen einige Hotelgäste merkwürdig verrenkt in ihren Sesseln. Ob das mit dem Kerzenleuchter in Form einer Hand zusammenhängt? Als Stella ihn versehentlich umwirft, tropft statt Wachs Blut zu Boden. Plötzlich hört Stella Schritte. Sie verbirgt sich hinter einem Farngewächs und wird so Zeugin eines mysteriösen Verbrechens ...

THIENEMANN
Wir schreiben Geschichten!

www.thienemann.de

Für alle Fans von Downton Abbey!

Emma Carroll
Nacht über Frost Hollow

400 Seiten · Gebunden
ISBN 978-3-522-18450-2

Ob es auf Frost Hollow Hall spukt? Tilly ist froh, dass sie mit ihren 12 Jahren auf dem herrschaftlichen Anwesen eine Arbeit gefunden hat. Und mit Gracie, mit der sie sich eine Kammer teilt, versteht sie sich wunderbar. Doch schon bald merkt Tilly, dass auf Frost Hollow Hall seltsame Dinge vor sich gehen. Als sie eines Abends zum Kühlhaus eilt, um Eiswürfel für den Lord zu schlagen, entdeckt sie eine Gestalt auf dem zugefrorenen See …

Romes, Claudia:
Dana Mallory
und das Haus der lebenden Schatten
ISBN 978 3 522 50585 7

Umschlaggestaltung: Jann Kerntke
Umschlagtypografie: Maximilian Meinzold
Innentypografie und Satz: Arnold & Domnick, Leipzig
Reproduktion: Digitalprint GmbH, Stuttgart
Druck und Bindung: GGP Media GmbH, Pößneck

© 2019 Planet!
in der Thienemann-Esslinger Verlag GmbH, Stuttgart
Printed in Germany. Alle Rechte vorbehalten.
1. Auflage 2019

Dieses Werk wurde vermittelt
durch die Agentur Ashera